ARCHE

Nick Flynn

Das Ticken ist die Bombe

Aus dem Englischen von Thomas Gunkel

ARCHE

Für Maeve, die Feenkönigin

Erklärung Bei diesem Werk handelt es sich um einen Tatsachenbericht, der durchdrungen ist von Träumen, Vermutungen, Erinnerungen und Schatten.
Viele Namen wurden geändert.

1. Auflage

Die amerikanische Originalausgabe erscheint 2010
unter dem Titel *The Ticking is the Bomb* bei
W. W. Norton & Company, New York

Umschlag: Christoph Krämer,
b3K, Hamburg–Frankfurt a. M.
Umschlagmotiv: © plainpicture/Anja Steidinger
Satz: Greiner & Reichel, Köln
Druck und Bindung: GGP Media GmbH, Pößneck
Printed in Germany
ISBN 978-3-7160-2619-9

www.arche-verlag.com

Ein Körnchen kommt zum anderen, eins nach dem anderen, und eines Tages, plötzlich, ist es ein Haufen, ein kleiner Haufen, der unmögliche Haufen.

Beckett, *Endspiel*

Ein Telegramm aus Schatten

(2007) Das Schwarz-Weiß-Foto in meiner Hand zeigt meine ungeborene Tochter – zumindest hat man mir das gesagt. Eigentlich ist es eine Fotoserie, übereinandergeklappt wie die Falten eines winzigen Akkordeons. Ich war dabei, als der Arzt oder Techniker oder wer auch immer er war, mit seinem tönenden Zauberstab die Aufnahme machte. Ich saß neben ihm und schaute auf den Bildschirm, während er auf die Schatten deutete – *Sehen Sie ihre Nase, sehen Sie ihre Hand? Sehen Sie ihren Fuß, da, neben dem Ohr?* Ich war dabei, als die Aufnahmen gemacht wurden, und doch kommt mir alles total unwirklich vor. Es ist, als hielte ich das Foto eines Traums in der Hand, eines Traums, der im Körper der Frau schläft, die ich liebe – nennen wir sie Inez –, der Frau, die jetzt mit zwei Herzen durch die Welt geht.

Im selben Augenblick oder außerhalb dieses Augenblicks, außerhalb von uns, da draußen, in der Welt, gibt es noch eine andere Fotoserie. Eins der Bilder zeigt einen nackten Mann, der von einer Soldatin an einer Leine aus der Zelle gezogen wird. Eins zeigt eine Pyramide aus kauernden nackten Männern mit Kapuzen über den Köpfen. Hinter der Pyramide steht mit verschränkten Armen ein lächelnder Soldat. Auf einem anderen Foto streckt eine ebenfalls lächelnde junge Frau mit blauen Augen über einer Leiche den Daumen in die Luft. Es gibt Hunderte solcher Fotos. Inzwischen haben wir sie alle gesehen, haben sie in der Hand gehalten, doch auch sie gleichen Träumen – schattenhaft, durchscheinend, veränderlich.

Ein Körnchen kommt zum anderen.

Hoffentlich kann ich meiner Tochter eines Tages eine Geschichte über eine dunkle Zeit erzählen, die dunkle Zeit vor ihrer Geburt, kann ihr sagen, dass ihre Geburt ein Lichtstrahl war. Diese Geschichte wird mit den Worten beginnen: *Wir hatten uns verirrt, aber nach einer Weile haben wir unseren Weg wiedergefunden.*

Hoffentlich kann ich ihr dann diese Version erzählen.

EINS

Die Kunst, sich zu verlieren

Ich will dir etwas verraten: Jeder, der lange genug lebt, verirrt sich irgendwann. Man kommt vom Weg ab, und eines Morgens wacht man auf und stellt fest, dass man sich verirrt hat. Das ist eine unumstößliche, schlichte Wahrheit. Sollte es dir noch nicht passiert sein, kannst du dich glücklich schätzen. Wenn es so weit ist, wenn du dich eines Tages umblickst und nichts wiedererkennst, wenn du dich allein in einem dunklen Wald verirrt hast, kommt es dir vielleicht einfacher vor, jemand anderem die Schuld zu geben – einem geliebten Menschen, der dich verlassen hat, einem fehlenden Vater, einer schlimmen Kindheit. Aber vielleicht fällt es dir leichter, alles auf deine Landkarte zu schieben – zu oft zusammengefaltet, veraltet, die Schrift zu klein. Du kannst die Faust drohend zum Himmel erheben und das Ganze *Schicksal, Karma, Pech* nennen, und manchmal stimmt das auch. Aber wenn du ehrlich bist, musst du zugeben, dass meistens nur du die Schuld trägst. Natürlich kann einen das Leben überrumpeln, doch oft verschließen wir bloß die Augen – manche Leute nennen das *Handlungsmacht.* Wenn du Glück hast, kannst du dich noch an eine Geschichte erinnern, die du aus deiner Kindheit kennst, an den Trick, eine Spur aus Brotkrumen zu legen, damit du, egal, was in diesem Wald geschieht oder geschehen ist, hinterher auf demselben Weg zurückgehen und wieder hinausfinden kannst. Aber es ist nicht gesagt, dass dich die Stunden, die Jahre, in denen du durch diesen Wald wanderst, nicht verändern.

(2005) Ein Jahr nach Veröffentlichung der Abu-Ghraib-Fotos wache ich eines Morgens in Texas auf, verliebt in zwei Frauen, unaufrichtig gegenüber beiden. Mein zweites Lehrsemester an der University of Houston geht allmählich zu Ende, und ich bereite mich auf den Rückflug nach New York vor, wo die beiden auf mich warten – wenigstens stelle ich mir das vor. Seit dem Scheitern einer langjährigen Beziehung hatte ich ein paar Jahre lang bloß ständig wechselnde Frauenbekanntschaften und musste feststellen, dass ich damit oft nicht klarkam. Wie ein Roman von Tolstoi – beglückend, aber manchmal war es mühselig, die Figuren auseinanderzuhalten. Den Umstand, dass sich aus dem Chaos zwei Frauen herauskristallisiert hatten – eine nenne ich Anna, die andere war Inez –, empfand ich bereits als Fortschritt. In den letzten Monaten hatte ich mal mit der einen, mal mit der anderen am Handy gesprochen, und jedes Mal, wenn einer der beiden Namen auf dem winzigen Display erschien, schlug mein Herz vor Freude heftiger. Es war Ende April. Ich war zu dem (irrigen?) Schluss gekommen, dass wir, wenn wir uns alle einmal zusammensetzten, eine Lösung für das Problem finden könnten. Andererseits hätte ich das Ganze auch gern unausgesprochen gelassen.

Etwa um diese Zeit erschien *Die Kunst, sich zu verlieren. Ein Führer durch den Irrgarten des Lebens* – in diesem Buch geht es darum, wie wichtig es für kreatives Handeln ist, die Gedanken und den Körper umherschweifen zu lassen. Der Titel sprang mir sofort ins Auge – vielleicht konnte ich es als eine Art Anti-Landkarte benutzen. *Tatsächlich hat der Begriff des Verlierens zwei verschiedene Bedeutungen. Dinge zu verlieren hat damit zu tun, dass Bekanntes wegfällt, sich zu verlieren hat damit zu tun, dass Unbekanntes auftaucht* … Ein anderes Buch, das um diese Zeit erschien, hieß *Warum wir uns verirren und wie wir unseren Weg finden*, aber dieses Buch las ich nicht – vielleicht war ich noch nicht bereit, nicht mehr umherzuirren. Mein Umherirren offenbarte sich damals darin, dass ich verwirrt und durcheinander war, dass mir irgendwas fehlte – ich wusste durchaus, wo ich mich befand, ich wusste bloß nicht, was ich dort wollte. Im Grunde meines Herzens wusste ich, dass dieser Mangel nur zum Teil auf meine selbst heraufbeschworenen Liebeskatastrophen zurückzuführen war. Doch unter der Oberfläche lauerte die unleugbare Tatsache, dass ich gerade dasselbe Alter erreicht hatte wie meine Eltern, als beide, jeder auf seine Art, implodiert waren. Meine Mutter nahm sich mit zweiundvierzig das Leben, sie schoss sich ins Herz. Als mein Vater fünfundvierzig war, stürzte er – in betrunkenem Zustand – beim Streichen eines Hauses von der Leiter, ein Unfall, bei dem er vermutlich eine bleibende Kopfverletzung davontrug. Ein Jahr später betrat er eine Bank und reichte seinen ersten gefälschten Scheck ein, der Beginn eines Schmalspurganoventums, das ihn letztlich ins Bundesgefängnis brachte. Als er seine Strafe abgesessen hatte und wieder auf freiem Fuß war, führte er zunehmend ein Vagabundenleben und verbrachte ein paar Jahre auf der Straße, wo ich ihm schließlich wiederbegegnete.

Und plötzlich erwache ich in Texas und habe das Alter erreicht, über das meine Mutter nie hinausgelangte, das Alter, in dem mein Vater auf die schiefe Bahn geriet.

Die Erinnerung an meinen Traum verblasst bereits, und ich bin wieder mal mit meinen rastlosen Gedanken allein, die seit mehreren Monaten zwischen den beiden schönen Frauen hin und her springen. Das hat nichts mit Schicksal, Karma oder Pech zu tun.

Händedruck

[2005] Ein paar Tage nach meiner Rückkehr nach New York bin ich auf einer Feier im Lincoln Center. Ich wurde vom PEN, dem die Menschenrechte verteidigenden Schriftstellerverband, mit einem Preis ausgezeichnet, für ein Buch, in dem ich über Obdachlosigkeit und über meinen Vater geschrieben hatte. Ich saß im Publikum und lauschte der Laudatio für einen Autor, dessen Werk ich nicht kannte – er wurde zusammen mit mir ausgezeichnet:

... Sam Harris analysiert die Welt mit dem Mitgefühl eines Humanisten, doch er hat kein Verständnis für diejenigen, die im Namen eines Glaubens morden und foltern, der auf uralten, unglaubhaften und vor allem unbeweisbaren Vorstellungen beruht ...

Abu Ghraib war damals noch sehr oft in den Nachrichten, und wie viele andere Menschen war ich verwirrt und wütend. Irgendwann an jenem Abend wechselte ich ein paar Worte mit Harris. Wir wurden zusammen fotografiert, während wir uns lächelnd die Hand reichten. Ein paar Monate später lese ich sein Buch *Das Ende des Glaubens* und stelle fest, dass er an einigen Stellen den Gebrauch von Folter befürwortet.

Angesichts dessen, was viele im Krieg gegen den Terror für dringend nötig halten, erschiene die Anwendung von Folter in gewissen Fällen nicht nur zulässig, sondern sogar erforderlich.

Beim Lesen dieser und ähnlicher Formulierungen – *Würde es dann schaden, ein Folterinstrument wie das Strappado aus der Mottenkiste hervorzuholen* oder *Gewisse Annahmen sind derart gefährlich, dass es vielleicht sogar ethisch wäre, diejenigen umzubringen, die an sie glauben* – legt sich in meinem Gehirn ein Schalter um. Harris kann, wie jeder Mensch, schreiben und veröffentlichen, was er will, doch warum hat sich eine Menschenrechtsorganisation entschlossen, ihm dafür einen Preis zu verleihen? Und warum hatte man mich fotografiert, als ich ihm die Hand reichte und wie ein Idiot lächelte?

Alles, was ich habe, ist ein Foto

Es gibt ein Foto meiner Mutter, auf dem sie vor einem weißen Haus mit einer offenen Bierdose zu sehen ist, mit blonder Perücke und riesiger Sonnenbrille, genau wie Anjelica Huston in *Grifters*. Auch der Mann neben ihr hält eine offene Bierdose – man sieht nur einen Streifen von ihm, doch das reicht, um ihn als ihren Bruder, meinen Onkel, zu identifizieren. Halb verdeckt von diesem Onkel sieht man ein kleines Kind, nur eine Gesichtshälfte sichtbar, doch es handelt sich eindeutig um meinen Bruder. Die Perücke meiner Mutter, das schmale Stück Onkel, ein halber Bruder – das also ist meine Familie. Aber wer sonst sollten diese Leute schon sein? Ich habe dieses Foto in einem Karton mit den Habseligkeiten meiner Mutter gefunden. Der Pullover, den mein Bruder trägt, weißer V-Ausschnitt mit rot-blauem Saum an Kragen und Ärmeln, ist derselbe Pullover, den ich als Kind trug, ein Geschenk unseres Großvaters, der reich war, der Geld hatte, der für unseren Tennisunterricht aufkam, während wir zu Hause nur Arme-Leute-Käse und eine silberne Vierliterdose Erdnussbutter hatten. Wir aßen den Käse, öffneten aber die Dose nicht, sondern bewahrten sie für schwerere Zeiten auf.

Auf dem Foto gehen die drei in meiner Heimatstadt Scituate, Massachusetts, durch den Garten meines Großvaters auf dem First Cliff zum Meer. Meine Mutter nannte sein Haus »das große Haus« (als Kind wusste ich nicht, dass »großes Haus« für »Gefängnis« stand). Nahezu unbemerkt baumelt ein winziger Fuß vom Arm eines anderen Menschen, der nicht auf dem Bild ist – es könnte mein Fuß sein, vielleicht hält mich mein anderer Onkel oder der damalige Freund meiner Mutter im Arm, auch wenn ich nicht weiß, welcher Freund das gerade war. Mein Fuß ist noch so klein, dass mich sogar mein Vater im Arm halten könnte, doch er ist der Letzte, der mir in den Sinn kommt.

Letzte Nacht hatte ich einen Traum: Ich bin am Telefon, doch der Apparat ist kaputt – er besteht nur aus dem Hörer und einer schwarzen Scheibe, aus der Drähte sprießen, die in meinen Händen auseinanderstreben. Ich muss ihn abwechselnd ans Ohr und an den Mund halten, um zuhören und sprechen zu können. Ich spreche mit meiner Mutter, wir verabreden, dass ich zum Abendessen komme. *Was soll ich mitbringen?*, frage ich. *Salat? Eine Nachspeise?*

Bring was zu essen mit, sagt sie, *wir brauchen was zu essen.*

Spinner

[2005] Jetzt existiert ein Foto, auf dem ich Sam Harris die Hand reiche. Als ich sein Buch gelesen habe und feststelle, dass er den Gebrauch von Folter (besonders gegenüber Muslimen) befürwortet, verwandle ich mich über Nacht in einen richtigen Spinner. In Wirklichkeit lauert mein spinnerhaftes Wesen immer dicht unter der Oberfläche. Ich beginne einen monatelangen Briefverkehr – schreibe an die *New York Times*, an den PEN, an Harris, sogar an die Jurorinnen, die ihm den Preis verliehen, die in ihrer Laudatio schrieben, er habe ... *kein Verständnis für diejenigen, die im Namen eines Glaubens morden und foltern, der auf uralten, unglaubhaften und vor allem unbeweisbaren Vorstellungen beruht* ... Ich frage die Jurorinnen, ob sie vielleicht das Gefühl gehabt hätten, Harris sei in seiner Pro-Folter-Haltung fortschrittlicher. Sie beantworten meine Fragen nicht.

Ich lese die Rezensionen von *Das Ende des Glaubens:*

Ein Rezensent meint, das Buch sei »... auffällig humorvoll«.

Ein anderer schreibt: »... trotz seiner polemischen Schärfe ist es ein heiteres Buch«.

Meine persönliche Lieblingskritik beschreibt Harris' Buch als »... eine Reise auf dem Pfad der Erinnerung«. Ein Buch, das den Gebrauch von Folter befürwortet, ist *eine Reise auf dem Pfad der Erinnerung* – vielleicht eine unbeabsichtigt treffende Bezeichnung für die geheime Geschichte Amerikas.

Irgendwann in den folgenden Monaten, nach der Preisverleihung, dem Foto, den Buchrezensionen und der Laudatio der Jurorinnen, erzähle ich meiner Freundin Claudia, dass ich mir verrückt vorkomme, als würde ich etwas sehen, wovon alle anderen behaupten, es sei nicht da.

So geht es Schwarzen die ganze Zeit, sagt Claudia mit einem Schulterzucken.

Mein Repertoire

Meine Mutter hat mir mal erzählt, wie ihre Brüder sie als kleines Mädchen an einen Stuhl banden und der Stuhl schwankend oben an der Dachbodentreppe stand, wie sie ihr androhten, sie kopfüber runterzustoßen. Ich weiß nicht, ob das mehr als einmal passierte, und ich weiß auch nicht, was ihre Brüder über die üblichen kindlichen Grausamkeiten hinaus von ihr wollten – dass sie eine Frage beantwortete, ein Versprechen gab – oder ob die Jungen ihr Ziel erreichten. Die Familie meiner Mutter hatte Geld, so viel Geld, dass ein Ölgemälde von ihr – mit Zöpfen, neben einem Pferd stehend – über dem Kaminsims hing. Sie verbrachte ihre Nachmittage in Ställen, wurde auf Privatschulen geschickt, ging zum Debütantinnenball. Ihr Vater war in reichen, ihre Mutter in armen Verhältnissen aufgewachsen – leider waren beide, in unterschiedlichem Ausmaß, Alkoholiker. Meine Mutter gab mir das Gefühl, dass ihre Kindheit von sporadischem Chaos und langen Zeiten schlichter Vernachlässigung geprägt war. Trotz – oder vielleicht wegen – all des Geldes steuerte niemand das Schiff.

Mit siebzehn lernte sie meinen Vater kennen, wurde schwanger und sprang von Bord.

Mein Vater – ach ja, mein Vater. Über meinen Vater und seine Geschichten könnte man ein ganzes Buch schreiben (wenigstens glaubt er das). Inzwischen ist er von seinen Geschichten kaum noch zu trennen – immer wieder dasselbe, sein Repertoire. Ein Lügner erzählt immer dieselbe Geschichte, doch einige – die meisten – Geschichten meines Vaters haben sich erstaunlicherweise als wahr erwiesen. Seine Bankraubgeschichte. Die Geschichte von dem Roman, an dem er sein ganzes Leben geschrieben hat. Die Geschichte, dass sein Vater ein Rettungsfloß erfunden hat – alles wahr. Zum ersten Mal hörte ich diese Geschichten oder Bruchstücke davon in den fünf Jahren, in denen er auf der Straße lebte. Ich arbeitete in dem Obdachlosenheim, in dem er manchmal die Nacht verbrachte, und manchmal unterhielten wir uns, doch er war – er ist – ein großspuriger Säufer, und ich glaubte ihm kaum etwas. In einer seiner Geschichten behauptete er, ein direkter Nachfahre der Romanows, der vermissten Zarin zu sein – eine Wahnvorstellung, die fast so weit verbreitet ist wie die Behauptung, Jesus zu sein. Oder der Teufel.

In einer der Geschichten meines Vaters, die ich zu bizarr fand, um mich auch nur damit zu befassen, ging es darum, dass er zwei Jahre lang im Bundesgefängnis saß. Das stimmt auch, doch er behauptet, man habe ihn dort gefoltert – habe an ihm Experimente durchgeführt, ihn nicht schlafen lassen, ihn unter Drogen gesetzt, ihn sexuell erniedrigt –, und ob das stimmt, weiß ich nicht. Es wird immer schwerer, eine vernünftige Antwort von ihm zu erhalten, weil sein Alkoholismus allmählich ins letzte Stadium eintritt. Wenn ich ihn jetzt nach seiner Zeit im Gefängnis frage, blickt er sich aufgeregt im Zimmer, im Park oder im Café um und raunt mir zu: *Darüber kann ich hier nicht reden.*

Mein Teufelsberg

[2007] Heute früh fand ich in meiner Inbox diese Nachricht von einem Freund aus Berlin:

Gestern Abend war ich mit einem Freund auf dem Teufelsberg und hab mir Patti Smith angehört, die unten im Stadion spielte, und da musste ich an Dich denken. Der Teufelsberg wurde aus all den Kriegstrümmern aufgeschüttet, Schutt von zerstörten Häusern und so. Es ist ein hoher Berg, und wir haben dagestanden und den Blick über meine seltsame, schreckliche, schöne Stadt schweifen lassen. Wo bist Du?

Teufelsberg. All die Kriegstrümmer.

Hier bin ich, denke ich, und schreibe wieder über meine Mutter (Samsara). Hier bin ich und schreibe wieder über meinen Vater, baue meinen eigenen Teufelsberg, schütte all die Kriegstrümmer auf. Wenn man mich fragt, sage ich manchmal, dass ich über Folter schreibe, doch ich habe festgestellt, wenn ich das Wort »Folter« ausspreche, bekommen viele einen ganz glasigen Blick und verstummen, als hätte ich einen Stein in einen abgrundtiefen Brunnen geworfen. Manchmal sage ich, dass ich über meine ungeborene Tochter schreibe, über meine bevorstehende Vaterschaft - noch fünf Monate, ich weiß, die Uhr tickt –, aber ich will kein Unglück heraufbeschwören. Ich will dieses Buch hinter mich bringen, bevor meine Tochter zur Welt kommt. Ich will nicht, dass meine ersten Tage mit ihr in Folter und Schatten gehüllt sind. Aber ich habe Glück – wenn ich mich von dem Buch abwende, ist Inez da, freudestrahlend und schwanger, anscheinend selbstsicherer in die Zukunft blickend, und das beruhigt mich. Schließlich trägt sie das Baby in sich, in ihrem Körper – vielleicht kommt ihr das Ganze deshalb wirklicher vor. Andererseits war Inez schon immer selbstsicher, zumindest hat es den Anschein. Am Beginn unserer Beziehung fand ich das verwirrend, denn egal, ob ich blieb oder ging, es schien ihr nichts auszumachen, sie würde es überleben. Ich musste mich der unbequemen Erkenntnis stellen, dass ich eine Liebe ohne Katastrophen nicht gewohnt war.

Manche Leute sagen, sobald das Baby da sei, würde ich eine neue, nie gekannte Liebe empfinden. Wenn ich das höre, nicke ich lächelnd, fühle mich aber jedes Mal unbehaglich. Was, wenn ich diese Liebe nicht empfinde, wenn das bei mir nicht klappt? Ich bin mir sicher, das funktioniert nicht bei jedem – das kann nicht sein –, wer solche Liebe nicht empfindet, spricht einfach nicht darüber. Was, wenn es auch mir so ergeht? Was, wenn ich diese Liebe anfangs empfinde und später nicht mehr? Was, wenn sie vergänglich ist?

Wenn man mich fragt, sage ich manchmal, ich schreibe darüber, dass Fotos eine Art Traum sind, dass Schatten uns ähnlich werden können, manchmal sage ich auch, ich schreibe eine Geschichte der Verwirrung, und lasse es dabei bewenden, doch ich meine die Verwirrung, wenn ich aufwache, meine Hand auf Inez' Bauch, während im Radio über die Vorzüge von Waterboarding diskutiert wird. Aber vielleicht ist es einfacher, über Folter zu sprechen als über meine bevorstehende Vaterschaft, denn an manchen Tagen komme ich schon beim Gedanken daran ins Trudeln.

Vielleicht sollte ich allen, die mich fragen, erzählen, dass ich über die mythologische Figur Proteus schreibe, der seine Gestalt verändert, wenn man ihn festhält, der sich in das verwandelt, wovor man sich am meisten fürchtet, während man seine Frage stellt und sich weigert, ihn loszulassen. Oft geht es bloß um die Frage: *Wie komme ich nach Hause?*

Pleiades

[1999] Im Sommer schwamm ich zwei Wochen lang jeden Tag in einem kleinen See auf einem Berg in Vermont. Der See heißt Pleiades, wie die Sterngruppe, die sieben Schwestern. Ich wachte jeden Tag frühmorgens auf, fuhr den Berg hinauf, parkte am Straßenrand und wanderte fünfzehn Minuten einen schmalen Pfad hinauf, um gegen sieben Uhr im Wasser zu sein. Um diese Uhrzeit war sonst niemand da, die Sonne fiel erst auf die Granitfelsen am anderen Ufer, und vom Wasser stiegen Dampfwölkchen auf. Ich war auf einer Schriftstellertagung, und außer mir schienen dort alle zu trinken. Ich selbst hatte zehn Jahre vorher zum letzten Mal Alkohol angerührt, ein paar Jahre nachdem mein Vater auf der Straße gelandet war (vielleicht hatte ich genau deshalb mit dem Trinken aufgehört). Allen, die mich darauf ansprachen, sagte ich, Schwimmen sei mein Antidepressivum.

Ich hatte vor allem deshalb Angst, weil sich meine langjährige Beziehung zu einer Frau, die ich Justine nenne, allmählich ihrem schmerzlichen, aber vielleicht notwendigen Ende entgegenschleppte. Dass es mit uns ein schlechtes Ende nahm (ich kann mir immer noch nicht vorstellen, wie es hätte gut ausgehen können, aber ich weiß, das stimmt nicht), zwang mich in die Knie – nein, trieb mich zu Schwimmbädern, zu Teichen, in die ich mich hineinstürzte und in denen ich Stunde um Stunde schwamm, so lange, bis ich einen, nur einen einzigen schönen Gedanken hatte. An manchen, wenn nicht an den meisten Tagen dauerte es lange, aber irgendwann sah ich ihn übers Wasser auf mich zukommen, und wenn ich darauf zuhielt, kehrte mein Körper allmählich zurück – ich konnte meinen Körper wieder spüren, konnte spüren, wie ich in ihn zurückkehrte, und wenn mich der schöne Gedanke erreichte und ich ihn über mich spülen ließ, löste mein Körper sich langsam auf. Ich spürte es – alles –, wenn auch nur kurz, und das genügte, es musste genügen. Wenn es mir nicht gelang, ins Wasser zu kommen, wenn es an einem Tag mal nicht klappte, dann wusste ich, dass mir der Gedanke versagt blieb, und befürchtete, vielleicht nie wieder einen schönen Gedanken zu haben. Manche Leute – eigentlich sogar die meisten – fanden, ich hätte mir das selbst zuzuschreiben, doch lange hielt ich verzweifelt an der Überzeugung fest, dass mir am meisten Unrecht geschehen war.

Um von der Schriftstellertagung zu fliehen, fuhr ich an manchen Tagen zweimal zum Pleiades Lake, falls wir nachmittags ein Stündchen Zeit hatten und jemand mitkam. Einige meiner Begleiter gingen nicht mal ins Wasser. Es genügte ihnen, einfach zum See zu wandern und ihn zu sehen, und ich fand heraus, dass manche Leute nicht gern schwimmen oder, um genau zu sein, Angst vor dem Wasser haben. Als ich nachfragte, stellte sich heraus, dass auch manche von denen, die mit mir schwammen, Angst hatten. Eine Frau sagte, sie schwimme lieber im Pool, weil man dort immer sehen könne, wo das Wasser zu Ende sei. Ein Mann meinte, er schwimme lieber im Meer, wo er wegen des Salzes nicht untergehe. Eine andere Frau hatte Angst vor allem, was sich unter Wasser befand, vor einem verborgenen Zweig, an dem sie mit dem Bein hängen bleiben könnte. Viele hatten Angst vor einem namenlosen Geschöpf, das nach ihnen greifen, sie beißen, sie unter Wasser ziehen würde. Vor Blutegeln, obwohl ich niemanden kannte, den schon mal einer gebissen hatte. Ein Mann schien Angst vor sich selbst zu haben – er befürchtete, er würde einfach aufgeben und mitten im See untergehen. Ein anderer hatte Angst, ihm würde die Kraft ausgehen und er würde über den kleinen Wasserfall gesogen. Einer befürchtete, sein Herz könnte aussetzen und er würde nicht ans Ufer zurückgelangen. Im Lauf der Gespräche stellte ich fest, dass auch ich Angst hatte, aber nicht vor etwas, das da war, sondern vor etwas, das nicht da war – es war eher ein *Horror Vacui,* die Angst vor der Leere, die Angst vor dem Nichts. Mit meiner Schwimmbrille konnte ich in die Dunkelheit schauen, die sich vom unsichtbaren Grund erhob, und es war, als würde ich ins Weltall starren, denn die Dunkelheit schien unendlich zu sein. Als ich in diese Leere blickte, konnte ich nur meinen Atem hören, als wäre das alles, was existierte, und das schien einfach nicht zu genügen.

Der Verbannungspreis

[2001] Ein Jahr nach dem Ende meiner Beziehung mit Justine erhalte ich ein Literaturstipendium, an das eine Bedingung geknüpft ist: Um das Geld zu bekommen, muss ich Nordamerika für ein Jahr verlassen – ich nenne es den *Verbannungspreis*. Schließlich gehe ich für die nächsten beiden Jahre nach Rom. Ich finde eine große, billige Wohnung in der Nähe der Piazza Vittorio, wo ich das Buch über Obdachlosigkeit und meinen Vater zu Ende schreiben will. Ich kaufe mir eine verbeulte Vespa und bin mit einer italienischen Dramatikerin zusammen. Ich habe keinen Grund zur Klage, abgesehen davon, dass ich ein Hilfsnetz zurückgelassen habe, das ich mir in den letzten zehn Jahren aufgebaut hatte, ein Netz aus Freunden und festen Gewohnheiten, die mich meistens aufrecht hielten. Ohne dass ich davon wusste, ohne dass ich es wollte, begann sich dieses Hilfsnetz nach meiner Ankunft in Rom langsam aufzulösen, begann es auseinanderzufallen wie die ins Meer stürzenden Eiskappen auf den Fotos von der Antarktis. Vielleicht sollte ich sagen, dass diese persönliche Krise für die Leute in meiner Umgebung kaum zu erkennen war, insbesondere weil der Mensch, der mir in den letzten acht Jahren am nächsten gestanden hatte – Justine –, nicht mehr da war. Aber das könnte eine weitere Illusion sein, die Illusion, dass kein anderer erkennen konnte, wie kaputt ich war, obwohl es genauso wahrscheinlich ist, dass man mir alles ansah.

Bevor ich Rom am Ende des Sommers verließ, blieb mir noch ein Monat, um in einem Teich in Truro zu schwimmen. Im Frühling, als der Teich vom Regen angeschwollen war, gab es kein Ufer, doch jetzt, am Ende des Sommers, war das Wasser zurückgewichen, und ein schmaler Sandstreifen bot zwei oder drei Leuten Platz. Etwa eine Woche lang saß ich auf diesem winzigen Sandstreifen jeden Tag neben einer Frau, manchmal unterhielten wir uns, und es stellte sich heraus, dass wir gemeinsame Bekannte hatten. Am letzten Tag lud sie mich zu sich zum Tee ein, wann immer ich darauf Lust hätte. *Ich komme gern mal vorbei,* sagte ich – *sobald meine Verbannung zu Ende ist*. Und das hätte ich auch getan, ich hatte es vor, doch unfassbarerweise saß sie im ersten Flugzeug, das ins World Trade Center krachte.

Beide Türme

Als beide Türme noch standen, hielt ich mit den anderen auf einem Parkplatz in der Great Jones Street und beobachtete, wie der Rauch aus dem Turm quoll, den wir sehen konnten. *Was ist passiert?*, fragte ich einen Fremden, während auf der Lafayette Street Menschenmassen nordwärts an uns vorbeiströmten, doch er wusste es nicht. In diesem Moment wusste es niemand – wir sahen alle bloß zu, wie der Rauch den Himmel erfüllte. Was auch passiert war, es war noch nicht vorbei. In meiner Vorstellung kamen die nordwärts strömenden Menschen alle aus dem brennenden Turm, und ich war erleichtert, dass alle es nach draußen geschafft hatten – so deutete mein Denken jenen strahlend blauen, von Rauch durchzogenen Tag.

Ein paar Minuten später erzählte mir der Mann, der mir den Kaffee zubereitete, in beide Türme seien Flugzeuge gekracht. *Beide Türme?* Kurz darauf stand ich mit anderen Leuten in einem Elektrogeschäft am Broadway und sah mir in den aufgereihten Fernsehern an, wie der erste Turm einstürzte. Ich hätte mich draußen auf den Gehsteig stellen und es in natura sehen können, doch ich glaubte, aus den Fernsehern könnte eine Erklärung kommen, die dem Ganzen einen Sinn gab.

Proteus

Proteus lebt am Fuß einer steilen Klippe am Rande des Meeres, wohin nur ein tückischer Pfad führt. Von oben kann man sehen, wie er sich auf einem flachen Felsen rekelt und in das endlose Nichts des Meeres starrt, doch es ist schwer, zu ihm zu gelangen. Man hat dir erzählt, dass er die Antwort auf deine Frage kennt, und du brauchst diese Antwort dringend. Beim Abstieg musst du aufpassen, dass der lockere Kies nicht knirscht, dass du nicht aufschreist, wenn die Dornen deine Füße zerstechen. Du musst dich so lautlos wie möglich anschleichen, ganz nah herankommen und ihm die Hände um den Hals legen. Man hat dir gesagt, dass du ihn festhalten musst, während du deine Frage stellst, dass du ihn nicht loslassen darfst. Man hat dir erzählt, dass sich Proteus, während du ihn festhältst, in die Gestalt verwandelt, vor der du die größte Angst hast, damit du ihn wieder loslässt. Doch wenn du ihn trotz deiner Angst festhalten kannst, verwandelt er sich in seine wahre Gestalt zurück und beantwortet deine Frage.

Willkommen im Jahr des Affen

[2004] Ich höre von den Fotos, bevor ich sie zu sehen bekomme, ich höre davon im Radio. Der Mann im Radio sagt die Worte *Abu Ghraib*, Worte, die ich noch nie gehört habe – zu diesem Zeitpunkt weiß ich nicht, ob »Abu Ghraib« aus ein oder zwei Wörtern besteht, ob es sich um ein Gebäude oder eine Stadt, um eine Gegend oder einen Begriff handelt. Der Mann im Radio hat die Fotos gesehen, er redet so, als lägen sie vor ihm, als würde er sie gerade durchsehen – *Die Fotos stammen aus unserem Krieg*, sagt er, *und sie sind äußerst verstörend.*

Mein erstes Lehrsemester in Houston ist gerade zu Ende gegangen, und ich fahre zurück nach New York, wo Anna und auch Inez wohnen. Zu diesem Zeitpunkt haben Anna und ich bereits ein Verhältnis – Inez muss ich erst noch kennenlernen. Ich fahre einen 1993er Ford Escort Kombi – zuverlässig, uncool, billig –, im Wesentlichen ein Fahrzeug, um von A nach B zu gelangen, gekauft in Texas, um damit in den Norden zurückzukehren, denn im Gegensatz zu den Autos im Nordosten ist ein Gebrauchtwagen aus Texas in der Regel nicht verrostet. Man muss sich nur vergewissern, dass er noch keine Überschwemmung mitgemacht hat. Houston ist auf Sumpfland erbaut und für Überschwemmungen bekannt. Außerdem scheint Houston endlos zu sein – bevor ich die Stadtgrenze erreiche, höre ich wieder und wieder von den Fotos. Der Mann im Radio sagt, die Verbindung zwischen den Fotos bestehe darin, dass sie offenbar Folterszenen zeigten, dass die Folterer Uniformen oder Teile von Uniformen trügen und dass es anscheinend unsere Uniformen seien. Er beschreibt die Fotos –

Häftlinge, Wärter, Hunde. Flure, Hohlblocksteine, Käfige. Leinen. Lächelnde Gesichter. *Viele der Häftlinge tragen keine Kleider. Das Ganze scheint eine sexuelle Seite zu haben*, sagt er, während ich an einer Kirche von der Größe eines Einkaufszentrums vorbeigleite.

Der Mann im Radio ist ein Reporter. Zum ersten Mal habe ich seinen Namen vor knapp vierzig Jahren gehört, als er die Geschichte eines Massakers in Vietnam ans Licht brachte – My Lai, der Name eines kleinen Dorfes, das einmal alles symbolisieren sollte, was mit jenem Krieg nicht stimmte. Fast vierhundert unbewaffnete Männer, Frauen und Kinder – Zivilisten – zusammengetrieben, hingerichtet, viele von ihnen in Gräben erschossen. Auch jener Tag ist mit Fotos dokumentiert, und die Fotos gelangten in seine Hände und schließlich auf die Seiten der *New York Times*. WILLKOMMEN IM JAHR DES AFFEN stand im Frühling 1968 auf den die Straßen überspannenden Transparenten.

Endlich entkomme ich dem Mahlstrom der Stadt und fahre auf der I-10 nach Osten, nähere mich der Ausfahrt nach New Orleans, wo ich eigentlich haltmachen wollte – ich war schon seit Jahren nicht mehr dort –, doch ich beschließe weiterzufahren, um noch vor Einbruch der Dunkelheit in Tuscaloosa zu sein, wo ich bei Freunden übernachten kann. New Orleans werde ich nie wiedersehen.

ZWEI

They Came Back

[2007] Wieder jene Zeit des Jahres – kurze Tage, lange Nächte – Weihnachten steht vor der Tür, doch zuerst jährt sich der Tod meiner Mutter, ein Nagel mitten im Schnee. *Herzlichen Glückwunsch zum Todestag,* sage ich zum leeren Zimmer. Jedes Jahr um diese Zeit bin ich von einer dunklen Energie erfüllt und sehe mir Zombiefilme an, und gäbe es ein Foto, auf dem ich in einer jener Nächte zu sehen wäre, könnte man auch mich für einen Zombie halten. Man kann an den Fingern einer Hand abzählen, wie viele Tage ich noch habe, bis der Todestag vorbei ist, wie viele Zombiefilme ich mir noch ansehen kann. *Hiroshima mon amour. After Life. American Psycho.* In *Dawn of the Dead* kehren die Zombies zu einem Einkaufszentrum zurück, das erinnert an die unheimlichen Fotos, die um diese Jahreszeit immer in den Zeitungen abgedruckt werden, Fotos, auf denen arme Leute vor einem WalMart Schlange stehen und auf den Beginn des Schlussverkaufs warten. In dem Film gestern Abend wurde ein Vater zum Zombie und verfolgte danach seine Kinder durch die menschenleeren Straßen von London – er hatte ihnen erzählt, ihre Mutter sei tot, doch das stimmte nicht. Heute Abend habe ich mich für einen französischen Film entschieden – *They Came Back* –, eher subtil für dieses Genre: Die Toten verhalten sich nur wie Tote und schlurfen teilnahmslos zur Arbeit und wieder zurück. Sie brauchen weder unser Blut noch unsere Gehirne, um weiterleben zu können. Sie scheinen nicht mal zu wissen, ob sie überhaupt weiterleben wollen.

Mein erster Zombiefilm war *Die Nacht der lebenden Toten*. Den habe ich mir mit meiner Mutter und meinem Bruder im Kino angesehen, als ich zehn war. Danach haben wir monatelang unsere Lieblingsszenen in der Küche nachgespielt, sind mit schlaff herabbaumelnden Armen hinter dem anderen hergeschlurft oder haben an der Fliegentür gekratzt, ohne je mit den Augen zu blinzeln. Beim Abendessen legte ich eine lebensgroße abgetrennte Gummihand auf meinen Teller, beträufelte sie mit einer blutroten Flüssigkeit und stach mit meiner Gabel danach. Mein Vater lebte nicht mehr bei uns, seit ich ein halbes Jahr alt war – er war damals nicht mal mehr eine ferne Erinnerung. Meine Mutter war immer noch jung, erst knapp dreißig. Im Lauf der Jahre hatte sie eine Reihe von Liebhabern, ganz anständige Kerle, zumindest die, die sie mit nach Hause brachte. Mit einem von ihnen fuhr ich ungefähr ein Jahr nach *Die Nacht der lebenden Toten* ins Autokino, wo wir uns Zombie- und Gewaltfilme ansahen – *Bloody Mama, Die lebenden Leichen des Dr. Mabuse*. Zu Weihnachten bekam ich in jenem Jahr ein Buch über die Geschichte der Folter. Soweit ich mich erinnere, war der Titel in Old English geschrieben, derselben Schrift, die von Heavy-Metal-Bands oder bei Slogans der Anonymen Alkoholiker verwendet wurde – *Ein Schritt nach dem anderen. Motörhead.*

[1999] Nach dem Tod meiner Mutter zog ich es ein paar Jahre lang vor, im Dezember zu verschwinden – am besten in ein muslimisches Land, wo man mich nicht mit Weihnachtsliedern quälte. Ein Freund von mir arbeitete in Kairo, und eines Winters floh ich dorthin, um der New Yorker Kälte und meinen Beziehungsproblemen zu entrinnen. Am zweiten Tag meines Kairobesuchs wachte ich morgens neben einer Frau auf, in die ich mich später verliebte, doch sie lebte in Kopenhagen und ich in New York, wir waren beide liiert und vielleicht noch nicht bereit, uns zu verlieben. Durch den Zeitunterschied aus dem Rhythmus gebracht, gingen wir zu einem riesigen Friedhof, der sich in eine Stadt der Besitzlosen verwandelt hatte. In den Grüften wohnten Familien, und niemand wusste, ob sie dort ihre Toten betrauerten oder ob die Gruft bloß leer war. Diese Stadt der illegalen Siedler, diese Zombiestadt gab es schon so lange, dass einige der Grüfte Läden beherbergten und in den Durchgängen Lampen aufgehängt waren. Als wir den Rand dieser Stadt erreichten, überquerten wir eine breite Straße und kamen in eine Gegend, die auf unserer Karte bloß ein weißer Fleck war. Es wurde allmählich dunkel. An einem Stand vor einem der Häuser kauften wir einen ganzen gebratenen Fisch, den wir im Gehen aßen. Irgendwann, in einer Gasse, folgten uns ein paar Kinder, die lange Gerten neben unseren Gesichtern durch die Luft peitschen ließen. Ich kannte das arabische Wort für »verschwinden«, das ich schon mehrmals gegenüber Bettlern benutzt hatte, obwohl ich mir dabei jedes Mal erbärmlich vorkam. *Verschwindet,* zischte ich, stampfte mit dem Fuß auf, schnappte mir eine der Gerten und warf sie über einen Zaun. *Verschwindet.*

[2003] Nach zwei Jahren in Rom, wo ich das Buch über Obdachlosigkeit und meinen Vater zu Ende geschrieben hatte, kehrte ich nach Brooklyn zurück. In meiner Abwesenheit hatten die Künstler, die unter mir gelebt hatten, das Gebäude, in dem ich zehn Jahre gewohnt hatte, gekauft und die Miete vervierfacht. Von dem Vorschuss für mein Buch war noch genügend Geld übrig, um entweder ein Jahr lang eine Wohnung in Brooklyn zu mieten oder mir im Norden des Staates ein Haus zu kaufen. Ich entschied mich für das Haus, ein baufälliges viktorianisches Gebäude in einem hübschen, am Hudson River gelegenen Ort, zwei Stunden nördlich von New York. Rip-Van-Winkle-Gebiet – meine Nachbarn schienen tatsächlich zwanzig Jahre lang geschlafen zu haben. Im Dezember unterschrieb ich den Kaufvertrag.

Zu diesem Zeitpunkt lief die Beziehung mit der italienischen

Dramatikerin nicht allzu gut. Wenn ich mich eingelebt hätte, sollte sie nachkommen, doch sie schien oft wütend auf mich zu sein, manchmal schon, weil ich ihr nicht versprechen konnte, mich im Jenseits mit ihr zu treffen. Ich fand mich damit ab, dass sie ihren Katholizismus so auslegte, doch es machte mir Sorgen. Ein paar Monate zuvor hatte ich durch Zufall den Auftrag erhalten, einen Einakter zu schreiben – nichts Besonderes, doch ich dachte, ich könnte dabei etwas lernen. Am Todestag meiner Mutter sagte mir die Dramatikerin am Telefon, ich sollte mich lieber umbringen, als ein Stück zu schreiben. Anscheinend fühlte sie sich bedroht. Ich hatte versucht, sie zu beruhigen, doch ihre Worte – ich sollte mich lieber umbringen – sagten mir, dass unsere Beziehung vorbei war. Als ich mich umblickte, auf einem gebrauchten Sofa in einem verfallenen Haus in einer von der Zeit vergessenen Stadt, fragte ich mich, was ich getan hatte. Hatte ich wirklich mein ganzes Geld in ein Haus gesteckt, das nur durch jahrelange Arbeit wieder bewohnbar gemacht werden konnte? Vielleicht würde ich einfach einschlafen und nicht mehr aufwachen.

Damals konnte ich noch nicht wissen, dass Inez ganz in der Nähe wohnte.

[2007] Letzte Nacht hatte ich einen Traum, in dem Inez von mir wegging, durch eine Art Gefängniskomplex. Ein Wärter hielt mich an und sagte, ich dürfe ihr nicht folgen. Auf einem Videomonitor beobachtete ich, wie sie einen Flur entlangging und rechts abbog, und danach konnte ich sie nicht mehr sehen. Der Wächter hatte einen Hund, der mich an einen Tisch drängte, und das war das Ende des Traums. Ich erwachte in einem weißen Zimmer in Brooklyn, in der Wohnung, die Inez und ich vor zwei Monaten bezogen haben (erstaunlicherweise lebe ich zum ersten Mal mit einer Frau zusammen). Inez schlief neben mir. Wir lagen in unserem Schlafzimmer. Als sie die Augen aufschlug, schloss ich meine

Augen, um ihr den Traum erzählen zu können. Darin war ich auch mit dem Auto ganz dicht an den Rand einer Klippe gefahren.

In einem Monat kommt unser Baby zur Welt.

Letzte Woche hat mir die Dänin ein Foto von sich geschickt, auf dem sie hochschwanger ist. Gestern habe ich zufällig eine andere Geliebte von damals getroffen, doch ich verwechselte sie mit ihrer Zwillingsschwester. Als ich vor Jahren aus Ägypten wiederkam, kehrte ich nach Brooklyn zurück, zu meiner angeschlagenen Beziehung mit Justine, doch sie sah mich an wie die Frau in dem französischen Zombiefilm, als ihr Geliebter von den Toten zurückkehrt. Es sah aus, als wollte sie sagen: *Du bist zurückgekommen,* doch wir wussten beide, dass es eigentlich nicht stimmte. Wenn wir uns heute, Jahre später, treffen, dann reden wir immer darüber, wie schlecht ich mit allem fertig wurde. *Weißt du, wie schwer es für mich damals war? Ich erwachte neben dem Mann, den ich liebte, und er hatte sich in einen psychotischen Mörder verwandelt.*

Bloß in einen Zombie, würde ich am liebsten sagen, schweige jedoch.

Wer hat dich durch seinen Tod zum König gemacht?

[1974] Wenn du, ohne den Blick vom Fernseher zu wenden, nach einem Glas Wasser rufst und deine Mutter, die gerade in einer Pfanne Zwiebeln anbrät, zurückruft: *Wer hat denn dich durch seinen Tod zum König gemacht?*, dann fragst du dich vielleicht, ob du tatsächlich ein König bist. Unbekannt, ungewürdigt, aber dennoch – ein König. Und wenn du nach einem Glas Wasser rufst und deine Mutter, die gerade zur Arbeit aufbricht, antwortet: *Und wer war gestern dein Sklave?*, dann kann das etwas anderes bedeuten. Doch es kann auch dasselbe bedeuten, denn Könige haben oft Sklaven, beides gehört oft zusammen, das weißt du.

In der Schule beschäftigt ihr euch mit der Bürgerrechtsbewegung, aber das Thema interessiert dich nicht. Du interessierst dich fürs Mittelalter, eine Zeit, in der es Könige und Kerker gab, worüber ihr in der Schule jedoch nichts lernt. *Dunkles Mittelalter,* du sprichst diese Worte gern aus, denn sie klingen geheimnisvoll. Heute spricht die Lehrerin über Martin Luther King – jedes Jahr lernst du dieselben vier Dinge über ihn –, doch du denkst an Nebukadnezar, den König des alten Babylon. Gott nahm ihm sein Königreich, um ihn für seinen Hochmut zu bestrafen, und dann verurteilte ihn Gott dazu, wie ein Tier in der Wildnis zu leben. Anscheinend gefällt es Gott nicht, wenn jemand hochmütig ist. Sieben Jahre lang lebte Nebukadnezar einsam und seines Verstandes beraubt. An seinem Körper wuchsen überall Haare, und seine Nägel verwandelten sich in Klauen.

Du betrachtest deine eigene Hand, streckst die Finger aus.

Martin Luther King saß in Birmingham im Gefängnis, eingesperrt, weil er für das Recht eingetreten war, dass ein Mensch, wann und wo immer er will, ein Sandwich bestellen kann. Auch dein Vater sitzt im Gefängnis, das hat dir deine Mutter erzählt, das Gefängnis befindet sich in Missouri, aber das ist alles, was du weißt. Von der großen Landkarte an der Wand, die du immer anstarrst, wenn du zuhören sollst, weißt du, dass Missouri am Ende der Welt liegt. Die Lehrerin sagt, im Gefängnis habe Martin Luther King einen Brief geschrieben. Es war deine Hausaufgabe, diesen Brief zu lesen. *Kann uns jemand sagen, was er in dem Brief geschrieben hat?* Bei diesen Worten sieht sie dich direkt an – du lässt deinen Blick verschwimmen, und sie löst sich in nichts auf.

Zu Hause liegst du bäuchlings auf dem Fußboden und liest die Witzseite der Zeitung, während sich deine Mutter den Todesanzeigen widmet. Du suchst *Magnus, der Magier,* denn du stehst auf Spuk, den trollartigen Burschen, der für immer im Kerker sitzt. Spuk ist an eine Mauer gekettet, hinter ihm steht ein Mann mit Kapuze, der eine Peitsche in der Hand hält.

Wenn du deine Mutter fragtest, warum dein Vater im Gefängnis sitzt, würde sie vielleicht sagen: *Dein Vater ist ein Delinquent.* Da du nicht weißt, was ein Delinquent ist, würdest du vielleicht denken, es ist so was wie ein König.

Aber wahrscheinlich denkst du eher, es ist so was wie Spuk.

Soweit du dich von eurer einzigen Begegnung erinnern kannst, sieht er aus wie eine Mischung aus Andy Williams und dem ängstlichen Löwen aus *Der Zauberer von Oz.* Alle Liebhaber deiner Mutter erinnern dich an irgendwen, den du aus dem Fernsehen kennst. Tom Jones. Dick Cavett. Greg Allman.

Eines Tages wirst du lernen, dass das einstige Babylon heute Irak heißt. Als dein Land Jahre später dort einmarschiert, wird man den König, den Präsidenten des Landes, nach monatelanger Suche in einem Versteck finden, das den Namen »Spinnenloch« erhält – sein Bart zerzaust, die Nägel ungeschnitten. Er wird zum

Tode verurteilt und von johlenden Männern mit Kapuzen aufgehängt. Du siehst dir seine Hinrichtung am selben Tag an, an dem du das Foto siehst, auf dem eine abgedrehte Popsängerin der ganzen Welt ihre Muschi zeigt.

Doch vorläufig ist es noch jener herrliche Sommertag, und du bist noch im Haus. Deine Mutter ist noch nicht weggegangen. An diesem Abend wird sie bis zwei Uhr nachts hinter der Theke stehen, doch sie muss erst anfangen, wenn es dunkel wird – noch ist alles möglich. Ihr beide könntet zum Hafen fahren und euch ein Eis kaufen, ihr könntet am Peggotty Beach parken und den Sommerurlaubern beim Schwimmen im noch kalten Atlantik zuschauen. Du könntest ihr helfen, die Möhren und Zwiebeln für den Hühnereintopf klein zu schneiden. Ihr könntet an den Klippen entlangfahren, vorbei an den großen Häusern, die am Rande des Abgrunds taumeln, und ihr könntet Wetten darauf abschließen, welches Haus als nächstes ins Meer stürzt. Aber wenn sie sich mit ihrem neuesten Liebhaber trifft, dem Polizisten (Elvis), hätte es keinen Sinn, dass du mitfährst. Was solltest du dann anfangen, wieder mit seiner Pistole spielen, während die beiden auf dem Vordersitz rumknutschen? Als sie auf dem Weg nach draußen an dir vorbeigeht, liegst du immer noch auf dem Bauch, starrst jetzt in deine Schattenkiste – *The Three Stooges* läuft gerade, Curlys Kopf mal wieder im Schraubstock, und Moe schneidet mit einer Eisensäge hinein. Moe scheint ständig die Körper anderer Leute aufzuschneiden.

Eine einzige einfache Frage

[1995] Ich arbeite als reisender Dichter an staatlichen Schulen in New York City – Harlem, South Bronx, Crown Heights –, lese den Jugendlichen Gedichte vor und helfe ihnen, selbst welche zu schreiben. Es sind die Jahre beispiellosen Wohlstands in den Vereinigten Staaten, aber wenn man die schlechteste staatliche Schule in einer Stadt finden will, muss man nur die suchen, die nach Martin Luther King benannt ist. Die Schulen, in denen ich arbeite, stehen in Gegenden, die aussehen wie Dresden nach der Bombardierung, doch die politischen Karrieristen, die Spekulanten stoßen bereits in diese Viertel vor und kaufen die ausgebrannten Ruinen. Am Anfang des Unterrichts lese ich manchmal das Gedicht *Eine Geschichte, die wahr sein könnte* von William Stafford vor. Darin geht es unter anderem um einen verschwundenen Vater, und ich weiß, dass die Väter vieler dieser Kinder verschwunden sind. Das Gedicht beginnt folgendermaßen:

> Wenn du in der Wiege vertauscht wurdest und
> deine richtige Mutter gestorben ist,
> ohne die Geschichte je zu erzählen,
> dann kennt niemand deinen Namen,
> und irgendwo auf der Welt
> hat sich dein Vater verirrt und braucht dich,
> aber du bist weit weg.

Jedes Mal, wenn ich diese Worte laut vorlas, war ich zu Tränen gerührt, aus Gründen, die mir damals rätselhaft waren, jetzt aber auf der Hand zu liegen scheinen. Sechs Jahre lang hatte mein Vater gelebt wie Nebukadnezar, einsam und seines Verstandes beraubt – an seinem Körper wuchsen überall Haare, und seine Nägel verwandelten sich in Klauen.

> Er kann nicht herausfinden,
> wie aufrichtig du bist, wie bereitwillig.
> Wenn der große Wind kommt
> und die Raubüberfälle des Regens,
> stehst du zitternd an der Ecke.
> Die vorbeigehenden Leute –
> du wunderst dich über ihre Gelassenheit.

Als ich den Zweitklässlern in Harlem das Gedicht vorlas, lebte mein Vater seit knapp fünf Jahren nicht mehr auf der Straße, sondern in seiner staatlich subventionierten Studiowohnung in der Bostoner Innenstadt. Doch ich hatte den Kontakt zu ihm verloren, und er war wieder im Schatten verschwunden. Oder ich. Als ich ihn wiederfand, sagte ich mir, dass ich ihm bloß eine einzige einfache Frage stellen wollte – wie hatte er meine Mutter kennengelernt? –, doch ich musste ihn immer wieder aufsuchen, denn er brauchte Jahre, um sie zu beantworten.

Brennende Häuser

[1971] Wenn samstagmorgens eine Sirene – egal ob Streifenwagen, Löschfahrzeug oder Krankenwagen – meine Zeichentrickfilme übertönte und das Blau aus dem Himmel wrang, sagte mir meine Mutter, ich solle den Wagen anlassen. *Sehen wir mal, was los ist,* sagte sie, und dann fuhren wir zu dem Ort, an den uns die Sirenen riefen. Danach fuhren wir zu dem Café am Hafen, wo ich für sie das Übliche bestellte – *mit Sahne, kein Zucker* –, während sie im Wagen wartete. Während der Highschoolzeit hatte sie in jenem Café gearbeitet – dort hatte sie meinen Vater kennengelernt. *Ich will denen nicht noch mehr zu tratschen geben,* sagte sie mal als Erklärung, warum sie mich allein reinschickte.

Wenn ich mit ihrem Kaffee zurückkam, fuhren wir zum Strand, saßen im Wagen und blickten auf den Atlantik hinaus. Eines Tages sagte sie mir, sie überlege, einen Zimmermann zu heiraten, mit dem sie seit ein paar Monaten zusammen sei. *Travis will, dass ich ihn heirate,* sagte sie. *Was meinst du dazu?* Travis war frisch zurück aus Vietnam – zehn Jahre jünger als sie, zehn Jahre älter als ich (ich war damals elf) –, er war ein ganz netter Kerl, aber ein bisschen verrückt.

Das ist ein Fehler, sagte ich.

Ein paar Wochen später wohnt Travis in unserem Haus.

Nach ihrer Hochzeit fahren meine Mutter und ich weiter zu unseren brennenden Häusern. Travis ist nie dabei – vielleicht haben wir ihn nie eingeladen. Einmal fuhren wir am Haus einer Frau vorbei, die sich umgebracht hatte – keine Sirene hatte uns darauf aufmerksam gemacht. Vielleicht hatten wir es in der

Zeitung gelesen, vielleicht hatte uns ein Nachbar davon erzählt, dennoch stiegen wir in den Wagen und fuhren langsam an dem Gebäude vorbei. Das Haus war mir nie aufgefallen, obwohl ich jeden Morgen auf meiner Zeitungsroute daran vorbeikam – die Vorhänge inzwischen zugezogen, der Rasen verwildert.

Skylla

Wonach suchte meine Mutter bloß, wenn wir an den brennenden Häusern vorbeifuhren, was sollte ich sehen? Dachte sie, ich würde dort lernen, meine Aufmerksamkeit auf die Welt zu richten? Oder aufs Jenseits? In der *Odyssee* versuchten die Sirenen, Odysseus mit ihrem Gesang einzulullen, damit sein Schiff auf eine Sandbank lief – man könnte sagen, dass auch unsere Sirenen ertönten, um uns stranden zu lassen, unser Schiff zu versenken, doch es dauerte Jahre, bis ich begriff, dass sie diese Absicht verfolgten. Man hätte auch sagen können, dass es wenigstens nicht unser Unglück war, dass wir wenigstens eine Stunde aus unserem Haus an die frische Luft gelangten, um etwas mit anzusehen, das über uns hinauswies. Um uns in die Leute, die in den brennenden Häusern wohnten, hineinzuversetzen oder unser Einfühlungsvermögen zu schulen, obwohl wir die Leute nicht kannten und auch gar nicht kennenlernen wollten, nicht mal, wenn ihr Haus abgebrannt war. Was hätten wir ihnen schon anbieten können – ein Zimmer in unserem baufälligen Haus? *(Wir hatten keinen Platz.)* Eine Mahlzeit, eine Decke, Kleidung? *(Das haben wir nie getan.)*

Vielleicht wollte meine Mutter auch nur, dass ich übte, so wie andere Familien Feuerübungen machten, damit ich wüsste, was zu tun sei, wenn die Sirenen ihretwegen ertönten. In den Wagen zu steigen und zu dem Lärm zu fahren, egal, worum es sich handelte – Brand oder Herzinfarkt, Autounfall oder Selbstmord –, auszusteigen und sich auf den Gehsteig oder den Rasen zu stellen. Oder nicht mal zu halten, sondern nur langsam vorbeizufahren, während die unbekannte Person auf einer Trage weggebracht wird.

Aber wohin fährst du, wenn die Sirene vor deinem eigenen Haus ertönt? Wohin richtest du deinen Blick, wenn die fremden Leute auf dem Gehsteig dich selbst ansehen?

Man macht keine Fotos

(2004) An dem Tag, an dem die Fotos erscheinen, wird ein Veteran aus dem Koreakrieg in einem Café in Tennessee im Radio interviewt. Inzwischen sind die Fotos in allen Zeitungen überall auf der Welt abgedruckt, und es klingt, als würde er sie beim Sprechen durchblättern. *Wissen Sie,* beginnt er und sucht nach Worten – *so was passiert in jedem Krieg.* Schwer zu sagen, ob er aufgebracht oder nur verblüfft ist. Er hält inne, dann bekommt seine Stimme einen etwas empörteren Tonfall – *Aber man macht keine Fotos.*

Am nächsten Tag gibt ein Radiokommentator seine Meinung zum Besten: *Das ist nicht schlimmer als der Initiationsritus von Skull and Bones. Wir machen unseren Leuten das Leben zur Hölle und behindern unsere militärischen Anstrengungen, und dann machen wir sie richtig fertig, bloß weil sie sich amüsiert haben. Auf diese Leute wird tagtäglich geschossen. Ich rede davon, dass Leute sich amüsieren. Diese Leute, haben Sie schon mal was von Gefühlsausbrüchen gehört? Von dem Bedürfnis, Dampf abzulassen?* Das ist der Moment, bevor die Soldaten, die Häftlinge an Leinen hinter sich herzogen und hinter Pyramiden aus nackten Männern den Daumen in die Luft streckten, als *ein paar schwarze Schafe* bezeichnet werden. Das ist der Moment, in dem die Soldaten genau wie wir sind, was vielleicht eher – so seltsam und beunruhigend es klingt – der Wahrheit entspricht.

(1984) Als ich in Boston wohnte und noch Alkoholiker war, begann ich in einem Obdachlosenheim zu arbeiten. Ich war vierundzwanzig Jahre alt, der Rauswurf meines Vaters stand erst bevor, und ich konnte noch nicht wissen, was mich erwartete. Am Wochenende wurde ich manchmal zum »Aufsichtsführenden« ernannt und bekam die Verantwortung für meine Kollegen übertragen – manche waren erst zweiundzwanzig, manche schon zweiundfünfzig. Während unserer Besprechungen beim Schichtwechsel stimmten wir ab, ob jemand Hausverbot erhielt, für einen Tag oder ein Jahr, Daumen rauf, Daumen runter. Wenn die Leute, die Hausverbot erhielten, in der Hoffnung, für die Nacht eingelassen zu werden, an die Tür kamen, hielten wir sie auf, drehten sie um und schickten sie wieder hinaus in Schnee und Dunkelheit. Wir wussten, dass sie dort draußen sterben konnten, aber *(Der Herr der Fliegen)* wir hatten die Macht über Leben und Tod. Jeden Morgen stieg ich auf dem Heimweg von der Arbeit über Körper hinweg, und manchmal beobachtete ich, wie die Kinder auf dem Weg zur Schule über dieselben Körper stiegen. Sie klammerten sich an die Hand ihrer Mutter, und ich hörte sie fragen: *Warum schläft der Mann auf dem Gehsteig?* Zwanzig Jahre später gingen einige dieser Kinder freiwillig in den Irak. Vielleicht dachten sie, sie könnten etwas Gutes tun, vielleicht dachten sie sogar, sie könnten einen Menschen, eine Stadt oder die Welt retten. Vielleicht wollten sie auch bloß bei ihrer Rückkehr genug Geld haben, um aufs College gehen zu können. Aber deshalb wurden sie nicht dort hingeschickt. Vielleicht ist es nicht so schwer, Leute, die mit der Vorstellung aufgewachsen sind, dass gewisse Menschen bloß Müll sind, dazu zu bringen, jemand anderen zu misshandeln, besonders jemanden, der anders aussieht, eine andere Sprache spricht oder einen anderen Gott anbetet, auch wenn sie eigentlich bloß helfen wollen.

Ein paar Tage nachdem die Fotos in der Welt sind, sagt der Verteidigungsminister auf einer Pressekonferenz über die inzwischen als »Skandal« bezeichneten Vorfälle: *Ich weiß nicht, ob es richtig ist, wie Sie zu sagen, dass Folter angewendet wurde oder dass man*

Folter für angebracht hielt. Deshalb nehme ich das Folter-Wort nicht in den Mund. Das Folter-Wort. Ein paar Tage später wiederholt ein Senator der Vereinigten Staaten die Erklärung, die Fotos zeigten kaum etwas, das über die boshaften Streiche bei der Aufnahme in eine Studentenvereinigung hinausgehe. Charles Krauthammer (ich weiß nicht genau, womit Krauthammer, der den Namen eines Comic-Schurken trägt, seinen Lebensunterhalt verdient) wird da schon deutlicher: *Als Amerikaner müssen wir alle darauf vorbereitet sein, zu foltern.*

Thrown It All Away

[1987] Ich hatte drei Jahre lang (eine halbe Ewigkeit) in einem Obdachlosenheim gearbeitet, als mein Vater aus seiner Billigwohnung geworfen wurde, zu Fuß zehn Minuten von meiner eigenen Billigwohnung in der Bostoner Innenstadt entfernt. Wir wohnten so nah beieinander, und dennoch hatten sich unsere Wege vor seinem Rauswurf nie gekreuzt. Danach lebte er ein paar Jahre auf der Straße, und manchmal, nein oft übernachtete er in dem Obdachlosenheim, in dem ich arbeitete, das brachte mich anfangs ins Schleudern, doch schließlich begann ich eine Therapie und wurde trocken. Dass ich ins Schleudern geriet, war, ehrlich gesagt, nur die Beschleunigung einer sich bereits abspielenden, banalen Geschichte, die von Alkohol, Drogen und langen Nächten mit wechselnden Frauen geprägt war. Als ich mit den Obdachlosen arbeitete, war ich bereits mehrmals festgenommen worden, hatte ein paar Nächte in Schutzhaft verbracht, etliche Fahrzeuge zu Schrott gefahren und die eine oder andere Freundin betrogen. Als ich mit den Obdachlosen arbeitete, war sogar mir klar, dass ich nur selten festgenommen oder verlassen worden war, ohne es auch verdient zu haben. Ich wusste, dass die Polizisten oder meine Freundinnen mir wahrscheinlich mehr als einmal das Leben gerettet hatten, indem sie einfach das Auto abschleppen ließen oder sagten: *Du hast genug.*

Im Obdachlosenheim lernte ich ein paar Polizisten kennen, die Beamten, die dort für die Sicherheit zuständig waren. Außerhalb sah ich sie manchmal bei Protestkundgebungen für Obdachlose, bei den Zeltstädten, die wir errichteten, oder den verlassenen städtischen Gebäuden, die wir besetzten, mit der Forderung, dass sie renoviert und in Billigwohnungen umgewandelt werden sollten. Einmal verhaftete mich einer dieser Polizisten auf einer Demonstration und legte mir lächelnd die Handschellen an. Ein scharfer Hund, ein harter Brocken wie die meisten anderen – eigentlich hätte ich ihn nicht mögen dürfen, dennoch tat ich es. Er ähnelte den Holzfällern, die ich ein paar Jahre später auf Meares Island im westlich von Vancouver Island gelegenen Clayoquot Sound kennenlernte, wo es einen der letzten Urwälder Nordamerikas gibt. Diese Holzfäller saßen mit uns Demonstranten auf einer Brücke, während die Mounties versuchten, unsere Freundin von dem Baumstamm loszubekommen, an den sie sich gekettet hatte. Wir hatten den Baumstamm am vorigen Abend auf die Brücke gerollt, um den Holztransportern den Weg zu versperren. Der Polizeieinsatz dauerte eine halbe Ewigkeit, weil unsere Freundin rittlings am Ende des Baumstamms saß, das über den Rand der Brücke ragte und schwankend über dem tief unten strömenden Fluss hing. Hätte man sie aus dem Gleichgewicht gebracht, wäre sie wohl gestürzt, und das hätte für schlechte Schlagzeilen gesorgt. Unsere Aktion hielt die Lastwagen einen Tag lang auf, doch wir mussten feststellen, dass sich die Holzfäller nicht allzu sehr von uns unterschieden, dass auch sie nur versuchten, einen weiteren Tag zu überstehen. Sie erinnerten mich an die Freunde meiner Mutter in meiner Kindheit – an den Zimmermann und den Gangster, den Fischer und den Chef der Concrete Pipe Corporation –, alles Männer, die ich mit der Zeit mochte. Keiner von ihnen unterschied sich groß von den Männern, die in New Hampshire das Atomkraftwerk direkt hinter der Staatsgrenze bauten. Ich habe mal im Sommer ein paar Wochen lang in jener Kleinstadt Treibhäuser errichtet. Mittags sah ich die Bauarbeiter in den Sandwichläden – sie sahen nicht anders aus als ich. Später, als ich aufs College ging, kehrten Freunde von mir in diese Stadt zurück, um gegen das Atomkraftwerk zu demonstrieren. Ein paar Jahre danach las ich, es gebe dort Bauprobleme – wie sich herausstellte, waren die Arbeiter gefilmt worden, als sie sich mittags auf dem Parkplatz in ihren Autos bekifften, und jetzt gab man ihnen an allem die Schuld. Das war Ende der Siebziger-, Anfang der Achtzigerjahre gewesen – damals hatten sich alle bekifft: die Männer, die das Atomkraftwerk bauten, die Jugendlichen, die hinfuhren, um dagegen zu demonstrieren, mein Vater, als er seine erste Bank beraubte, meine Mutter, als sie ihre Pistole lud, und ich, als ich vor ihrem Sarg stand, die Hand nach ihrer Wange ausstreckte und meinem Bruder zumurmelte: *Sie sieht nicht mal echt aus.* So überstanden wir unsere Tage, in Watte gehüllt, eingefroren wie Walt Disney, in Erwartung einer wissenschaftlichen Entdeckung, die es uns ermöglichen würde, eines Tages wieder aufzuwachen.

Ich versuche, das Ganze noch mal anders auszudrücken:

[1977] Ich sitze vorn in dem riesigen Impala meines Freunds Phil und höre mir auf Kassette die Cars an – *Since you're gone, I took the big vacation.* Meine Mutter ist Ende dreißig und arbeitet neben ihrem Job in der Bank an Wochenenden abends als Kellnerin, wo sie Fish and Chips und Flaschenbier serviert, während die Einheimischen sich die Bar-Band anhören. Ein paar Jahre lang, bis zu dem Augenblick, in dem ihr erstes Album sie berühmt machen wird, sind diese Bar-Band die Cars.

I can't help it, when you fall apart.

Inzwischen weiß ich, dass meine Mutter geht, nicht so, wie ich weiß, dass jeder irgendwann geht, sondern mit einem Unbehagen, das ich seit meiner Geburt mit mir herumtrage. Manchmal stelle ich mir vor, sie macht sich einfach davon, fährt mit einem Mann weg, den sie in der Bar kennengelernt hat, und das hat sie bestimmt auch mehr als einmal getan. Mehr als einmal kam sie nicht nach Hause, und mein Bruder und ich mussten bei unserer Großmutter übernachten. Es ist nicht so, als hätte sie mich nicht gewarnt, sie hat immer gesagt, sie würde nicht ewig da sein, hat mir mitgeteilt, wo die wichtigen Papiere liegen – die Dokumente, die Verhaltensmaßregeln. Verhaltensmaßregeln? Als es so weit war, waren die Verhaltensmaßregeln bedeutungslos – unsinniges Zeug, Kauderwelsch, Geplapper *(well, nothing makes sense)* –, als es so weit war, war das Geld bedeutungslos. Ich will bloß ein paar Brotkrümel, die mich wieder zurückführen sollen, ich will ihr bloß eine einzige Frage stellen, eine einzige kurze Frage.

[Auflösung]

Feuer

Eher eine Vorstellung von der Flamme als die Flamme selbst,
wie in: die Flamme

der Rosenblüte, die Flamme des Dorns
die Sonne ist eine Flamme, die Zähne des Hundes

Flammen

---

um eins klarzustellen: Mit dem Körper,

Käpt'n, dürfen wir machen, was wir wollen, mit dem Körper
dürfen wir machen, was wir wollen

aber wir dürfen keine Schramme hinterlassen – Käpt'n
versteh ich das richtig?

---

die Welt ist so klein, der Himmel so weit
wenn wir um Regen beten, regnet es,
wenn wir um Sonne beten, ist es sonnig

wir beten auf Knien, wir bewegen die Lippen
wir beten in Gedanken, wir falten die Hände

unsere Hände scheinen vor dem Körper gefesselt zu sein

Käpt'n, ich kann mich an etwas erinnern, es
ist nicht passiert, nicht

mir – dieser Mann, ich kannte ihn
vom Sehen, ich weiß seinen Namen

nicht mehr, eines Nachts
als er von einer Party nach Hause ging, wurde er

von einem Auto gestreift, stundenlang irrte
er benommen umher, seine Familie, seine

Nachbarn, mit Taschenlampen suchten
sie die ganze Nacht im Wald nach ihm

riefen nach ihm

---

jetzt kommt die Stelle, Käpt'n, wo ich eine Geschichte erzähle,
als wäre es ein Geständnis: Ich versteckte mich mal

auf dem Damon Rock, zündete Streichhölzer an
& ließ sie ins Laub fallen

unten – kurz auflodernde s

Feuer, Stichflammen – schlenderte ein Mädchen
den Pfad entlang, sie stand

bloß da und beobachtete, wie die Streichhölzer
aus meiner Hand fielen –

Käpt'n, ich versuche genau zu sein: heißer

Tag, ein Käfig in der Sonne, ein Zimmer ohne
Luft, die unerträgliche Hitze, die Musik

eine Flamme – hey
Metallica hey Britney hey luftlos hey Zündschnur, ich

weiß nicht, wie es passierte, ich saß weit
oben, ich bot ihr ein Streichholz

damit sie die Hose runterzog – ein einziges Streichholz, ihr
haarloser Körper, hey

kleines Mädchen, ich ließ es unangezündet fallen
ich wusste nicht, was ich da sehe

---

hey Käpt'n ich weiß nicht, ob ich das darf
hey Käpt'n vor Jahren bin ich eines Nachts betrunken

spazieren gegangen, noch immer frage
ich mich – manchmal stelle ich es mir

immer noch vor – ob man mich geschlagen hat ob ich
benommen bin, dieser

Traum dieses Geständnis, hey
kleines Mädchen ist dein Daddy zu Hause, hey Käpt'n hey
Sir ergibt das überhaupt einen Sinn?

---

der Knabe stand auf dem brennenden Deck und stammelte
schwülstiges Zeug, Moment
der Knabe stand in dem brennenden Käfig und stammelte
vom elektrischen Stuhl, nein – der Knabe stand
    in dem stickig heißen Raum
und stammelte ich war's stammelte ich hab's getan stammelte ja ich
war's stammelte ich gestehe stammelte alles was Sie sagen
    hab ich getan
hab ich getan

---

hey Metallica hey Britney hey luftlos hey Zündschnur
hey Phonograph hey Hades hey gedankenlos hey

Käpt'n dieser Raum steht in Flammen
Käpt'n dieser Körper hört nicht auf zu brennen
Käpt'n o mein Käpt'n dieses Brennen hat sich
    in einen Körper verwandelt
Käpt'n o mein Käpt'n dieses Mädchen ist Asche
Käpt'n o mein Käpt'n meine Hände gehen durch sie hindurch
Käpt'n o mein Käpt'n ich weiß nicht was ich da sehe

---

es ist wichtig genau zu sein zu sagen was
ich weiß –

die Sonne ist Feuer, der Mittelpunkt der Erde
ist Feuer, die Fotze deiner Mutter ist

Feuer, eine luftlose Flamme, aber dennoch, ich weiß nicht warum
sie mich rausgestoßen hat, dieser eiskalte Heizkessel, wir alle

wurden gestoßen, ein Lichtkranz um unsere Köpfe, sie
gab uns einen Stoß, damit wir raus-

krochen, zu der Flamme, zu der Grube, der lodernden
Grube, der Fotze
deiner Geliebten, die Flamme ihre Zunge, die Flamme

ein Dorn

---

jeden Tag, Käpt'n, Sir, Käpt'n, wurde ich,
ein Kind, nach der Schule allein gelassen, ich war allein, ich fand
ein Streichholz, unter dem Spülbecken fand ich eine Dose,
        eine Spray-
dose, *Ly-sol Des-infektionsmittel*, sie wurde zu einer

Fackel, ich passte auf, dass die Flamme nicht
in die Dose drang, ich wusste sie

würde explodieren, irgendwie wusste ich es, ich
versuche mich klar auszudrücken, Sir – die Flamme

schoss durchs Zimmer, dann war sie verschwunden

DREI

Ein Karton voller Puppen

(2007) Es kommt mir vor, als säße ich schon eine Ewigkeit in diesem Zug, der an dem Fluss zu meiner Rechten nach Süden fährt. Ich kann mich nicht beklagen. Ich bin früh eingestiegen, habe einen Fensterplatz, und wenn ich Lust habe, kann ich aufschauen und den Fluss sehen, alles, was an seine Ufer gespült wurde, und die kleinen verfallenen Häuser, in denen ich, so stelle ich es mir immer noch vor, eines Tages herumstreifen werde – wie in dem da, dessen Tür offen steht, als wäre jemand rausgegangen, um an einem Tag wie diesem einen Blick auf den Fluss zu werfen, und wäre nicht mehr zurückgekehrt.

Zwei Monate vor der Geburt unserer Tochter besuchen Inez und ich einen Säuglingswiederbelebungskurs. Ich habe schon öfter an Wiederbelebungskursen teilgenommen, aber nicht ausdrücklich, um einen Säugling zu retten. Die Kursleiterin spricht voller Inbrunst über das Thema Sicherheit, überhäuft uns mit schauerlichen Informationen, was alles passieren kann, falls wir versäumen, unsere Tochter in einem Autokindersitz festzuschnallen, falls sie einen Penny verschluckt oder wir sie versehentlich mit heißem Kaffee verbrühen. *Stellen Sie sich vor, Sie stehen irgendwann vor Ihrem Baby, und es ist blau im Gesicht*, sagt die Frau. *Was tun Sie dann?* Vor ihr steht ein Karton voller Puppen, Puppen mit abnehmbaren Gummigesichtern, mit Brustkästen, die man nur zusammenpressen kann, wenn der Luftweg geöffnet ist. Während sie spricht, hüllt sie ein Gesicht um einen Schädel und versichert uns, dass seit dem letzten Kurs alle Gesichter sterilisiert wurden.

Ich nehme sie mit nach Hause und koche sie aus, sagt sie. Sie legt vor jedem von uns eine Puppe mit dem Gesicht nach oben auf den Tisch, zusammen mit etwas Alkohol, damit wir den Mund der Puppe noch mal abwischen können, bevor wir versuchen, sie wiederzubeleben. Nach dem Gesichtsausdruck der Umstehenden zu urteilen, haben wir alle ziemliches Fracksausen (vielleicht geht's auch nur mir so). *Sie müssen zwei Finger nehmen,* sagt die Kursleiterin, *sie direkt unter die Brustwarzen Ihres Babys legen, mitten auf den Brustkasten, und dann drücken.*

Ich kann mir nicht vorstellen, wie meine Eltern in so einem Raum eine Puppe wiederzubeleben versuchen. Gab es damals überhaupt Kurse für werdende Eltern? Ich glaube, als sie noch jung waren, war Schwangerschaft bloß ein Zustand, mit dem man irgendwie fertig werden musste. Mein Vater hat mir mehrmals erzählt, meine Mutter hätte mit siebzehn, als sie mit meinem Bruder schwanger war, über eine Abtreibung nachgedacht. Einer ihrer Exfreunde hat mir mal erzählt, zwei Jahre später, als sie mit mir schwanger war, vielleicht auch kurz nach meiner Geburt, hätte sie einen Selbstmordversuch unternommen, der ganz offensichtlich fehlgeschlagen ist. Oder vielleicht hat sie es sich noch rechtzeitig anders überlegt. Ich weiß nicht, ob das wirklich stimmt, und kann es auch nicht mehr überprüfen. Von dem Selbstmordversuch habe ich nur einmal gehört, und die Quelle, dieser Exfreund, wirkte verbittert, verschlossen, vielleicht hatte er sich das Ganze auch nur eingebildet. Soweit ich mich erinnern kann, war er der erste Freund meiner Mutter. Sie waren fast fünf Jahre zusammen, obwohl er behauptete, es seien nur zwei gewesen. Einen Teil der Zeit lebte er noch bei seiner Frau, mit der er drei Kinder hatte, vielleicht hat er jene frühen Jahre nicht mitgezählt. Seine Frau und er ließen sich schließlich scheiden, und als Katholik nagte das an seiner Seele. Als ich ihn Jahre später ausfindig machte, konnte er nur noch murmeln, das

Ganze sei ein Fehler gewesen. Was den frühen Selbstmordversuch meiner Mutter betrifft, es würde mich nicht überraschen, wenn das stimmt. Ich hatte oft das Gefühl, als würden mein Bruder und ich – ihre Kinder – sie an diese Welt binden, während die Bürde, uns allein großziehen zu müssen, sie gleichzeitig runterzog.

Das Buch Daniel

In einer der Anfangsszenen von E. L. Doctorows *Das Buch Daniel* fährt die titelgebende Hauptfigur, das fiktionalisierte Abbild eines der Kinder, die nach der Hinrichtung der Rosenbergs zurückblieben, mit seiner Freundin zurück zu seinem Elternhaus. Die beiden reden nicht viel, aber es wird klar, dass Daniel ungeheuer wütend ist. Irgendwann sagt er seiner Freundin, was er von ihr will, und sie willigt leise schluchzend ein, während ihr Kind auf dem Rücksitz schläft. Sie kniet sich auf den Sitz, streift ihre Hose herunter, zieht ihren Slip aus und streckt ihm den nackten Hintern entgegen. Er streichelt sie kurz, als wollte er die Finger in ihre Scheide stecken, doch stattdessen drückt er den Zigarettenanzünder in die Öffnung, und als dieser wieder rausspringt, nimmt er ihn und versengt seiner Freundin den Hintern, während er mit der anderen Hand lenkt.

[2004] Ein paar Tage nach Erscheinen der Abu-Ghraib-Fotos komme ich mit dem Wagen aus Texas in New York an und fahre zu Anna. Ich sage ihr, ich sei noch nicht in der Verfassung, ausschließlich mit einem Menschen zusammen zu sein, ich würde mich wahrscheinlich auch mit anderen Frauen verabreden, aber immer wenn ich in Brooklyn sei, käme ich vorbei. Und so kommen wir uns im Lauf der Zeit näher, doch irgendwann lerne ich eine andere Frau kennen – Inez –, bin aber immer noch nicht bereit, richtig, ausschließlich mit einem Menschen zusammen zu sein. Anfangs erzähle ich Inez von Anna, aber dann lasse ich beide in dem Glauben, ich würde mich mit der anderen nicht mehr treffen, bis ich ein Jahr später an jenem Tag in Texas aufwache, verliebt in zwei Frauen, zu keiner von beiden aufrichtig, an einem so dunklen Ort wie schon lange nicht mehr – *In der Mitte meines Lebens hatte ich mich in einem tiefen, dunklen Wald verirrt*. Wenn ich mit einer von beiden zusammen war, befürchtete ich, die andere würde anrufen, deshalb war mein Handy stets ausgeschaltet. Wenn ich mit einer von beiden sprach, benutzte ich die Kosenamen *Süße, Schatz* oder *Liebling*, damit mir kein Irrtum unterlief. Seit ich mit dem Trinken aufgehört hatte, hatte ich geübt, aufrichtig zu sein, und es machte mich fassungslos, wie schnell sich all das in nichts auflöste, wie leicht eine Lüge die nächste nach sich zog, wie ich am Handy der einen von beiden (welcher?) erzählen konnte, dass ich im Begriff sei, ins Bett zu gehen, obwohl ich in Wahrheit gerade nach Austin fuhr. Bis ich in meinem Kopf eine Stimme zu hören begann, ich kann nicht genau sagen, wann es anfing, anfangs leise und beruhigend, eine Stimme, die murmelte, wenn ich tot wäre, würden der Schlamassel, in den ich mich gebracht hatte, und der Schaden, den ich angerichtet hatte, wieder behoben.

Eines Nachts erzähle ich Anna, dass ich mir wie Daniel in Doctorows Buch vorkomme. Ich erzähle ihr von dem Zigarettenanzünder, wie Daniel versucht, seiner Freundin seinen Schmerz zu vermitteln. Das meine ich als Warnung. Es war kein Angebot und keine Aufforderung, sich versengen zu lassen, ich hatte bloß Probleme, mich ihr oder sonst wem hinzugeben, und es fiel mir schwer, zu erklären, warum.

Die Einsamkeit Gottes (Bekannt)

Bald – sehr bald – werde ich bekannt sein: Das sind die ersten Worte, die mir mein Vater, eingesperrt wegen Bankraubs oder etwas Ähnlichem, schrieb. Seine Anschrift lautete Nr. 9567328, Bundesgefängnis, Springfield, Missouri. Ich bezeichne ihn oft als Bankräuber, vielleicht weil das Wort »Bankräuber« aufregender klingt als »Versager«. Er wurde wegen »zwischenstaatlichen Handels mit gestohlenen Wertpapieren« angeklagt – er hatte ein paar Banken betreten, hatte ein paar Worte gesagt, ein paar ungedeckte Schecks eingelöst und war mit einer Geldsumme gegangen, die nicht ihm gehörte. In allen Banken war er fotografiert worden und hatte in die Kamera gelächelt. *Bald – sehr bald – werde ich bekannt sein.* Bekannt? Was musste man sonst noch wissen?

Manchen Sufis zufolge setzten die Einsamkeit Gottes und Sein Wunsch, bekannt zu sein, die Schöpfung in Gang. Als ich noch ein Trinker war, mir am Alkohol jedoch schon nicht mehr besonders viel lag *(Erst nimmt der Mann einen Drink, dann nimmt der Drink einen Drink, dann nimmt der Drink den Mann),* sagte mal eine Geliebte zu mir, ihre Hand flach auf meiner Brust: *Weißt du, eigentlich kenne ich dich gar nicht.* Wir waren ein paar Monate zusammen gewesen, wahrscheinlich brachte sie bloß ihren Wunsch zum Ausdruck, mich besser kennenzulernen, in meine unsichtbare Festung eingelassen zu werden, an der ich mein ganzes Leben gebaut hatte. In dieser Festung kämpfte ein Mann mit seinem eigenen Schatten und murmelte, er lasse sich nie wieder überraschen, nie mehr. Er wolle nie wieder einem Menschen so nahe kommen, dass er ihm irgendwann fehlen könnte. Aber ich ließ niemanden ein. Ich mochte die eine oder andere grobe Skizze aus meiner Schachtel voller Tragödien hervorkramen, sie wie ein Dia vor eine Glühbirne halten – wie ein Beweisstück –, doch damit wollte ich nur erreichen, dass mich der andere ein bisschen fester hielt. Es ging nie darum, ihn einzulassen.

Die Einsamkeit Gottes und Sein Wunsch, bekannt zu sein, setzten die Schöpfung in Gang. Unmanifestes, das keinen Namen hatte, blieb unmanifest, bis Gottes überwältigendes Gefühl, isoliert zu sein, den Himmel in einen Worte erzeugenden Krampf versetzte, Worte, die danach zu Materie wurden.

Gottes überwältigendes Gefühl, isoliert zu sein.

Kurz nachdem ich mit dem Trinken aufgehört hatte, sagte mir eine andere Geliebte, meine Augen sähen leblos aus. Vielleicht stimmte das, aber dass sie es aussprach, schlug ein weiteres Loch in die Mauer meiner Festung, und damals war ich noch nicht bereit, die Mauer einreißen zu lassen. Sie war Deutsche, deshalb verzieh ich ihr diese Unverblümtheit (*Deine Ohren schmecken nach Gift,* murmelte sie, wenn wir uns küssten). Das war nur wenige Tage vor dem Fall der Berliner Mauer, und als die Mauer fiel, flog sie nach Hause. Ein paar Monate später stand ich in Kreuzberg vor ihrer Tür, worüber wir seit unserem tränenreichen Abschied immer wieder geredet hatten (*Jetzt kommst du aus mir heraus,* hatte sie mir am Flughafen zugeflüstert und meine Hand wieder zwischen ihre Beine gezogen), doch inzwischen lebte sie mit einem anderen Mann zusammen.

Das Höhlengleichnis

Es heißt, eines Sommerabends habe unsere Mutter unser Haus in Brand gesteckt. Das Haus sei eine Ruine gewesen, sie habe es getan, um die Versicherungssumme zu kassieren und das Haus mithilfe des Geldes reparieren zu lassen, *re-no-vie-ren* (ein großes Wort, wie *De-lin-quent*). Ich war fünf, mein Bruder und ich schliefen damals im ersten Stock. Ich weiß noch, wie ich in meinem scheußlichen Schlafanzug ins Freie getragen und auf der anderen Straßenseite auf dem Rasen des Nachbarn stehen gelassen wurde, den wir nie kennengelernt hatten. Ich stand da und beobachtete, wie unser Haus und dann die Schatten des Hauses brannten, als wäre ich einer der Gefangenen in Platons Höhle. Erst Jahre später erfuhr ich, dass meine Mutter den Brand gelegt hatte, erst Jahre später erzählte es mir der Mann, mit dem sie damals zusammen gewesen war (derselbe Mann, der mir erzählte, sie hätte vor oder kurz nach meiner Geburt einen Selbstmordversuch unternommen). Es ergab einen Sinn, aber deswegen muss es nicht stimmen – nicht dass unser Haus in Flammen aufging, sondern dass sie den Brand legte. Wenn es stimmt, dann könnte es erklären, warum wir später dazu verurteilt waren, den Sirenen zu folgen, dann könnte es die Frage beantworten, warum uns jedes brennende Haus anzog – vielleicht glaubte meine Mutter, wenn sie den aus dem Haus flüchtenden Leuten in die Augen blickte, könnte sie erkennen, ob es sich um Betrug handelte oder nicht. Aber vielleicht wollte sie sich auch bloß vergewissern, dass alle Kinder unversehrt ins Freie gelangten.

Das Höhlengleichnis geht auf einen Traum Platons zurück. In diesem Traum sind Gefangene, die in einer Höhle eingesperrt sind, so angekettet, dass sie ausschließlich die ihnen gegenüberliegende Wand sehen können. Auch die Köpfe können sie nicht bewegen. Hinter den Gefangenen, von denen manche noch Kinder sind, befindet sich, leicht erhöht, ein Fußweg, und auf diesem Weg tragen die Aufseher oder ihre Helfer verschiedene Gegenstände hin und her. Hinter dem Weg brennt ständig ein großes Feuer, und von diesem Feuer fällt Licht auf die Gegenstände, deren Schatten auf die Wand geworfen werden und von den Gefangenen betrachtet werden können. Bei dem Gegenstand könnte es sich um etwas Angenehmes handeln, zum Beispiel ein Bund Möhren, aber als Schatten könnten die Möhren furchterregend aussehen – jede von ihnen könnte ein Messer sein. Ein Apfel könnte aussehen wie ein Stein, mit dem man die Hände ein Mannes zerquetschen kann. Oder die Hoden seines Sohnes. Wenn man nur Schatten sieht und nichts anderes sehen darf, könnte ein Gefäß mit Milch auch ein Gefäß mit Säure sein. Die Aufseher ächzen und schnaufen, und wenn das Echo von den Wänden zurückhallt, glauben die Gefangenen, die Geräusche stammten von den Schatten. Man darf auch das Feuer nicht vergessen, das ein weiteres Geräusch macht, Hitze erzeugt und die Höhle mit Rauch erfüllt, sodass man kaum atmen kann. Es muss den Gefangenen ein bisschen wie in der Hölle vorkommen: schweigende Wärter, die bedrohliche Gegenstände herumtragen, der eigene Kopf festgeschnallt. Doch dieses Gleichnis stammt aus einer Zeit, lange bevor unsere heutige Vorstellung von der Hölle perfektioniert wurde.

[2001] Ein paar Tage nach dem Einsturz des World Trade Center gibt der Vizepräsident (der stellvertretende Befehlshaber, den manche für den wahren Befehlshaber halten) im Fernsehen eine Erklärung ab: *Aber wir müssen auch auf der dunklen Seite agieren, wenn*

Sie so wollen … es wird unerlässlich sein, alle uns zur Verfügung stehenden Mittel einzusetzen, um unser Ziel zu erreichen.

Ein paar Wochen nachdem der Vizepräsident uns aufgefordert hat, auf die dunkle Seite rüberzukommen, wird ein Mann namens Scheich al-Libby von den Vereinigten Staaten im Rahmen eines Geheimprogramms namens »außerordentliche Auslieferung« (ein Euphemismus für »staatlich unterstützte Entführung«) in einen ägyptischen Kerker gebracht, wo er eine Lüge über chemische Waffen und Saddam und Osama erzählt, eine Lüge, die man ihm durch Folter abringt, eine Lüge, die man später benutzen wird, um einen Krieg zu rechtfertigen. Ein Jahr später wird der Außenminister, den die meisten Leute bis zu diesem Augenblick für einen rechtschaffenen Menschen halten, diese Lüge wiederholen. Er wird sie vor den Vereinten Nationen, auf einer Weltbühne, wiederholen, die Lüge, er habe unumstößliche Beweise, dass Osama chemische Waffen an Saddam weitergegeben habe und Saddam die Raketen besitze, um Europa innerhalb einer Viertelstunde mit diesen Waffen angreifen zu können. Und in einem Moment seltener Theatralik wird der Außenminister ein Fläschchen mit einem weißen Pulver hochhalten und sagen, wenn das Anthrax wäre, würde es ausreichen, um ganz London zu töten – das stimmt, falls es Anthrax wäre, doch es handelt sich um eine potenzielle Wahrheit, die in einer handfesten Lüge verborgen ist. Die meisten Leute werden ihm glauben, wenn er behauptet, die UN-Inspektionen hätten nichts bewirkt und man müsse dringend handeln. Auch ich glaube ihm kurz, bis sich ein Dokument, das zum selben Lügengespinst gehört und sich auf den Kauf einer Substanz mit dem malerischen Namen »Yellowcake« bezieht, als plumpe Fälschung erweist. Erst später wird ans Licht kommen, dass die ursprüngliche Lüge, die Osama mit Saddam in Verbindung brachte und uns in einen langen Krieg führte, durch Folter erlangt wurde.

Wenn Platon gesehen hätte, wie ich in meinem scheußlichen Schlafanzug vor unserem brennenden Haus stand, hypnotisiert von den Schatten, was hätte er wohl gesagt? Was hätte er wohl geschrieben, wenn er gesehen hätte, wie fasziniert ich mir ansah, wie sich die Three Stooges Tag für Tag gegenseitig verprügelten? Zu welcher Einsicht wäre er wohl gekommen, wenn er gesehen hätte, dass ich in einem Best Buy am Broadway vor einer Reihe Fernseher stand und mir ansah, wie der erste Turm einstürzte, obwohl ich mit einem Blick nach Süden das Ganze in natura hätte sehen können? Hätte er gesagt, ich sei in einer Scheinwelt gefangen, außerstande, das Wesen der realen Welt zu erkennen? Hätte er gesagt, meine Augen hätten Probleme, sich an das Licht zu gewöhnen? Das *Höhlengleichnis* wird oft als ein Gleichnis über Wahrnehmung gelesen, das erklärt, warum wir glauben, die Schatten an der Wand, die uns Angst machen oder uns belustigen, seien real. Aber warum sind wir in einer Höhle gelandet und starren Stunde um Stunde, Tag für Tag die Schatten an der Wand an? Warum wenden wir nicht einfach den Blick ab?

Der Unbekannte

Manchmal wachst du morgens in deinem Körper auf und weißt, das ist alles, was es gibt – die Luft, die Konturen, die dein Körper in der Luft annimmt, deine Hand, die Haut, die deine Hand bedeckt, die Luft, die deine Haut bedeckt, das Licht, das die Luft erfüllt, ein paar Farben im Licht, dieser eine Gedanke, dieser sich in Luft auflösende Traum – es ist ein Traum, der dich in deinem halbwachen Zustand beschämt. Du verschweigst ihn der Frau, die neben dir aufwacht, der Frau, die du liebst, denn er handelt von einer anderen Frau, die du ebenfalls lieben könntest. Das ist der Traum, an dem du dich festhalten musst, der da spricht, ist dein Schatten, der dich wieder verwirren will. Wenn du reglos daliegst, kannst du manchmal spüren, wie die Luft in jede einzelne Zelle dringt, manchmal kannst du das Blut in deinen Lippen spüren. Wenn du völlig reglos daliegst, kannst du manchmal spüren, wie das ganze Netz zittert.

[1988] Anfang Dezember bin ich mit einer Frau, die ich Kate nenne, mit dem Streetwork-Bus des Obdachlosenheims im Einsatz. Kate ist noch ein Grünschnabel, es ist ihre erste Fahrt mit dem Bus. Ich habe den Bus noch nie selbst gefahren, doch in dieser Nacht ist es so weit. Die Temperatur liegt noch über dem Gefrierpunkt, aber es ist kalt, etwa fünf Grad. Außerdem ist es der Todestag meiner Mutter, die sich vor sechs Jahren umgebracht hat, und mich durchströmt eine dunkle Energie. Mein Vater ist inzwischen seit fast zwei Jahren obdachlos, und ich bin stets darauf gefasst, dass er vor mir auftauchen könnte, irgendwo in der Nacht, sein Körper irgendwo zusammengerollt, noch atmend oder schon nicht mehr.

Nach ein paar Stunden kommen wir an einem Mann vorbei, der auf einer Bank am Rand des Boston Common liegt. Ein Schwarzer in den Vierzigern, den ich noch nie gesehen habe, wild und unberechenbar, seine Jacke neben ihm auf dem Boden. Wir halten an, steigen aus, gehen zu ihm. Er sieht uns an, versucht zu sprechen, seine Zunge dick und ungelenk – anscheinend ist er total erschöpft. *Amigo,* sage ich, *wie wär's, wenn wir dich ins Obdachlosenheim bringen, es ist zu kalt, um hier draußen rumzuliegen.* Er schüttelt den Kopf, oder der Kopf baumelt hin und her, dann sagt er was Unverständliches. Kate und ich blicken uns an. Wenn Jeff dabei wäre, würden wir den Mann vielleicht einfach packen und in den Bus stecken, ihn überrumpeln, aber das ist riskant. Im Bus ist schließlich kaum Platz, und zwischen Fahrer und Säufer gibt es kein Gitter. Der Säufer könnte um sich schlagen und den Bus zum Schaukeln bringen, der reinste Albtraum. Kate und ich stehen nebeneinander und stoßen Dampfwölkchen aus. Ich beschließe, es dennoch zu versuchen, und weihe Kate in meinen Plan ein. Sie wirkt skeptisch, doch wir nehmen neben dem Mann Aufstellung und säuseln, als wäre er ein kleines Kind oder eine Katze: *Okay, auf geht's, Kumpel, da drin ist es mollig warm, wir bringen dich zu einem besseren Ort, wo du deinen Rausch ausschlafen kannst, und morgen früh ist alles nur noch ein böser Traum, na los, auf geht's* – aber er fängt an rumzufuchteln, wirft den Kopf hin und her, reißt sich los und sackt auf dem Boden zusammen, das Hemd jetzt bis zum Hals hochgeschoben. Na toll, jetzt ist sein Zustand noch schlimmer als vorher, er liegt auf dem Asphalt, die nackte Haut unbedeckt, fuchtelt immer noch mit den Armen. Wir knien uns hin, versuchen zu verhindern, dass er sich schlägt, hieven ihn wieder auf die Bank und treten ein paar Schritte zurück. Ich lasse Kate ein paar Decken holen, entschuldige mich, weil wir ihn so grob angepackt haben, und versichere ihm, dass wir nur helfen wollten. Er brabbelt nur unverständliches Zeug. Ein sprechender Komatiker, ein wandelnder Bewusstseinsschwund. Wir legen die Decken um seine Schultern, doch er sträubt sich dagegen, als wären sie aus Sandpapier. Kate und ich blicken uns unsicher an. Es ist eine kalte Nacht, wir müssen uns noch um viele andere kümmern. Wir versprechen, in einer halben Stunde noch mal nach ihm zu schauen, und als wir losfahren, gleiten die Decken zu Boden.

Eine Stunde später erinnert mich Kate, dass wir noch mal nach unserem Unbekannten schauen sollten, bevor wir Downtown Crossing verlassen. Er ist komplett von meinem Radar verschwunden, abgelöst von dem Dutzend anderen, auf die wir anschließend stießen. Von der Tatsache, dass Kate und ich so gut miteinander klarkommen. Am nächsten Tag habe ich meinen ersten Termin bei einem Therapeuten, und das habe ich ihr erzählt. Als wir wieder an der Park Street Station vorbeikommen, sehen wir den Mann flach auf dem Boden liegen. Ich parke neben ihm, steige aus, rüttle an seiner Schulter, erwarte, dass er zusammenhangloses Zeug nuschelt und mit den Armen fuchtelt. Nichts. Keine Reaktion. Ich reibe mit den Fingerknöcheln über sein Brustbein, drücke eine Füllerkappe unter seinen Daumennagel. Nichts. Plötzlich wird mir klar, dass ich keinen Schimmer habe, was ich tun soll. Ich versuche, seinen Puls zu finden, und grabe die Finger in seinen Hals, wie ich es im Fernsehen gesehen habe. Ein schwacher, kaum spürbarer Puls, oder vielleicht auch nichts, keine Ahnung, ich kann es nicht genau sagen. Ich fordere Kate auf, einen Notruf zu melden, bewusstloser Mann, keine Atmung. Das Handy ist noch nicht erfunden, wir haben nur ein kleines Funkgerät, über das wir mit der Aufnahme des Obdachlosenheims verbunden sind, und dort kann dann die Notrufnummer gewählt werden. Ich weiß nicht mal, wie man jemanden wiederbelebt, zumindest kann ich mich nicht mehr erinnern, womit ich loslegen soll, doch ohne den geringsten Puls sollte ich wohl gar nicht anfangen. Aber weiß ich das auch wirklich? Erstaunlicherweise ist schon nach zehn Minuten ein Krankenwagen da, die Rettungssanitäter springen heraus und fragen, wie lange der Mann schon daliege. Sie fühlen ihm den Puls, schneiden ihm sofort das Hemd auf, und seine Brust ist ungeschützt der Nacht ausgesetzt. Der eine hat bereits den schwarzen Stromkasten aus dem Wagen geholt und wickelt die Kabel ab. Einer reibt die Brust des Mannes mit einer Paste ein, während der andere die beiden kleinen Metallplatten aneinanderreibt (*wie eine Fliege, die sich die Beine putzt,* denke ich). Dann ruft der mit den Metallplatten *Fertig,* genau wie im Fernsehen, und drückt sie auf die Rippen des Mannes, dessen Körper sich vom Boden hebt, als hätte man ihm einen Fußtritt versetzt. *Fertig fertig fertig* – nach jedem Stromstoß legt der Sanitäter das Ohr an die Brust des Mannes. Dann nichts mehr. Die beiden schnallen ihn auf die Trage, schieben sie hinten in den Wagen und brausen davon, während Kate und ich die Decken anstarren, die wir vor einer Stunde um seine Schultern gelegt haben.

Am nächsten Tag gehe ich mit Joy, die schon seit Jahren in dem Heim arbeitet und alle Obdachlosen kennt, ins Leichenschauhaus, aber auch sie kennt den Mann nicht.

Einen Tag nach dem Tod des Unbekannten treffe ich mich nach dem Besuch im Leichenschauhaus mit meinem Therapeuten. Der Termin stand schon wochenlang fest. Es ist reiner Zufall, dass ein paar Stunden vorher jemand vor meinen Augen gestorben ist und sich der Selbstmord meiner Mutter an diesem Tag jährt. Beim Aufnahmegespräch fragt mich der Therapeut, was los sei, warum ich gekommen sei. Ich erzähle ihm, dass sich der Selbstmord jährt, dass mein Vater seit zwei Jahren obdachlos ist, dass mein Freund und Mitbewohner Richard vor einem Jahr HIV-positiv diagnostiziert wurde, dass in meinem Haus lauter Fixer wohnen, dass meine zehn Jahre dauernde Beziehung langsam in die Brüche geht und jetzt dieser verdammte Unbekannte von einem Moment auf den anderen gestorben ist – ich hätte mit ihm gesprochen, eine Entscheidung getroffen und sei weggefahren. Ich hätte mich mit Kate beschäftigt und ihn darüber vergessen.

Der Therapeut lächelt und fragt mich dann, ob ich glaubte, er könne Wunder vollbringen. Ich lächle. Ein paar Tage später finde ich heraus, dass Unterkühlung in ihrer extremsten Form an einen Alkoholrausch erinnert.

Worksong

Hier, sagt Gott, hier ist dein Quantum Tage.

Auch wenn du nicht an Gott glaubst, erhältst du dein Quantum. An manchen Tagen wirst du mit jemandem schlafen, an manchen wirst du bekifft sein, an manchen wirst du *Ulysses* lesen, manche wirst du allein verbringen. Manchmal wirst du an einem Tisch sitzen, an dem kurz darauf etwas zu essen herumgereicht wird, eine dampfende Schüssel Reis, sautierter Grünkohl. Jemand hat Geburtstag, jemand, den du schon zehn, nein zwanzig Jahre lang kennst. Zu deiner Rechten sitzt eine Frau, mit der du vor sieben Jahren geschlafen hast – damals dachtest du, mit euch könnte es klappen, aber du hast dich geirrt. Dir gegenüber sitzt die Frau, mit der du inzwischen zusammen bist, und du glaubst, es könnte für immer sein, egal, was das heißen mag.

Manche der Tage, die dir gewährt wurden, wirst du in einer fremden Stadt verbringen, und am Ende des Tages wirst du wissen, dass du mit niemandem gesprochen hast außer dem Mädchen, das dir den Kaffee zubereitete, mit niemandem außer ihr. Solche Tage wird es immer geben.

Horror Vacui

(1988) Nach dem Tod des Unbekannten beschlossen die Verantwortlichen im Obdachlosenheim, dass wir alle ein Wiederbelebungstraining brauchten. Sie boten auch einen »Workshop zu Tod und Sterben« an, aber da war die Teilnahme freiwillig. Ich kann mich noch erinnern, dass uns die Leiterin des Workshops irgendwann eine Liste der zehn wichtigsten Dinge in unserem Leben erstellen ließ. Das konnten Menschen oder Gegenstände sein, etwas, das wir gern täten, eine Erinnerung, die uns wichtig sei. Sie gab uns ein paar Minuten, um die Liste zu schreiben, und dann sprach sie kurz übers Sterben – *Sterben ist ein Prozess,* sagte sie, *Tod ist ein Endpunkt. Oder eine Schwelle, falls Sie das glauben.* Wenn wir im Sterben liegen, sagte sie, müssen wir allmählich alles loslassen, was uns viel bedeutet, alles, was wir für nötig halten, um unser Leben bewältigen zu können. Und dann ließ sie uns drei Dinge von unserer Liste streichen, die Dinge, die wir als Erstes loslassen könnten, denn wenn es dem Ende entgegengehe, könnten wir nicht alles mitnehmen. Ich betrachtete meine Liste und hatte das Gefühl, reingelegt worden zu sein. Ich hatte bereits alles in meinem Leben auf diese zehn Dinge reduziert, und jetzt musste ich sie weiter reduzieren. Murrend strich ich Paris, strich Fotografie, strich meinen Pick-up. Die Kursleiterin forderte uns auf, mit unserem Sitznachbarn über die Dinge zu reden, die wir losgelassen hatten. Jetzt musste ich überallhin mit dem Fahrrad fahren, würde nie nach Paris kommen und müsste mit den Fotos leben, die ich bereits gemacht hatte. Jetzt, sagte die Kursleiterin, streichen Sie drei weitere Dinge. Verdammt. Ich strich das Meer. Ich strich das Obdachlosenheim. Ich strich all meine früheren und künftigen Geliebten. Es waren nur noch vier Dinge übrig – meine Freunde (ich verschob meine aktuelle Geliebte dorthin), mein Schreiben, mein Körper und das einzige Foto, das ich von mir und meiner Mutter besaß. Ich war verzweifelt. Die Workshopleiterin forderte uns auf, zwei weitere Dinge zu streichen. Meine Güte, das stellte tatsächlich ein Problem dar. Wenn ich meinen Körper strich, könnte ich dann trotzdem noch leben? Wer würde mich auffangen, wenn ich keine Freunde mehr hätte? Könnte ich das Bild meiner Mutter ohne jenes Foto in Erinnerung behalten, obwohl ich ein so schlechtes Gedächtnis hatte? Wenn ich nicht mehr schreiben könnte, würde dann noch irgendwas einen Sinn ergeben?

Zehn Jahre später werde ich anfangen, ein Buch über die Arbeit mit den Obdachlosen zu schreiben, doch ich werde die Szene weglassen, in der ich einen Menschen umgebracht habe. »Umbringen« ist ein starkes Wort, ich weiß, ich weiß – ich habe mich nicht mit dem Stiefel auf den Kopf des Unbekannten gestellt und ihn unter Wasser gedrückt, aber ich weiß auch, dass es mir jahrelang so vorkam.

Proteus (Spiegelfechterei)

Seit unserem Einmarsch in den Irak rezitiere ich bei meinen Lesungen oft ein Gedicht von Saadi Youssef, nur damit eine irakische Stimme im Raum ist.

> Amerika, wir sind tot.
> Lass deine Soldaten kommen.
> Wer einen Mann tötet, soll ihn wiederbeleben.
> Wir sind die Ertrunkenen, gute Frau.
> Wir sind die Ertrunkenen.
> Lass das Wasser kommen.

Fanny Howe schreibt:

In letzter Zeit betrachte ich Verwirrung als einen Weg, in den Tag und in die Arbeit einzutreten …

Es gibt ein muslimisches Gebet, in dem es heißt: »Herr, vergrößere meine Verwirrung«, und dieses Gebet gehört mir und auch der fremden Person, die in meinen Gedichten den Namen »Ich« – und in meinen Prosawerken verschiedene Namen – trägt, wo Irrtum, Irrfahrt und Verwirrung die wichtigsten Kräfte sind, die eine Geschichte ankündigen …

Verwirrung bricht den Käfig des Dualismus auf *(es ist dies oder jenes)* und späht ins Weltall hinaus *(weder dies noch jenes).*

Verwirrung als ein Weg, in den Tag einzutreten. Meine Angst, Vater zu werden, ein Kind zu haben, hat nichts mit der Gefahr zu tun, dass irgendein Wahnsinniger es entführen, sondern damit, dass ich es ansehen und nichts empfinden könnte. Dass es zur Welt kommt und nichts sich ändert. Dass ich außerstande bin, es in mein Leben aufzunehmen, dass ich außerstande bin, voll und ganz in den Tag einzutreten. Dass ich eines Tages einfach in meinen Wagen steigen und losfahren könnte, weg von meinem Kind, weg von mir, dass ich mich nicht erinnern werde. Meine Angst bezog sich immer auf mich, es war immer die Angst vor meinem eigenen Schatten. Vielleicht ist »Proteus« nur ein anderes Wort für »Schatten« – der Schatten, den man mit jedem Schritt hinter sich herschleppt, es sei denn, man geht im Dunkeln und verwandelt sich selbst in den Schatten. Dann lautet die Frage nicht, warum Proteus deine größte Angst kennt, sondern wie es passieren konnte, dass du deine tiefsten Ängste nicht kennst – *Lass das Wasser kommen.*

VIER

Istanbul

[2007] Inez und ich sind ein paar Monate in L. A., weil sie in einer neuen Fernsehserie mitwirkt (Inez ist Schauspielerin). Während der Aufnahmen beginnt ihr Bauch zu wachsen, erst unmerklich, dann unbestreitbar. Irgendwann überlegen die Autoren, ins Drehbuch zu schreiben, dass sie eine Essstörung hat, doch am Ende machen sie sie einfach zu einer Schwangeren.

Im August fliege ich von L. A. nach New York, um von dort mit einer anderen Fluglinie erst nach Paris und dann nach Istanbul zu fliegen. Ich weiß zwar, dass Istanbul weit entfernt ist – halb in Europa, halb in Asien –, doch ich hatte nicht erwartet, dass es drei Tage dauern würde, dorthin zu gelangen, und das wäre auch nicht passiert, wenn der Maschine auf dem Weg von L. A. nach New York nicht der Treibstoff ausgegangen wäre. Ich hatte noch nie in einem Flugzeug gesessen, dem der Treibstoff ausging. Ich fühlte mich wie mit sechzehn, wo ich für fünfzig Cent tankte, um zum Spirituosenladen zu fahren. Wir mussten in Rochester zwischenlanden, um aufzutanken – »zwischenlanden«, sagte der Pilot, aber sieben Stunden später saßen wir immer noch fest, und ich hatte meinen Anschlussflug verpasst.

Eine Rechtsanwältin, die Aussagen von ehemaligen Abu-Ghraib-Häftlingen aufnimmt, hatte mich nach Istanbul eingeladen. Sie bereitet eine Klage gegen zwei amerikanische Firmen vor, die angeblich von den Folterungen profitiert haben, und als ich davon hörte, machte ich sie ausfindig. Es ist nicht sicher, ob es zu einem Prozess kommen wird, deshalb bat die Anwältin mich und eine

Handvoll weitere Künstler mitzukommen – sie hat erkannt, dass man nicht nur durch die Gerichte, sondern auch auf unterschiedlichen, unüblichen Wegen an Informationen gelangen muss. Wenn man mich jetzt nach dieser Reise fragt, sage ich manchmal, ich sei als Zeuge nach Istanbul geflogen, aber damals war mir meine Rolle nicht ganz klar. Ich saß an einem Tisch und machte Notizen, und bei meiner Rückkehr nach Amerika erzählte ich den Leuten, was ich gehört hatte. Als ich wieder nach Hause kam, war die Geburt meiner Tochter zwei Wochen näher gerückt.

Istanbul (Traum, Wirklichkeit)

Als ich in Istanbul ankomme, macht mir der Zeitunterschied schwer zu schaffen, und ich bin so hundemüde, dass es mir in dem Taxi zum Hotel vorkommt, als hätte ich Halluzinationen. Wir fahren an Männern vorbei, die in Unterwäsche im Bosporus schwimmen, an Feldern, auf denen sich Wochenendausflügler auf kunstvoll bedruckten Stofftüchern in der Sonne rekeln. Verkehrslärm, ein Muezzin, der Popsong im Radio – alles ruft uns zum Gebet.

Das Taxi setzt mich am Armada Hotel ab. Ich checke ein, erkundige mich, wo die Anwälte sind, und klopfe wenige Minuten später an die Tür von Zimmer 223. Als ich mich allen vorgestellt habe, setze ich mich neben einen Mann, der erzählt, wie er auf ein Foto kam, das ich schon oft gesehen habe und das inzwischen alle Welt kennt. Ein Foto ist wie ein Haus – sobald es fertig ist, fangen wir an, die seither verstrichenen Tage und dann die Jahre zu zählen. Meine Augen brauchten einen Moment, um sich an das Licht zu gewöhnen. Erzählen Sie, was als Nächstes passiert ist, flüstert die Rechtsanwältin.

Bevor ich herkam, habe ich von diesem Zimmer geträumt. In diesem Traum war das Zimmer so groß wie eine Scheune, mithilfe von eilig eingebauten Wänden in sechs Zellen unterteilt. In jeder Zelle war eine Kette in den Boden geschraubt, lediglich mit einer Ringschraube, und ich befürchtete, sie sei nicht stark genug. Schließlich musste sie einen Mann festhalten. Sie musste so stark sein wie die Ketten, die ich auf den Fotos gesehen hatte, in den Fußboden zementiert. Die Zellen waren dunkel und leer, die Häftlinge waren noch nicht reingebracht worden. Ich überlegte, ob ich eine Kerze und ein Feuerzeug dalassen sollte, doch dann dachte ich, der Mann würde seine Ketten, sich selbst oder die ganze Scheune in Brand stecken. Im Traum ließ ich die Kerze und das Feuerzeug schließlich in einer Ecke liegen, und wenn der Mann es erreichen konnte, wenn er sich aufmerksam umsah, dann komme, was wolle.

Das Zimmer erweist sich als ganz alltäglich – gut beleuchtet, mit Teppichboden ausgelegt, ein Hotelzimmer, wie man es in jeder größeren Stadt findet. Das Bett ist herausgeschafft worden, an seinem Platz steht ein Tisch. Die Anwältin sitzt am Tisch, gegenüber von dem ehemaligen Häftling. Neben ihr sitzt eine weitere Anwältin, die auf einem Laptop das Gesprächsprotokoll tippt. Der Dolmetscher sitzt am Kopf des Tisches, zwischen der Fragen stellenden Anwältin und dem ehemaligen Häftling. Außerdem ist noch ein Künstler anwesend, der ein Stück vom Tisch entfernt neben dem Fenster sitzt und mit Aquarellfarben ein Porträt in ein großes Buch malt, dessen Seiten wie ein Akkordeon gefaltet sind. Wenn er nicht an dem Porträt malt, füllt er das weiße Blatt rings um den gemalten Kopf mit Sätzen aus dem Gespräch aus. Der Platz neben dem ehemaligen Häftling ist frei, und dorthin setze ich mich mit meinem aufgeschlagenen Notizheft.

Wundersame Wandlung

Als ich noch jünger war, arbeitete ich ein paar Jahre lang für eine Gangsterbande – meistens schmuggelten sie bloß Drogen, doch es gab auch Gerüchte über eine Entführung und eine im Kofferraum eines Wagens aufgefundene Leiche. Meine Mutter war mit einem dieser Gangster zusammen – ein paarmal im Jahr verschwand er und kam zwei Monate später mit einer hübschen Stange Geld wieder. Als ich nach der Highschool nicht wusste, was ich anfangen sollte, besorgte er mir einen Job im Hafen, wo ich beim Entladen der Fischerboote half. Ich stellte mir vor, dass man mich darauf vorbereitete, mit einem Boot nach Kolumbien zu fahren und es, vollgepackt mit Drogen, wieder zurückzubringen, wahrscheinlich stimmte das auch. Die Sache war einfach – ich hatte in meiner ganzen Kindheit nie Geld gehabt, wir waren immer noch mittellos, und diese Gangster, unsere Freunde, zeigten einen Ausweg auf.

Als ich Jahre später nach New York ziehe, wohne ich in Brooklyn mit David, einem Künstler, zusammen, der einer meiner engsten Freunde wird. David ist in reichen Verhältnissen aufgewachsen. Als wir uns ein paar Jahre kannten und ich ihm von meiner vergeudeten Jugend erzählte, von meinem Plan, Drogen zu schmuggeln, fiel es ihm schwer, mir zu glauben, besonders die Tatsache, dass ich wusste, ich müsste vielleicht eine Waffe tragen und sie folglich auch irgendwann benutzen. *Ausgeschlossen,* sagte er, *so was würdest du nie tun*. Ich versuchte ihm zu erklären, dass ich darauf nicht stolz war, dass es nichts war, was ich hätte tun *wollen*, aber damals, mit achtzehn, neunzehn, nahm ich in Kauf, dass es hätte passieren können.

Vielleicht wollte ich sagen, dass ich nicht weiß, in was für einen Menschen ich mich verwandeln kann. Mit neunzehn wusste ich, was für Folgen es haben konnte, wenn ich mich an Bord eines mit Drogen vollgepackten Bootes befand, ich wusste, was für Folgen es haben konnte, wenn ich eine Waffe trug, und trotzdem war ich bereit, es zu tun, oder zog es wenigstens in Betracht. Warum? Wie ein fiktiver John Lennon in einer fiktiven Version seines Lebens sagt, als man ihn fragt, wie er es fertiggebracht habe, sich jahrelang so zu schinden – *Ich war einfach total verzweifelt.*

Istanbul (Der Glücksbus)

Wahrscheinlich hast du das Foto von dem nackten Mann – nennen wir ihn Amir –, der von einer jungen Frau namens England an einer Leine aus der Zelle gezogen wird, schon mal gesehen. Es ist das dritte Mal, dass sich die Anwälte mit Amir treffen. Das erste Treffen fand in Amman, Jordanien, statt, wo er von den Jahren in Abu Ghraib erzählte, das zweite Treffen vor einem halben Jahr in Istanbul, wo ihn ein Ärzteteam untersuchte, um seine Narben zu dokumentieren. Dieses Mal soll er die Mappen mit den inzwischen berüchtigten Fotos durchsehen, um Menschen und Gegenstände zu identifizieren. Ein Gemälde an der Wand hinter ihm zeigt eine Szene aus der türkischen Geschichte – Pfauen und Löwen, die sich gemeinsam im Garten eines Sultans tummeln, gehütet von einem dunkelhäutigen Sklaven.

Amir war Geschäftsmann und wartete auf eine Ladung Klimaanlagen aus dem Iran, als die CIA in sein Hotelzimmer eindrang und ihn verhaftete. Damals war er Ende zwanzig. Als wir zu dem Foto kommen, auf dem er an der Leine gezogen wird, hält er inne. *Ich kann mich an jene Nacht erinnern,* sagt er, *an alles.* Und dann erzählt er uns die Geschichte. Die Anwältin sieht ihn die ganze Zeit an und fragt immer wieder: *Und was ist dann passiert? Und dann?,* während er erzählt, sein Körper sei von einem Raum zum anderen, von einer Zelle zur anderen gezerrt worden.

Amir wurde erst ein Jahr vorher aus dem Gefängnis entlassen. Die Soldaten nannten den Tag seiner Freilassung den »Glücksbustag«. *Morgen wirst du mit dem Glücksbus fahren.* Heute, ein Jahr später, schüttelt Amir beim Anblick der Fotos den Kopf: *Ich erkenne mich in dem Mann nicht wieder*, sagt er. *Erkennen Sie mich?*

Zwei Hunde

In meinem Inneren leben zwei Hunde, sagt mir eine Frau in Texas, *von denen nur der wächst, den ich füttere.* Das erzählt sie mir, um zu erklären, warum sie nie mit mir einen Kaffee trinken gehen wird – verheiratet, Kinder, glücklich, aber manchmal schweifen ihre Gedanken umher, manchmal denkt sie, ein anderer Mann, einer, der freundlich zu ihr ist und ihr zuzuhören scheint, sei die Antwort, aber sie weiß nicht genau, wie die Frage lautet. Dabei tut ihr Mann all das für sie – er hört zu, er ist nett, er begehrt sie, alles ist in Ordnung.

Und dennoch, diese beiden hungrigen Hunde.

Moment – die Frau hat gar nicht gesagt, ihre Hunde seien hungrig, oder? Aber sind nicht alle Hunde hungrig? *Komm her, Schatten, hierher, Eros. Komm, Thanatos, hierher, Licht.* Es wächst nur der, den sie füttert, aber heißt das, dass der andere schrumpft? Wird er immer kleiner, bis er irgendwann verschwindet? Kommen die Hunde, die in ihrem Inneren leben, aus einer Welt wie in *Alice im Wunderland?* Kämpfen sie in ihrem Inneren miteinander, liebt sie beide, glaubt sie manchmal, es wäre einfacher, wenn einer von ihnen stürbe? Doch dann befänden sich in ihrem Inneren ein Hund und die Leiche eines anderen Hundes – wozu soll das auf lange Sicht gut sein, bei all den anderen Leichen, die wir letztlich mit uns herumschleppen?

Istanbul (Das fleischgewordene Wort)

Wie in jeder Geschichte gibt es auch in Amirs Schilderung einen Augenblick, in dem Worte nicht mehr ausreichen, in dem er das Geschehene nur wiedergeben kann, wenn er zeigt, was man seinem Körper angetan hat. In diesem Augenblick schiebt er den Stuhl zurück und steht auf. *So hat man mich aufgehängt,* sagt er und streckt die Arme seitlich in die Höhe wie ein Gekreuzigter. Als er dasteht und sein Körper plötzlich vor mir aufragt, bringt mich das völlig aus der Fassung, seine Worte sind auf einmal viel realer als vorher. In diesem Augenblick begreife ich: Diese Worte erzählen von seinem Körper, diese Geschichte ist seinem Körper zugestoßen, diesem Körper, der sich direkt neben mir befindet, in diesem Zimmer, das ich mir noch gestern kaum vorstellen konnte, seinem Körper, der jetzt die Luft über unseren Köpfen ausfüllt, unsere Blicke nach oben gerichtet, um ihn zu sehen. Amir steht bloß mit ausgestreckten Armen da – der Schreiber hat nichts zu schreiben, der Maler nichts zu malen, der Dolmetscher nichts zu dolmetschen, die Augen der Anwältin fixieren seine Augen, all seine Worte haben zu diesem Augenblick geführt, in dem endlich sein Körper sprechen darf. Die Anwältin schüttelt kurz den Kopf. *Und was ist dann passiert?,* fragt sie leise, und er senkt die Arme und setzt sich wieder.

Alle lebenden Geschöpfe haben Schultern

[1996] In den paar Jahren, in denen ich als reisender Dichter an staatlichen Schulen in New York City - Crown Heights, Harlem, South Bronx - arbeitete, schleppte ich jeden Morgen eine Tasche voll Bücher zum Zug. Meistens ging es mir darum herauszufinden, was die Schüler tagtäglich zu sehen bekommen. Damit wollte ich ihrem Leben Respekt erweisen, was im Allgemeinen an staatlichen Schulen nicht auf dem Stundenplan steht. Die ersten Übungen waren ganz einfach: Erzählt von etwas, das ihr heute früh auf dem Schulweg gesehen habt. Erzählt von etwas, das ihr gestern Abend beim Nachhausekommen gesehen habt. Beschreibt etwas, das ihr jeden Tag seht, beschreibt etwas, das ihr nur einmal gesehen habt und das euch seitdem nicht mehr aus dem Kopf geht. Erzählt mir einen Traum, erzählt mir eine Geschichte, die euch jemand erzählt hat, erzählt mir etwas, das ihr noch nie jemandem erzählt habt. Noch nie, am allerwenigsten in der Schule, hatte jemand sie gefragt, wie ihr Leben aussehe, noch nie hatte jemand sie aufgefordert, etwas von sich zu erzählen. In dieser Hinsicht war das etwas grundlegend Neues. Ich versuchte mir vorzustellen, was passieren würde, wenn jeder von ihnen wüsste, wie bedeutend sein Leben war.

In den Schulen, die ich besuchte, hob ich im Flur manchmal ein weggeworfenes Blatt Papier auf, etwas, das ein Schüler in sein Heft geschrieben und später herausgerissen hatte. Manchmal sah ich, dass er versucht hatte, eine Aufgabe zu erledigen, aber da er das Blatt herausgerissen hatte, war klar, dass er glaubte, es nicht geschafft zu haben. Von all den kurzlebigen Texten, nach denen ich mich im Lauf der Jahre auf den schwarz-grünen Linoleumböden der Grundschulen gebückt habe, ist mir einer im Gedächtnis geblieben. Wahrscheinlich gehörte das Blatt zu einer Hausaufgabe, wahrscheinlich in Biologie. Es begann mit einer allgemeinen Aussage, die im Folgenden vermutlich durch Fakten untermauert werden sollte. Der Satz, der ordentlich geschrieben in der ersten Zeile stand, lautete: *Alle lebenden Geschöpfe haben Schultern* – darauf folgte nichts mehr, nicht mal ein Punkt, als hätte der Schüler noch beim Schreiben gemerkt, dass irgendetwas nicht stimmte, dass er das, was er sagen wollte, nicht untermauern konnte, dass keine Fakten es je rechtfertigen würden. Alle lebenden Geschöpfe haben Schultern – das erste Wort ist pure Energie, das umfassende »Alle«, gefolgt vom Herzschlag des Wortes »lebend« – wer wäre nach diesem Beginn nicht voller Hoffnung? Doch dann driftet das Ganze ins Unbestimmte – »Geschöpfe«, ein kleiner Fehlgriff, nicht so schwerwiegend, dass man ihn nicht wiedergutmachen könnte, aber das wird nicht leicht sein. Jetzt muss etwas gesagt, ein Schluss gefunden werden, ich kann die Lehrerin geradezu hören, kann geradezu sehen, was sie an die Tafel geschrieben hat – »Geht vom Allgemeinen zum Speziellen über« –, und was könnte allgemeiner sein als »Alle lebenden Geschöpfe«, was spezieller als »Schultern«? Der Schüler liest es einmal und weiß, das Ganze kann nicht miteinander in Einklang gebracht werden, deshalb verbannt er es aus dem Schulheft. *Alle lebenden Geschöpfe haben Schultern* – ich trage diese eine Zeile seither immer bei mir, ich habe immer wieder versucht, daraus ein Gedicht zu machen, und bin immer wieder gescheitert. Inzwischen glaube ich, dass der Satz schon ein Gedicht ist.

Alle lebenden Geschöpfe haben Schultern. Punkt. Ende. Ein Gedicht.

Istanbul (Die Amerikaner)

In der Stille zwischen einer Frage, ihrer Übersetzung und der gegebenen Antwort ist das *kling, kling, kling* des Malers, der seinen Pinsel in einem Glas Wasser reinigt, manchmal das einzige Geräusch. Nach vier Stunden hören wir auf, die Fotos mit Amir durchzugehen, und sind völlig ausgelaugt. Als wir aufstehen, um ihm zu danken, greift er in seine Tasche und holt eine Kamera hervor. In seinen Händen wirkt sie ziemlich seltsam. Er bittet den Dolmetscher, uns zu sagen, dass wir uns vor einer Wand aufstellen sollen, auf die er mit der Hand deutet. Verlegen tappen wir in die Zimmerecke und versammeln uns vor dem Gemälde eines Hamams. Amir führt die Kamera ans Auge und sagt lächelnd – *Nicht nur Amerikaner machen gern Fotos.*

Untertauchen (Hotelpool)

Schwimm, bis die Welt sich in Wasser verwandelt, schwimm mitten in den Pool, übe zu hängen, übe zu ertrinken, heb die Arme über den Kopf, lass den Körper untergehen. Betrachte es als Übung, für den Moment, wenn sie kommen – sie können mit deinem Körper nicht unendlich viel anstellen. Schwimm zur Leiter, häng dich daran, während du nach Luft ringst, streck die Arme nach hinten wie Flügel und tauche dann langsam im Wasser unter. Deine Arme erheben sich hinter dir bis zu den Schultern, dann bis zu den Ohren – noch ein Stück weiter, und sie sind ausgekugelt. Niemand zwingt dich dazu, du tust es, weil du gehört hast, dass es anderen angetan wird. Wenn du noch tiefer hinabsinkst, wirst du das Geständnis unterschreiben, du wirst Namen nennen, du wirst sagen, was auch immer sie von dir verlangen. Doch wenn sie deine Geschichte nachprüfen, wird sie wie Wasser sein und ihnen durch die Hände gleiten. Auf dem Geständnis hast du mit dem Namen »Vogel« unterschrieben, denn genau daran denkst du, während du mit nach hinten gestreckten Armen dahängst. Du hängst da und denkst: *Alle lebenden Geschöpfe haben Schultern.*

FÜNF

Affengeist

Manche Buddhisten glauben, wenn man im Bardo, dem Reich zwischen Leben und Tod, wandelt, begegnet man den körperlichen Erscheinungsformen dessen, was einem Angst macht. Immer wieder tauchen sie vor einem auf – das ist die karmische Schuld, und nur die Erleuchteten haben keine Angst. Manche glauben, die Erleuchtung komme oft im Moment des Todes, so wie sie auch im Moment der Geburt kommen kann. Doch die meisten von uns verbrächten die uns gegebene Zeit – unsere Handvoll Stunden, unsere wenigen Jahre –, indem sie zwischen diesen beiden Polen schwankten und alles noch verkomplizierten. *Affengeist* nennen das manche. *Samsara.*

[2007] Bei der Dokumentation der Aussagen in Istanbul baten wir alle ehemaligen Häftlinge, den Raum zu beschreiben, in dem die Folterung stattfand. Alle blickten sich um: *Er sah aus wie dieser Raum,* antworteten sie. *Ein Tisch, ein Computer, immer stand jemand hinter mir.* Wie sah die Person aus, die Sie gefoltert hat?, lautete die nächste Frage, und der Häftling sah erst mich und dann den Maler an, die einzigen beiden weißen Männer im Zimmer, und deutete entweder auf ihn oder auf mich. *Er sah aus wie er*, gab er zur Antwort.

In mancher Hinsicht waren wir nur Schatten für sie.

Als wir eines Abends in einem Restaurant außerhalb des Hotels etwas aßen, fragte Amir, ob ich verheiratet sei, ob ich Kinder hätte. Diese Frage wurde mir, wenn ich auf Reisen war, seit Jahren immer wieder gestellt, und wenn ich mit Nein antwortete, erntete ich mitleidige Blicke. *Mein erstes Kind kommt im Januar zur Welt,* erzählte ich Amir. *Ein Mädchen.* Er kniff die Augen zusammen und lächelte, als könnte er mich erst jetzt klar erkennen.

Zweimal

[1986] Eine Wahrsagerin (vielleicht war sie Sterndeuterin), die Freundin einer Freundin, legte auf einem Brokatdeckchen Tarotkarten zu einem Muster aus. Wir befanden uns im Captain Jack's Wharf in Provincetown, das Wasser draußen ein schwarzer Spiegel. Sie betrachtete lange die Karten und fragte mich dann, wann ich geboren sei, um welche Uhrzeit. Ich wusste es nicht, habe es noch nie gewusst, aus irgendeinem Grund steht es nicht in meiner Geburtsurkunde. Die Wahrsagerin behauptete, in den Karten sehe sie etwas über meine Mutter, etwas, das ich wissen müsse, und die Uhrzeit meiner Geburt würde ihr helfen. Die Uhrzeit sei von Bedeutung. Meines Wissens wusste die Wahrsagerin nichts über meine Mutter. Ich hielt das Ganze für Quatsch (Drei Uhr nachmittags? Zehn Uhr morgens?), dennoch fragte ich mich, was sie wohl sagen würde, wenn ich die Uhrzeit wüsste.

Ein paar Wochen später träumte ich, ich säße im Wartezimmer eines Krankenhauses, in der anderen Ecke eine Frau, die vielleicht meine Mutter war und, den Blick abgewandt, aus dem Fenster auf die Stadt schaute. Teilnahmslos, nicht richtig anwesend. Wie man es in Träumen tut, ging ich zu ihr und fasste sie an der Schulter. Sie drehte sich um – ja, sie war es, ich hätte weinen können. Ich sagte: *Ich muss wissen, um welche Uhrzeit ich geboren bin,* und sie antwortete bedächtig: *Du wurdest zweimal geboren – einmal um fünf Uhr früh und dann zwei Tage später noch mal.* Dann drehte sie sich wieder zum Fenster um und sagte nichts mehr.

Der Erfinder des Rettungsfloßes

An Weihnachten hatte meine Mutter stets einen Freund – manchmal einen neuen, manchmal auch den, der vom Vorjahr übrig geblieben war. Dieser Mann kaufte meinem Bruder und mir ein paar Geschenke und machte Weihnachten gewissermaßen weihnachtlich. Mir kam jeder dieser Männer wie ein Rettungsfloß vor – man musste sich bloß hochziehen oder hochziehen lassen. Doch ein Rettungsfloß ist definitionsgemäß etwas Befristetes. Es bringt einen durch den Sturm, aber man kann nicht für immer darauf leben.

[2003] Ich war seit ein paar Monaten aus Rom zurück und wohnte wieder in Provincetown – von den Einheimischen wird es *die letzte Hoffnung* genannt. Einer meiner Lieblingsorte, vielleicht auf dem ganzen Planeten, ist Hatches Harbour, eine schmale Bucht zwischen zwei Stränden, in die bei Flut der Ozean rauscht und die seichten Stellen mit Meerwasser füllt, das sich dann in der Sonne erwärmt. Man kann an den tieferen Stellen tauchen, man kann gegen die Strömung schwimmen oder sich, halb unter Wasser, in der Sonne treiben lassen. Am schönsten ist es, wenn die Ebbe einsetzt, das Wasser wieder abläuft und man sich von der unsichtbaren Kraft der Strömung tragen lassen kann. An der Mündung der Bucht gibt es kabbelige Wellen, eine Unterströmung, die einen ein paar Hundert Meter weit in die offene Bucht hinauszieht, wenn man nicht die Kraft hat, zurück an Land zu schwimmen.

Anna und ich kannten uns flüchtig – wir hatten uns ein paar E-Mails geschrieben, in denen wir über Lyrik sprachen, irgendwann schrieb sie, sie komme für ein paar Tage nach Cape Cod, und wir verabredeten uns. Ich bot ihr sogar einen Schlafplatz an. Am ersten Tag stapften wir zusammen bei Flut über die Dünen, um an den tiefen Stellen der Bucht zu schwimmen. Unterwegs sprachen wir über unsere damaligen Beziehungen, über unsere Zweifel. Sie wollte gerade mit ihrem Freund der letzten sechs Jahre zusammenziehen und hatte das Gefühl, dass sie einen schrecklichen Fehler beging. Meine damalige Freundin – die Dramaturgin – war den Sommer über in Rom geblieben. Ich erzählte Anna, dass ich bezweifelte, mich mit dieser Frau im Jenseits treffen zu können. Vielleicht wussten wir beide, dass diese Geschichten nur Versionen von größeren Geschichten waren, die rechtfertigen sollten, was wir in jenem Augenblick taten *(du musst bloß ihre Hand ergreifen und dich hochziehen oder hochziehen lassen)*. Als wir das Wasser erreichten, sprangen wir rein und ließen uns einfach zur Mündung der Bucht treiben.

An jenem Abend blieben wir nach dem Essen noch eine Weile auf, bevor wir uns eine gute Nacht wünschten und jeder sich in sein Zimmer begab. Doch wir ließen die Tür zwischen den Zimmern offen und unterhielten uns weiter vom Bett aus, bis die Stille zwischen unseren Worten länger wurde und irgendwann einer von uns rief: *Schläfst du schon?* Der andere antwortete: *Ich kann nicht einschlafen*. Einer fragte: *Ist dir kalt?* Der andere sagte: *Ja* – und dieses Ja führte mich zu ihrem Bett. Ich stieg die Leiter zum Dachboden rauf, schlug die Decke zur Seite, sah ihren Körper in meinem T-Shirt, sah kurz ihre Unterwäsche, ihre Augen, und als ich mich eng an sie schmiegte, füllte sich der Raum zwischen uns mit Wärme, und wir lagen schweigend da, während die Minuten verstrichen.

Ein paar Fakten über Wasser

1. Fische können sich nur drei Sekunden erinnern, dann vergessen sie alles.
2. In der Antarktis muss man sich ständig bewegen, um am selben Ort zu bleiben.
3. Alles, was im Meer schwimmt, sinkt irgendwann auf den Grund und verwest.
4. Das Meer sucht immer nach einem Weg in dein Boot.

Aus irgendeinem Grund gehen dir diese willkürlich gewählten Fakten nicht aus dem Kopf. Das Gehirn hat das Ziel, 93 Prozent des Aufgenommenen auszufiltern – auch das ist nur ein Faktum.

Ein weiteres Faktum ist:

Der letzte Satz, den meine Mutter schrieb, vielleicht sogar der letzte Gedanke, der ihr durch den Kopf ging, lautet: *Alle kennen sich schon viel länger.* Wenn ich dir das bereits erzählt habe, verzeih mir (Samsara) – wahrscheinlich erzähle ich es dir bald wieder. Wovon ich dir nichts erzählt habe (oder etwa doch?), das sind ihre ersten Worte, der erste Satz dieses Abschiedsbriefs: *Ich weiß nicht, warum ich mich entschieden habe, heute zu beginnen.*

Ich weiß nicht, warum ich mich entschieden habe, heute zu beginnen.

Erster Gedanke, bester Gedanke.

Seltsames Verb in diesem Zusammenhang: *beginnen.*

Erster Gedanke, letzter Gedanke.

Was denkst du, wenn ich dir erzähle, dass meine Mutter Probleme mit Schmerzmitteln hatte, dass sie nachts als Barkeeperin arbeitete, dass sie mit einem Gangster zusammen war? Und passt es zu deiner Vorstellung von ihr, wenn ich sage, dass sie die Pillen wegen ihrer Migräne nahm, dass sie auch in einer Bank arbeitete, dass sie keinen einzigen Tag auf der Arbeit fehlte, dass ich mich in meiner Kindheit von ihr geliebt fühlte, dass ich mich manchmal noch mit dem alten Gangster zum Mittagessen treffe, wenn ich in Boston bin? Wenn ich sage, dass es mir egal ist, ob du ein klares Bild von ihr bekommst, dass du, selbst wenn ich sie irgendwie zurückholen könnte und du ihr gegenübersitzen, ihr Fragen stellen könntest, keine Vorstellung davon bekämst, wer sie war? Ich kannte sie kaum, und doch kannte ich sie vollkommen. Als ich noch klein war, versuchte ich wach zu bleiben, bis sie von der Arbeit nach Hause kam, und wartete in ihrem Bett auf sie. Wenn sie kam, schlief ich bereits, sie schaltete den Fernseher aus, schob mich zur Seite, und morgens wachte ich neben ihr auf. Sonntags briet ich für sie in der Küche Eier, und wenn ihr die Füße wehtaten, massierte ich sie, während sie aß. Am Wochenende fuhren wir manchmal nach Boston, zur Katzenausstellung oder zur Blumenschau, an anderen Wochenenden fuhren wir nach Newport und schlenderten durch die Parkanlagen der Herrenhäuser. Manchmal fuhren wir mittags zu ihrem Vater – zum großen Haus –, und manchmal blieb sie morgens mit Migräne im Bett, dann drehte ich den Fernseher leise und erklärte mich bereit, ihr die Schläfen zu massieren. Eines Nachmittags fuhren wir mit meinem Bruder nach Boston, um uns im Beacon Theater Monty Pythons *Die Ritter der Kokosnuss* anzusehen, außer uns fast niemand im Kino. Als das Licht ausging, begann meine Mutter über irgendwas Verrücktes im Vorspann zu lachen, konnte nicht mehr aufhören, und lachte schließlich so laut, dass mein Bruder und ich uns nach oben auf den Balkon verzogen, wo jeder von uns in seiner eigenen Ecke des alten dunklen Kinos Tränen lachte.

Nach dem Tod meiner Mutter, am Ende meines dritten College-Jahres las ich *Das verlorene Paradies* und wandelte danach tage-, vielleicht auch wochenlang wie ein Gespenst über den Campus. Es kam mir vor, als wäre mein Körper in einer Luftblase gefangen, deren Wände sich nicht durchstoßen ließen *(Es ist der Geist sein eigner Raum, er kann / In sich selbst einen Himmel aus der Hölle / Und aus dem Himmel eine Hölle schaffen).* Das war irgendwie angenehm – im Inneren der Luftblase war alles ungefährlich, weil nichts wirklich eine Rolle spielte. Dieses angenehme Gefühl ging zum Teil auf Drogen zurück – ich nannte es *Selbstmedikation. Marihuanatherapie.* Es vereinfachte die Welt – ich schwöre, an manchen Tagen musste ich bloß an jemanden denken, und schon erschien die betreffende Person vor meinen Augen. Wenn ich einsam war, was jede Nacht zutraf, konnte ich bei einer Freundin an die Tür klopfen, und egal, wer sie war, sie ließ mich herein. Natürlich gab es vieles, was ich nicht konnte. Zum Beispiel einschlafen. Oder aufwachen. Oder etwas empfinden. Oder aufhören, alles zu empfinden. Deshalb schlief ich jede Nacht mit jemandem, mit jemand anderem, mit einer anderen Freundin. Es war leicht, meinen Körper in den Körper eines anderen Menschen zu stecken – *Wir scheinen das gut zu können,* dachte ich dann und schwebte über dem Bett. Nach dem Tod meiner Mutter hatte ich immer noch einen Körper, aber ich konnte nicht mehr hineingelangen, konnte ihn nicht mehr benutzen. Ich war da, stand vor dir, ohne emotional beteiligt zu sein – stell dir eine Schlange vor, die ihre Haut zurücklässt, und diese Haut sieht aus wie eine Schlange, bis du drauftrittst und sie zu Staub zerfällt. Doch nach vielen körperlosen Jahren gab mir eine Frau meinen Körper zurück. *Langsam,* sagte Inez, *lass dir Zeit. Komm noch nicht, bleib hier bei mir.*

Echo

Eines Tages wirst du hören, wie du etwas wiederholst, das du einmal zu einer früheren Geliebten gesagt hast – *Ich bin eigentlich nicht in der Verfassung, mit jemandem zusammen zu sein* oder *Kein Vorwurf, wenn es nicht klappt.* Eines Tages wirst du dich genau diese Worte zu einer neuen Geliebten sagen hören – vielleicht glaubst du, sie damit beruhigen zu können, genau wie die andere, und vielleicht stimmt das sogar. Vielleicht spürst du auch, dass es nicht ewig halten wird, und willst nicht die Verantwortung für den Kummer übernehmen, den das auslösen könnte. Aber vielleicht redet auch bloß dein Schatten, der dir wieder mal weismachen will, dass deine Worte wahr sind.

[2003] Nach unserem ersten gemeinsamen Tag, nachdem wir im tiefen Wasser der Bucht geschwommen sind, nach unserer einen gemeinsamen Nacht, nachdem wir im selben Bett gelandet waren, kehrte Anna nach Brooklyn zurück. Sie zog mit ihrem Freund zusammen, während ich in der kleinen Stadt am Meer blieb. Wir telefonierten so oft wie möglich, doch ich versuchte, ihr (mir) genug Raum zu geben, um herauszufinden, was sie (ich) brauchte. Kurz vor Ende des Sommers besuchte sie mich noch mal. Dann kehrte sie zurück nach Brooklyn, wo ihr Freund ihr Tagebuch las, herausfand, dass wir miteinander geschlafen hatten, und die beiden sich trennten. In den folgenden Wochen freute ich mich darauf, mit ihr zu sprechen, sie das nächste Mal wiederzusehen. Immer wenn ich nach Brooklyn kam, fuhr ich bei ihr vorbei, tauchte nach Mitternacht bei ihr auf. Sie kam im Bademantel an die Tür und ließ mich herein.

In jenem Herbst unterschrieb ich den Kaufvertrag für mein Haus, gerade rechtzeitig, um den Todestag meiner Mutter zu begehen, die Beziehung mit der Dramaturgin zu beenden. Ich saß in meiner frisch erworbenen Ruine auf dem orangen Flokati, an den Wänden die billige Vertäfelung, und fragte mich, was ich getan hatte, unsicher, ob ich nicht einen schrecklichen Fehler begangen hatte. Anna bat mich, über Weihnachten mit ihr nach Mexiko zu fliegen, aber ich sagte ihr, sagte mir selbst, ich brauchte Zeit für mich. Ungefähr eine Woche später lud ich all meine Freunde in mein Haus ein, und zwanzig von uns übernachteten dort, auf Sofas und Luftmatratzen. Ich stellte in dem reparaturbedürftigen Haus einen Weihnachtsbaum auf, bereitete ein großes Abendessen zu, und später veranstalteten wir alle eine Schneeballschlacht. Das Schlimmste liegt hinter uns, sagte ich mir.

Im Januar flog ich nach Texas, um mein erstes Lehrsemester anzutreten. Anna und ich telefonierten alle zwei Tage, erzählten uns, was wir gelesen und erlebt hatten, und irgendwann fragte ich sie, ob sie sich selbst streichle, und sie sagte Ja. *Ich tue alles, was du von mir verlangst,* sagte ich.

Im Mai, am Endes des Semesters, kehre ich zurück nach Norden, zurück zu meinem Haus. Mit offenen Fenstern, ohne den Flokati und die Wandverkleidung sieht es nicht länger aus wie ein Grab. Im Garten hinterm Haus sprießen Tigerlilien. Ich werde allmählich hoffnungsvoller. Es ist Mai – im Mai ist es überall auf der Welt schön. Zum ersten Mal kann ich mir vorstellen, in dieser Gegend, in diesem Haus meine Zeit zu verbringen. Dieses Leben könnte schön sein. Einmal wöchentlich fahre ich nach Brooklyn, um Anna zu besuchen. Ich bin immer noch nicht in der Verfassung, mit einem einzigen Menschen zusammen zu sein, zumindest nicht ständig, und das scheint für sie immer noch in Ordnung zu sein. Ich lasse mir von meinem Freund Philip, einem Zimmermann, helfen, das Haus umzubauen. Da wir monatelang gemeinsam an einem Projekt arbeiten, verbringen Philip und ich immer mehr Zeit zusammen. Eines Abends bin ich bei ihm zum Essen und lerne Inez kennen. Ohne unser Wissen hatte Caroline, Philips Partnerin, bei unserer ersten Begegnung etwas in mir gesehen, das sie an Inez denken ließ. Das Essen an diesem Abend ist ein abgekartetes Spiel.

Der schwierige Teil

[2004] Zwei Tage später rufe ich Inez an. Ich lade sie zu einem Theaterstück in New York ein, das ein Freund von mir geschrieben hat, der auch die einzige Rolle spielt, einem Einpersonenstück mit dem Titel *Der schwierige Teil.* Als wir später am Abend bei ihr sind, reden wir darüber, ob wir je Kinder haben wollten. Ich sage das Übliche – ich hätte immer gedacht, dass ich eines Tages ein Kind in die Welt setzen würde, Vater sein würde, aber es sei schwer zu sagen, wann es so weit sei oder wie dieser Tag aussehen werde. Wir küssten uns eine Weile, doch ich sagte, mein Leben sei im Moment ziemlich kompliziert, und es sei vielleicht nicht der beste Zeitpunkt, mich auf was Neues einzulassen. Wir küssten uns weiter. Wir fragten uns nicht, ob wir uns vorstellen könnten, miteinander Kinder zu haben, aber diese Frage schwang bei dem Gespräch wohl mit.

Jahrelang hatte ich mir gesagt, ein, zwei Jahre könnte ich überall leben. Ich sagte mir, ich könnte überall glücklich (oder unglücklich) sein. Wenn ich in eine unbekannte Stadt kam, versuchte ich mir vorzustellen, dort zu wohnen, und das war nie ein Problem. Bei Frauen dachte ich oft genauso, eine neue Frau stellte ich mir wie eine Stadt vor, in der ich eine Weile bleiben und die ich später noch manchmal besuchen könnte. Ich würde mich auskennen und keinen Stadtplan brauchen, würde aber nicht wirklich dort leben. Aber ein Kind? Ein Kind war nicht wie eine Stadt oder auch nur wie eine Frau. Da konnte ich nicht bloß gelegentlich zu Besuch kommen.

Mistress Yin

[2006] Ein Freund aus San Francisco ist für ein paar Tage in der Stadt. Ich frage ihn, ob er sich ein Theaterstück mit mir ansehen will, eine Nacherzählung von *Ulysses* mit dem Titel *Dead City*. Es wird in einem Theater namens Three-Legged Dog aufgeführt, nicht weit entfernt von dem Loch, das einmal das World Trade Center war. Wir treffen uns am Ground Zero, schlendern dann eine Weile durch die Gegend, um die Zeit vor der Aufführung totzuschlagen und uns gegenseitig zu erzählen, was seit unserer letzten Begegnung alles passiert ist. Als wir in eine weitere ganz normal aussehende Straße biegen, bleibt mein Freund plötzlich aufgeregt stehen. *Moment,* sagt er und deutet die Straße entlang – *hier war ich schon mal. Da vorn ist Mistress Yin – die hat das beste Verlies in der ganzen Stadt.*

Ein paar Tage später besuche ich eine von ihm organisierte Veranstaltung, eine Lesung in Midtown, bei der Geld zur Unterstützung der demokratischen Kandidaten für die bevorstehenden Wahlen gesammelt werden soll, mit besonderem Augenmerk auf das Kopf-an-Kopf-Rennen in Ohio, Pennsylvania und Arizona. Bei meinem Eintreffen steht mein Freund an der Theke und unterhält sich gerade mit einer Frau, die er mir als Yin vorstellt. Als sie meine Hand ergreift, erinnert er sich – *Yin ist die Frau, von der ich dir erzählt hab,* brüllt er, um den Lärm zu übertönen, *die mit dem Verlies.*

Nett, Sie kennenzulernen, sage ich und halte immer noch ihre Hand fest. Klarer Blick, dezent gekleidet, hübsch – ganz normales Erscheinungsbild, denke ich, aber was hatte ich erwartet? *Ich wür-*

de gern mal irgendwann Ihr Verlies sehen, sage ich, ohne genau zu wissen, wie ich das meine.

Klar, sagt sie und blickt mich an, *Sie können jederzeit vorbeikommen.*

Ein paar Minuten später bekomme ich zufällig mit, wie Yin das Wort »Folter« ausspricht.

Ich schreibe gerade über Folter, werfe ich ein.

Nicht diese Art Folter, erwidert sie und wendet sich ab.

Die Geschichte der O

In der *Geschichte der O*, dem französischen Sadomaso-Roman, ist das *O* im Titel eine Abkürzung des Namens der Erzählerin (Odile), doch es wurde auch als Nichts, als Null, als Leere gelesen. Als eine Ziffer, ein Loch, eine Vagina. Deshalb meinen manche Leute, *O* sei der erste Buchstabe des Wortes »Objekt« und stehe für eine zum Objekt degradierte Frau. Ich habe mir das Buch vor fünfundzwanzig Jahren gekauft, direkt nach dem Tod meiner Mutter, dann dauerte es zwölf Jahre, bis ich es endlich aufschlug, und jetzt liegt es wieder unaufgeschlagen auf meinem Schreibtisch. Kurz nachdem ich es zum ersten Mal las, vor inzwischen dreizehn Jahren, wurde die Identität der Autorin enthüllt, und wenn ich mich richtig erinnere, war sie die Geliebte eines verheirateten Mannes, einer bedeutenden literarischen Persönlichkeit. Sie schrieb das Buch, um ihn zu verführen, ihn zu halten, als er die Affäre beenden wollte, und angeblich soll das auch geklappt haben. In der *Geschichte der O* löscht sich eine Frau aus oder lässt sich um der Liebe eines Mannes willen auslöschen.

Jetzt kommt etwas, woran ich nicht gern denke:

Auf der zweiten oder dritten Seite ihres Abschiedsbriefs bezeichnete sich meine Mutter als »eine echte *Geschichte der O*«. Das habe ich bis heute nicht begriffen, zumindest nicht voll und ganz. In meiner Kindheit hatte meine Mutter, wie bereits erwähnt, mehrere Liebhaber – ich habe die meisten von ihnen kennengelernt, konnte viele gut leiden, doch von ihrem Sexualleben, ihren Vorlieben bekam ich nichts mit. Was Sadomaso betrifft, habe ich in ihren Beziehungen nie einen Hinweis darauf entdeckt, aber in Beziehungen spielt sich offenbar vieles im Schatten ab. Ich habe nur diesen Verweis auf ein Buch in den letzten Zeilen, die sie je schrieb – einen schwachen Schimmer, der noch immer an meinem (Unter)Bewusstsein nagt, aber einen Schimmer wovon?

Die Geschichte der O beginnt damit, dass O von ihrem Liebhaber zu einem Chalet am Rand von Paris gebracht wird, und dort angekommen, wird sie gefoltert und vergewaltigt, bis sie sich unterwirft. Ich habe die ersten Seiten gerade noch mal gelesen und bin überrascht, dass all das nicht in größerem Einvernehmen geschieht, wie ich es in Erinnerung hatte. O wird von Anfang an gezwungen, sie unterwirft sich zwar, aber nur unter Drohungen. Das Buch ist emotionsgeladen, erotisch und unglaublich deprimierend. Beim ersten Lesen empfand ich es als Gleichnis und als Kritik am Katholizismus. O bringt gewisse katholische Vorstellungen – die Kasteiung des Fleisches, die Kreuzigung als Liebe – zu ihrem logischen Abschluss. O ist verliebt, und ihr Liebhaber fordert sie auf, sich zu opfern, bis sie am Ende, nackt bis auf eine Federmaske, auf einem Fest an einer Leine herumgeführt wird.

Auch an das Folgende denke ich nicht gern:

Wenn wir miteinander schliefen, wollte Anna manchmal, dass ich sie härter anfasste, aber ich konnte es nicht, nicht das, was sie wollte, zumindest nicht lange. Eines Nachts legte sie meine Hände um ihren Hals, umschloss sie mit ihren eigenen Händen und presste meine Finger immer fester zusammen, bis es – ich – ihr die Luft abschnürte. Erotische Erstickung, California Dreaming, Erstickungsroulette, ich wusste, worum es sich handelt, doch es verwirrte mich, oder vielleicht hatte ich eher Angst *(Proteus, hör zu, das ist das, was mir Angst macht – wie konnte ich mich, wie willst du dich darin verwandeln?).* Ich zog die Hände weg, küsste ihre Augen, murmelte: *Dein Körper ist ein Schatz, ein Schatz,* ein zerknirschter Gollum. Wir haben nie darüber geredet, aber ich wünschte, wir hätten es getan – ich wollte, dass wir uns genügten, dass wir uns nichts Schlimmeres antaten, als schon geschehen war, als bald geschehen würde.

Am Schluss des Buches, vielleicht sogar auf der letzten Seite, bittet O ihren Liebhaber, sie umzubringen oder sie Selbstmord begehen zu lassen – ich habe vergessen, ob es tatsächlich dazu kommt. Anscheinend erinnere ich mich an einen zweiten Schluss, aber ich weiß nicht mehr, ob beide im Text stehen, und kann mich auch nicht mehr erinnern, welchen ich gelesen habe. Ich bin auch noch nicht bereit, das Buch wieder aufzuschlagen, mich darauf einzulassen, nicht mit Haut und Haar.

Ich weiß nicht, warum ich mich entschieden habe, heute zu beginnen.

Ich schlage das Buch auf. Ich lege es weg.

Proteus (Auflösung)

(2004) Zum ersten Mal sagen mir alle, dass ich anders aussehe, meinem Alter entsprechend. *Du warst immer ein Welpe,* sagt eine Frau, *jetzt bist du ein Hund.* Ich bin jetzt älter als meine Mutter in ihrem letzten Jahr, genauso alt wie mein Vater, als er seine erste Bank beraubte. Beides geht mir durch den Kopf, doch ich spreche es nicht aus. Aber schon der Gedanke deutet darauf hin, dass ich mir das Leben bloß als ein Zimmer voller Kartons vorstelle – ein Karton mit der Aufschrift Glas, ein Karton mit der Aufschrift Papiere, mit Leuchtstift auf jeden eine Jahreszahl geschrieben. Kartons mit Steuerquittungen, Kartons mit alten Liebesbriefen, ein Jahr muss das letzte Jahr sein, und für das folgende Jahr gibt es keinen Karton mehr, keine draufgekritzelte Jahreszahl.

Das Letzte, was ich über den Abschiedsbrief meiner Mutter sagen will (auch wenn ich nicht glaube, dass es das Letzte sein wird), ist, dass sie ihn zweimal schrieb – damit meine ich, dass sie ihn einmal anfing, sich das Ganze dann aber anders überlegte, oder dass die Pillen, die sie genommen hatte, nicht ausreichten, um sie umzubringen, also griff sie zwei Wochen später wieder zum Stift, nachdem sie noch mehr Pillen geschluckt hatte und zum Peggotty Beach gegangen war, es dort jedoch nicht fertiggebracht hatte, sich ins Meer zu stürzen. All das weiß ich, weil sie es in ihrem Brief geschrieben hat. Wieder zu Hause, nahm sie den Stift, vielleicht schluckte sie auch noch ein paar Pillen, denn je länger sie schrieb, desto mehr löste sich ihre Handschrift auf, lösten die Pillen sich langsam auf, drangen in jede einzelne Pore, bis ihre Wörter auf der letzten Seite kaum noch zu entziffern waren. Sie stand am Rand des Meeres, dann fand sie zurück nach Hause, muss zurückgefunden haben, denn dort hat mein Bruder sie entdeckt.

[Auflösung]

Erde

Letzte Nacht, Käpt'n, bin ich um die Erde gewandert,
hell & voll Gift, ich

wankte, ein Gewaltmarsch, ja, dann
hob ich ein Grab aus, musste mein eigenes Grab

ausheben, jemand murmelte
leck mich, ein Körper stieg in das

Loch, ich sah meinen eigenen Körper, der sich selbst mit Erde
bedeckte, mein Körper wurde zu

Erde

Wenn ich das Memo richtig verstehe, Käpt'n: Wir dürfen Wasser
benutzen, aber keine Erde – das heißt,
wir dürfen Ertrinken vortäuschen, aber kein
Begräbnis – stimmt das, Sir, Käpt'n? Ich hab
die Memos gelesen & will
das Richtige tun

Da wären wir, Muhammed, Ahmed,
Achmed, egal – wieder ich

& du & diese Mauern, fünf
Meter dick – feste Erde

gehärtete Erde verbrannte Erde & außer-
halb dieser Mauern der Sand, in

Flammen, ja, immer noch & o
ja, meine Frage, meine einzige einfache

Frage – sieh mich an:
Glaubst du, ich bin freiwilliger hier als du?

Käpt'n: In dem Memo steht, wir dürfen den Häftling
nicht begraben, aber verbietet es, seinen Sohn
zu begraben? Ich meine, verbietet es, *so zu tun,* als würden
wir seinen Sohn begraben? Käpt'n, verbietet das Memo,
so zu tun, als würden wir den Sohn
des Häftlings begraben, verbietet es, den Häftling das Grab
seines Sohnes ausheben zu lassen, verbietet es, dass wir
ihn seinen Sohn in das Loch
legen lassen? Ich geb mir Mühe, Käpt'n,
aber er hat meine Frage immer noch nicht beantwortet

Ein Wasserhahn, ein Schlauch, ein Bodenablauf
genau in der Mitte – das Wasser läuft in

die Erde, den Sand, irgendwohin, außer-
halb dieser Mauern – du kannst

es riechen, dein Gesicht an die Ziegeln gepresst, es schmeckt wie
Ziegel du denkst es schmeckt wie dein Dorf

alles Ziegel denkst du alles Ziegel

ja alles Ziegel gehärtete
Erde verbrannte Erde krankenhaus-

gelb dottergelb todesgelb
schwefelgelb

Wieder die Träume, Käpt'n, sobald meine Augen
sich schließen – der, wo das Auto ins Schleudern gerät
& ich nicht aussteigen kann, der, wo ich mir den Arsch abwische
und das Papier nie sauber wird.

Gelbe Fliesen, Metallstuhl, ein Liter Diät-
Cola – erzähl uns was, sagt der schwarze Soldat,
    erzähl uns was, das wir gebrauchen können,
    erzähl uns irgendwas, meinetwegen auch eine Lüge.
Ich erzähle ihm von meinem Dorf, mein Dorf scheint ihm
    nicht egal zu sein – Ich bin Friseur, erzähle ich ihm,
    ich schneide Haare, nur
Haare. Oh, sagt der andere, du schneidest Haare, ist das
die Aufgabe eines Friseurs?

SECHS

Das Fallen ist der Regen

[2007] Das Datum, an dem unsere Tochter zur Welt kommt, ist nur eine Annäherung, eine Schätzung – *Es kann jetzt jeden Tag so weit sein,* sagt uns der Arzt. Es ist schon zu spüren, wenn ihre Hand gegen Inez' straffen Bauch stößt, doch für mich bleibt alles noch völlig abstrakt. Irgendwann, (hoffentlich) bald, wird sie sich ihren Weg in diese Welt bahnen, sie wird die Augen öffnen und atmen und schreien, doch darüber hinaus weiß ich nichts. Damit meine ich, dass ich keine Ahnung habe, was dann in meinem Inneren vorgehen wird. Wird sie für mich plötzlich real werden? Wird etwas bisher Unbekanntes in meinem Körper erblühen? Im Moment kommt es mir vor, als befände ich mich auf dem langsamen Aufstieg einer Achterbahn, wenn der Wagen den wackeligen Berg erklimmt, kurz vor dem Sturz. Und wenn ich zurzeit keine Protokolle aus Abu Ghraib lese – von den Soldaten, die nur Befehle befolgten, bis zu dem Mann am Ende der Leine und den Privatunternehmen, die wünschen, alles würde professioneller ablaufen –, lese ich deshalb alles Mögliche über Kinder. *Es ist ein Vergnügen, sich zu verstecken, aber eine Katastrophe, nicht gefunden zu werden,* ruft mir Winnicott ins Gedächtnis.

Eine Woche nach meiner Rückkehr aus Istanbul gehe ich bei Thich Nhat Hanh, dem vietnamesischen Mönch und Lehrer, in Meditationsklausur. Seit nunmehr achtzehn Jahren lasse ich mich immer wieder von ihm unterweisen (wenn auch sehr unregelmäßig). Geplant ist, dass ich eine Woche lang schweigend dasitze und zuhöre, während er spricht, doch letztlich rede ich mehr, als ich erwartet habe. Meine Dharma-Diskussionsgruppe konzentriert sich auf das Thema Sucht, und ein paar von uns Süchtigen erklimmen jeden Nachmittag einen großen Ahornbaum, um bis Sonnenuntergang in den Zweigen miteinander zu reden.

Thich Nhat Hanh behauptet, es sei ein Fehler zu sagen: »Der Regen fällt« oder »Der Wind weht«. *Was ist Regen, wenn er nicht fällt? Was ist Wind, wenn er nicht weht? Das Fallen ist der Regen, das Wehen ist der Wind.*

Am nächsten Tag bringe ich dieses Thema im Baum zur Sprache.

Er spricht von Unbeständigkeit, sagt jemand.

Aus demselben Grund erklimmen wir Bäume, meint jemand anders, *um uns ins Gedächtnis zu rufen, dass wir alle mal Affen waren.*

Blitz, Teich

[2004] Am Beginn unserer Beziehung sagte ich Anna, dass ich mich wahrscheinlich auch mit anderen Frauen treffen würde, und als ich Inez kennenlernte, erzählte ich ihr von Anna. Ich rede mir ein, dass ich offen bin. Als ich mich schon seit ein paar Monaten mit Inez treffe, erzähle ich Anna am Telefon – in dem holprigen, unzureichenden Versuch, Klarheit zu schaffen –, ich sei auf dem Weg zum Bahnhof, um eine Freundin (Inez) abzuholen, die mich übers Wochenende besuche. Anna fragt, ob sie meine Geliebte sei. *Ja,* sage ich. Anna schweigt lange. Ich frage sie, ob alles in Ordnung sei, und sie erwidert: *Ich hab Angst, dass ich mir was antue.* In diesem Augenblick denke ich über ihre Worte nicht bewusst nach, nicht weil ich sie auf die leichte Schulter nehme, sondern weil sie so tief in mich einsinken. So gehe ich durch die Welt, immer voll Angst, dass der geliebte Mensch geht, dass er stirbt, dass ich daran schuld sein werde. Vielleicht lösten Annas Worte etwas aus, das mir öfter passiert, vielleicht legten sie den Schalter um, der das Band startet, auf dem eine Stimme ein ums andere Mal murmelt: *Du kannst sie retten,* immer und immer wieder. *Diesmal scheiterst du nicht.* Doch vielleicht legten ihre Worte auch den anderen Schalter um, der das andere Band startet, auf dem eine Stimme murmelt: *Na los.* Auf dem eine Stimme zischt: *Du wirst mir nicht fehlen, wenn du's tust.*

Irgendwann im August habe ich einen Traum: Ich stehe in einem überfüllten Gerichtssaal unter Anklage. Vor mir wird noch jemand anders verurteilt – ich weiß nicht mehr, ob er eine milde Strafe bekam oder zum Tode verurteilt wurde. Als Nächstes bin ich an der

Reihe. Der Richter fragt, ob er mich unter Hausarrest stellen oder zwei Tage lang ins Gefängnis sperren soll. Ich sage, er soll mich einsperren, und der ganze Gerichtssaal bricht in anhaltenden Beifall aus – ich habe die richtige Antwort gegeben, alle wissen, dass ich es verdient habe, eingesperrt zu werden. Nach mir wird einer meiner Freunde verurteilt, und er entscheidet sich ebenfalls, ins Gefängnis zu gehen. Der Traum endet damit, dass ich befürchte, einen Fehler begangen zu haben, dass ich mich vor den Gewalttätigkeiten fürchte, die uns erwarten.

Während der Sommer allmählich in den Herbst hinübergleitet, verbringe ich eine Woche in Provincetown. Als es im Meer zu kalt wird, schwimme ich jeden Tag in einem Teich. Eines Tages – ich ziehe mich gerade am Ufer aus – wird der Himmel immer dunkler, und ich höre ein fernes Grollen. Als ich ins Wasser wate, wird der Donner immer lauter. Ich hatte auf die Ruhe gehofft, die ich beim Schwimmen gewöhnlich finde, hatte gehofft, der Lärm in meinem Kopf werde zum Schweigen gebracht, doch stattdessen stelle ich mir das Gewitter vor, den Blitz, stelle mir vor, wie ein Blitzstrahl ins Wasser schießt. Ich male mir aus, so schnell wie möglich zur anderen Seite zu schwimmen, stelle mir vor, was passiert, wenn ich es nicht schaffe. Ich frage mich, wie dicht der Blitz einschlagen muss, damit ich ihn spüre, doch ich weiß, wenn er in den Teich einschlägt, wird er mich finden. Die Vorstellung, wie der Blitz ins Wasser schießt, während man durch den Teich schwimmt, unterscheidet sich vom Kauf einer Waffe, doch wie soll man beurteilen, wie stark sich beides unterscheidet? Ich schwamm die ganze Strecke bis zur anderen Seite.

In jenem Herbst schaue ich noch ein paarmal bei Anna vorbei, auch nach meinem holprigen Versuch, ehrlich zu sein. *Was willst du hier?*, fragte sie stets und nahm mich dann in die Arme. Vieles von dem, was im folgenden Jahr zwischen uns passierte, trug sich in unterschiedlichen Städten zu, wir beide allein in dieser oder jener Wohnung, allein in seltsam vertrauten Hotelzimmern, zusammen oder, wenn nicht, dann nach Mitternacht miteinander telefonierend. Falls das Band noch in meinem Kopf lief, hörte ich es nicht mehr. *Ich tue alles, was du von mir verlangst.*

Die unsichtbare Stadt

Das erste Buch, das ich besaß, das erste Buch, an das ich mich erinnern kann, war ein Bilderbuch – *The Magic Monkey*, von dem dreizehnjährigen Wunderkind Plato Chan mithilfe seiner Schwester nach einer alten chinesischen Sage erzählt. Wenn ich mich richtig erinnere, war der Affe in der Geschichte ein Außenseiter – verloren gegangen, ziellos umherziehend, bestrebt, nach Hause zu finden. Er schlägt sich zu einer von Mauern umgebenen Schule durch und findet dort heraus, dass er magische Kräfte hat, die Fähigkeit, sich zu verwandeln – in einen Baum, einen Vogel, einen Wasserfall –, aber jede Gestalt, die er annimmt, hat ihren Preis und bringt Schwierigkeiten mit sich. Der Baum schlägt Wurzeln, der Wasserfall gleitet davon, der Vogel muss ständig fliegen. All das erzähle ich aus dem Gedächtnis. Das Buch steht in meinem Regal, doch ich habe Angst, es aufzuschlagen, weil sich die Macht, die es über mich hatte, als kümmerlich, lachhaft und oberflächlich erweisen könnte.

[2002] In Rom mühte ich mich monatelang damit ab, wie ich das Buch über meinen Vater aufbauen sollte *(Er hatte bereits das Wasser, er musste nur noch Gefäße finden)*. Irgendwann legte ich alle Kapitel, insgesamt dreiundachtzig, auf dem Terrazzoboden aus und ordnete sie an wie den Plan einer imaginären Stadt. Manche Papierstapel waren in meiner Vorstellung frei stehende Gebäude, manche waren zu Vierteln gruppiert, manche stellten freie Flächen dar. Am Stadtrand standen natürlich die Mietskasernen – verlassen, baufällig. Die Lücken zwischen den Stapeln waren Straßen,

Gassen, Fußwege, Flüsse. Brücken zu anderen Vierteln, Brücken, die aus der Stadt hinausführten. Ich ging die Straßen entlang und gab allem einen Namen, jedem Gebäude (Turm-des-Mannes-der-vorgibt-nicht-obdachlos-zu-sein), jedem Viertel (die Anhöhe, die Niederung, das Tal der verlorenen Namen), jedem Pfad (Pfad-der-Leute-die-eine-glückliche-Kindheit-fordern). Nur so konnte ich ein Gefühl dafür bekommen, ob man sich in dem Buch zurechtfinden würde, ob der Stadtplan, den ich erstellte, einen Sinn ergab, ob man Lust hätte, an diesem Ort seine Zeit zu verbringen. Ob man dort umherstreifen, ob man sich verirren könnte.

Als ich kurz nach meiner Ankunft in Rom eines Morgens erwachte, war ich krank – es schien eine Grippe zu sein. Ich musste Saft und Tylenol besorgen und mich dann wieder ins Bett legen. Ich schlurfte durch die Straßen der Papierstadt, trat in den realen Flur hinaus, und die Tür fiel hinter mir zu – beim Klicken des Schlosses wusste ich, dass ich meinen Schlüssel in der Wohnung liegen gelassen hatte. Mein Handy hatte ich dabei, doch es war noch früh, und der Vermieter, der inzwischen mein Freund war, würde erst in ein paar Stunden wach sein. Ich trank in einem Café ein Glas Saft, hinterließ auf dem Anrufbeantworter des Vermieters mehrere Nachrichten und schlief schließlich auf einer Bank auf der Piazza Vittorio. Die Stadt, die ich gebaut hatte, das Buch über meinen obdachlosen Vater, war in der Wohnung eingeschlossen, zu der ich den Schlüssel verloren hatte. Ich erwachte, als eine Gruppe Schulkinder an mir vorbeimarschierte. Eins von ihnen fragte den Lehrer: *Perché quell'uomo dorme fuori?*

Unbekannt, bekannt

[2005] Als ich das Haus auf dem Land kaufte, sagte mir ein Freund, es werde mein Leben verändern. *Dann gehört dir ein Stück von der Erde,* sagte er. *Du wirst das Gefühl haben, verwurzelt zu sein.* Aber so lief das nicht, nicht bei mir. Ja, mir gefiel, wie die Klematis den Ahorn erwürgte, mir gefiel, dass die Türgriffe nicht zusammenpassten, doch meine angeborene Rastlosigkeit schien sich bloß zu verstärken, je öfter ich dort war. Verwurzelt? Irgendwann blieb ich bloß noch dort, um am Haus zu arbeiten, und verließ es, sobald ich fertig war. Die Vorstellung, dass mir ein Stück von der Erde gehörte, war für mich nicht von Bedeutung. Ich wusste, wenn ich eines Tages zur Tür hinausginge und nicht mehr zurückkehrte, würde ich mich kaum noch an das Haus erinnern. In den ersten beiden Jahren als Hausbesitzer war ich öfter unterwegs als je zuvor – ich war Dunst, ich war Luft, ich war nirgends.

Inez blieb irgendwann über Nacht, und am nächsten Morgen fuhr sie zum örtlichen Gemischtwarenladen, um Sahne für ihren Kaffee zu besorgen. Bevor sie aufbrach, stand sie im Esszimmer, fragte, ob ich irgendwas brauchte, und sagte, sie sei in einer Minute zurück. Als ich eine Minute später aufblickte, stand Inez immer noch da, nur dass sie es gar nicht war – es war Anna. Im Morgengrauen war sie aus Brooklyn herübergekommen und hatte das Haus betreten, als sie Inez gehen sah.

Mit Tränen in den Augen fragte sie, ob ich in sie verliebt sei.

Ich bin in euch beide verliebt, erwiderte ich.

Eines Tages musst du dich mit einer Geschichte über eine frühere Geliebte auseinandersetzen, um zu verstehen, um erklären zu können, warum es nicht geklappt hat. Die Frau, neben der du aufgewacht bist, obwohl du von jemand anderem träumtest. Die Frau, die deinen Schwanz nicht in den Mund nehmen wollte. Die Frau, der du versprechen solltest, dich im Jenseits mit ihr zu treffen. Die Frau, die ständig auf dich wütend war. Die Frau, die sich langsam zugrunde richtete. Die Frau mit den beiden anderen Liebhabern. Die Frau, die das Polaroidfoto eines anderen Mannes, der nackt, seinen steifen Penis in der Hand, dastand, absichtlich auf deinem Nachttisch liegen ließ. Und dann kommen die verwirrenderen Geschichten, die Geschichten einer Liebe, mit der es hätte klappen müssen und doch nicht klappte: die Frau, bei der du geschworen hast, du würdest auf den Grund des Meeres tauchen, um sie zu finden und wieder wach zu küssen. Die Frau, die immer noch jede deiner Körperzellen ausfüllt, wenn du Macy Gray hörst. Die Frau, bei der du das Gefühl hattest, ihr bekannt, endlich einem Menschen bekannt zu sein.

Egal, was ich sonst noch über meine Zeit mit Anna sagen könnte, als ich mit ihr zusammen war, hatte ich, vielleicht zum ersten Mal, das Gefühl, einem Menschen bekannt zu sein. *Bekannt?* Wenn ich erklären müsste, was das für mich bedeutete, würde ich sagen, dass ich während unserer Beziehung einen Teil meines Schattens ans Licht holen konnte, vor allem den Teil, der sich seines nächsten Atemzugs nicht gewiss war. Die Räume, die wir uns teilten, wurden zu einem Ort, an dem ich die Finsternis offenbaren konnte, die ich in mir trug, eine Schwermut, die ans Licht gezerrt werden musste, damit sie mich nicht zerstörte. Das Problem war vielleicht, dass wir denselben dunklen Trieben folgten *(Komm, Eros, hierher, Thanatos).* Am Ende fehlte unserem Wissen vielleicht die Perspektive, und wir liefen Gefahr, uns gegenseitig zu zerstören. *Die Einsamkeit Gottes und Sein Wunsch, bekannt zu sein, setzten die Schöpfung in Gang.* Bekannt – erst später stellte ich fest, dass es dasselbe Wort war, das mein Vater in seinem ersten Brief an mich benutzt hatte, dasselbe Wort, das meine Mutter in ihrem Abschiedsbrief verwendete. *Alle kennen sich schon viel länger* – das waren ihre letzten Worte, die letzten Worte, die ihre Hände berührten, die letzten paar Steine, die sie in ihren abgrundtiefen Brunnen warf. *Gottes überwältigendes Gefühl, isoliert zu sein, versetzte den Himmel in einen Worte erzeugenden Krampf, Worte, die danach zu Materie wurden.* Dann legte sie ihren Stift weg, nahm ihre Pistole – *komm, Kugel* –, Worte, die danach zu Materie wurden, Gottes überwältigendes Gefühl, isoliert zu sein.

SIEBEN

Lava

Ein Freund hat mir diese vielleicht nicht von ihm stammende Geschichte erzählt: Als er auf Hawaii wohnte, gab es einen Vulkanausbruch, und nach der ersten Eruption, von der die Bergspitze und alles in der näheren Umgebung zerstört wurde, quoll die Lava im Lauf der nächsten Monate langsam aus dem Berg, so langsam, dass man zu dem Wall hinaufgehen und die Hand darauflegen konnte, um die Wärme zu spüren. Wie hoch war der Wall? Vermutlich etwa fünf Meter. So hoch, dass man den Kopf in den Nacken legen musste, um den Himmel sehen zu können. Das Städtchen, in dem mein Freund wohnte, lag weiter unten und war von der Eruption verschont worden, doch die Lava wälzte sich darauf zu. Dann kamen Wissenschaftler, um die Geschwindigkeit zu berechnen, mit der sich die Lava bewegte, um vorherzusagen, wie lange sie bis zu dem Ort brauchen würde, um zu ermitteln, welches Haus als erstes unter der zeitlupenhaften Woge begraben würde. Manche Leute sagten, es sei besser als eine Überschwemmung, besser als eine Feuersbrunst – Lava gebe einem genug Zeit, das Wichtigste wegzuschaffen, alles auszuräumen, wenn man dazu imstande sei. Wenn man dazu imstande sei, könne man das gesamte Haus umsetzen, aber ich hatte die Vorstellung, dass es eine kleine Insel war und der Ort direkt am Meer lag, dass einzig die Möglichkeit blieb, das Haus auf ein Floß zu hieven und zur Nachbarinsel zu bringen. Ich stellte mir vor, dass die meisten Leute jeden Tag zu dem Lavawall gingen, ihre Hände darauflegten und hofften, er werde allmählich langsamer, ihm gehe die Puste aus, er komme einfach zum Stillstand.

Schafficker

[2003] *Der Ausgang der gegenwärtigen Krise steht bereits fest*, versichert unser Präsident einen Tag vor dem Einmarsch in den Irak. Seine Gewissheit scheint ein Wesenszug zu sein, der auf seine Bewunderer anziehend wirkt. In den ersten Kriegsmonaten wird dieser Satz mein (zynisches) Mantra – *Der Ausgang der gegenwärtigen Krise steht bereits fest* –, es nervt, dass die Worte mir nicht aus dem Kopf gehen, dass ich sie ständig vor mich hin murmele. Ich ärgere mich über meine Selbstzufriedenheit, da die Gewalttaten und das Chaos in Bagdad den Präsidenten und seine Gewissheit doch zu widerlegen scheinen. Bis ich mich frage, ob die Gewalt und das Chaos vielleicht der Ausgang sind, der ihm vorschwebte.

[2005] Nachdem das Foto aufgenommen worden war, auf dem Sam Harris und ich uns lächelnd die Hand reichten, und ich sein Buch gelesen hatte, in dem er die Anwendung von Folter befürwortet, schreiben wir uns etwa ein Jahr lang E-Mails. Irgendwann frage ich ihn, ob er den Witz mit dem Schafficker kenne:

Ein Mann zeigt einem Fremden sein Dorf und deutet auf die Kirche. Er sagt: *Sehen Sie sich die Kirche an, die hab ich mit meinen eigenen Händen gebaut, hab die Steine auf meinen Feldern ausgegraben.* Der Fremde betrachtet die Kirche und bewundert die Kunstfertigkeit. *Aber glauben Sie, auch nur einer nennt mich William, den Kirchenbauer?* Ein Stück weiter bleiben die beiden wieder stehen. William deutet auf die Schule und sagt: *Ich hab Geld gesammelt, damit die Schule ein neues Dach bekommt, hab wochenlang ohne*

Bezahlung geschuftet, aber nennt mich auch nur einer William, den Retter der Schule? William schüttelt den Kopf. *Aber wenn man auch nur ein einziges Schaf fickt …*

Ich erkläre Harris, dass ich vieles in *Das Ende des Glaubens* bewundernswert finde, doch wie bei dem armen Schafficker, wenn er ein bisschen Folter befürwortet … Harris' Gewissheit, dass man mithilfe von Folter an stichhaltige Informationen gelangt, erstaunt mich, da sie sich auf blinden Glauben zu stützen scheint und sein Buch angeblich gegen jeglichen Glauben gerichtet ist. Der südafrikanische Künstler William Kentridge hat einen Essay geschrieben, in dem es um diese Art von Gewissheit geht:

Wenn man sagt, dass man eine Kunst oder Politik braucht, die Zweideutigkeiten und Widersprüche einschließt, dann heißt das nicht, dass man aufhört, etwas als böse zu betrachten und es zu verurteilen. Aber es könnte einen davon abhalten, von den eigenen Lösungen zutiefst überzeugt zu sein. Wir müssen begreifen, dass wir fehlbar sind und dass Gewissheit und Unduldsamkeit in die Katastrophe führen können.

Der Ausgang der gegenwärtigen Krise steht bereits fest.

Das Ticken ist die Bombe

Sagen wir, du bist Soldat im Irak und wirst in ein Militärgefängnis beordert. Du bist jetzt Militärpolizist, ein MP, obwohl du nicht dazu ausgebildet wurdest. Man hat dir befohlen, die Häftlinge einzuschüchtern, sie für das Verhör am nächsten Tag vorzubereiten. Das hat dir der militärische Nachrichtendienst befohlen, aber manchmal sind es auch Agenten der CIA oder Zivilpersonen, deren Namen du nicht kennst und die niemandem unterstellt sind. *Mach ihnen die Nacht zur Hölle,* hat man dir befohlen, also tust du es – du ziehst sie nackt aus, du übergießt sie mit kaltem Wasser, du lässt sie nicht schlafen. Man hat dir gesagt, dass sich die Regeln geändert haben, dass die Zeit der Zurückhaltung vorbei ist. Ein Mann schreit jedes Mal, wenn du ihm das Knie in den Schenkel rammst, *Allah* – du machst ein Spiel daraus, um zu sehen, wie oft du ihn dazu bringen kannst, *Allah* zu schreien.

Oder sagen wir, du wurdest zum Verhörspezialisten ausgebildet. Man hat dir gesagt, einer der Tausende von Häftlingen weiß die Antwort, die eine amerikanische Großstadt vor einem Angriff bewahrt. Es könnte die Stadt sein, in der deine Frau und dein Kind leben, du weißt es nicht, wirst es nie erfahren. Du betrittst einen Raum, in dem ein Mann an den Handgelenken an der Decke hängt, die Arme hinter dem Rücken, einen Sack über dem Kopf. Man hat dir gesagt, dass eine Bombe tickt, und in diesem Raum kannst du sie geradezu hören. Du ziehst dem Mann den Sack vom Kopf, hältst ihn am Genick fest und blickst ihm in die Augen.

Um trotz deiner Zweifel und Ängste weitermachen zu können,

musst du dir über den Ausgang sicher sein. Du musst jegliche Verwirrung beiseiteschieben und alle anderen Fragen ignorieren. *Der Ausgang der gegenwärtigen Krise steht bereits fest* – das ist die Art Gewissheit, die du bei dem Häftling vor dir aufrechterhalten musst.

Stell dir Folgendes vor:

Du hast nicht mal ein Kind, noch nicht, aber als »Gedankenexperiment« fragt man dich, was du tun würdest, wenn es entführt worden wäre, vor allem, was du mit seinem Entführer tun würdest, den du irgendwie geschnappt hast und der jetzt in einem fensterlosen Raum, an einen Stuhl gefesselt, vor dir sitzt und sich weigert, dir zu sagen, wo dein Kind versteckt ist, der sich weigert, deine Frage zu beantworten. Man sagt, die Uhr tickt – *tick, tick, tick* – kannst du es hören?

Das Fallen ist der Regen, das Wehen ist der Wind.

Hier stehe ich also – der Wahnsinnige, der gefesselt vor mir auf dem Stuhl sitzt, nennen wir ihn Proteus. Man hat mir gesagt, dass jeden Moment eine Bombe hochgehen wird, die möglicherweise Hunderte oder sogar Tausende von Unschuldigen tötet. Während ich weitermache, während ich ihm meine Frage stelle, während ich auf seine Antwort warte, verwandelt er sich – in einen Hund an einer Leine, in einen Mann, der mit Unterhose über dem Kopf tanzt, in einen Bluterguss, in einen Verrückten, in einen Wasserfall, in eine Küchenschabe in einer Schale Reis. In einen Mann, der auf einem Stuhl festgeschnallt ist, in dreißig Männer, die auf dreißig Stühlen festgeschnallt sind und sich weigern zu essen, dreißig Schläuche in ihre Nasen gezwängt.

Hier stehe ich, die Finger um Proteus' Hals gekrallt, und stelle immer wieder dieselbe Frage, als steckte die Antwort im Inneren des Wahnsinnigen, im Inneren des Häftlings, im Inneren der Geliebten, im Inneren meiner Mutter, im Inneren meines Vaters, in meinem Inneren, als wäre die Antwort da und müsste bloß rausgelassen werden.

Hier bin ich, halte meinen eigenen Kopf, tauche ihn in eine Badewanne voll Wasser, wiederhole immer wieder eine sinnlose Frage und weiß, dass ich die Frage nie richtig hinbekomme.

Hier bin ich, halte den Atem an und lasse ihn schließlich ausströmen.

Der eingestürzte Turm

[2006] In Assisi gibt es in der unteren Basilika eine Reihe von Giotto-Fresken – eins zeigt einen eingestürzten Turm. Darüber ist auf einem anderen Fresko »Der Mord der unschuldigen Kinder« zu sehen, und auf dem Bild daneben spricht ein Mann mit einem Skelett, das ihm anscheinend zuhört. Auf einem weiteren Gemälde stürzt ein Mann kopfüber von einem anderen Turm – oder vielleicht ist es derselbe Turm, der später einstürzt –, aber niemand scheint es zu merken, bis auf einen einzigen Mann im Vordergrund, der die Hand hebt, um den Stürzenden aufzufangen, obwohl sie weit voneinander entfernt sind.

Der eingestürzte Turm ist fünf Stockwerke hoch, doch es steht nur noch eine Seite. Wir sehen die zerstörte Seite – es sieht aus, als sei eine Bombe eingeschlagen, doch zu Giottos Zeit gab es noch keine Bomben, oder? Was könnte ihn zum Einsturz gebracht haben? Ein Erdbeben? Ein Katapult? Die Vorstellung einer Bombe? Ein Drittel des Dachs ist noch heil und bedeckt ein Drittel des darunterliegenden zertrümmerten Stockwerks. Auf beiden Seiten zerbröckeln die Ziegelsteine, die Holzbalken sind geborsten, überall in der Landschaft liegen Trümmer verstreut. Ein Junge wird aus den Trümmern geschleppt. Im Vordergrund stehen sechzehn Trauernde, der Schutt vor ihren Füßen. Der Erste, zur Linken, am dichtesten an der Ruine, betrachtet den Turm und streicht sich mit der Hand übers Kinn, als versuchte er etwas Wichtiges zu begreifen. Ein paar andere blicken zu Boden, als läge die Antwort dort. Nur einer hat den Blick abgewendet. Die meisten konzentrieren sich auf den Körper des Jungen – aschgrau vom Staub oder durch den Tod. Der Junge liegt auf dem Rücken, wird in Hüfthöhe getragen, sein Arm hängt seitlich herab. So trägt man ein schlafendes Kind, denke ich. Eine Frau küsst sein Gesicht, eine andere beugt sich über ihn, die Hände zum Gebet gefaltet, während eine dritte mit zum Himmel erhobenem Gesicht um ihn klagt. Zwei Männer, die links und rechts von ihr stehen, streichen ihr das Haar aus den Augen. Diese drei Frauen fassen sich an die eigenen Gesichter, als wollten sie spüren, wie der Atem aus ihren Mündern strömt.

Ich bin in Assisi, um in einem Workshop Lyrik zu unterrichten, auch wenn es mir immer falsch vorkommt, das, was ich tue, als »Unterricht« zu bezeichnen. Ich habe eher das Gefühl, als würde ich am Bug eines Schiffes stehen, das sich durch den Nebel tastet. Unsere Gruppe trifft sich morgens, und jeden Nachmittag fahre ich mit dem Bus zu einem öffentlichen Freibad hinauf, um, von Zypressen und jungen Italienern umgeben, eine Stunde lang zu schwimmen. Abends streife ich durch die mittelalterliche Stadt, an Gruppen von Pilgern vorbei, die sich an den Händen halten und »Kumbaya« singen. Eines Abends sehen wir uns alle im Foyer des Hotels *Schlacht um Algier* an, den 1966 gedrehten Film, der von der Katastrophe der französischen Besetzung Algeriens handelt. Diesen Film habe ich noch nie gesehen, obwohl er vor Kurzem in den Nachrichten war – das Pentagon hat ihn seinen Generälen vorgeführt, damit sie verstehen, warum im Irak alles schiefgelaufen ist.

Im Schwimmbad sehe ich eines Nachmittags einen Jungen in orangem T-Shirt, das auf dem Rücken die Aufschrift trägt:

GUANTANAMO
CAMP X-RAY
A CELL IN HELL
527–0985–339

War Folter wirklich so schnell – während Hunderte dort noch auf unbestimmte Zeit eingesperrt waren – zur Inspiration für Billigmode geworden?

Schlacht um Algier

Schlacht um Algier beginnt mit einer Szene, in der ein Mann in einem Raum von Soldaten umringt ist. Der Mann sitzt mit dem Gesicht zur Kamera auf einem Stuhl. Ein Vorgesetzter betritt den Raum. *Wir haben ihn zum Reden gebracht,* sagt ein Soldat zu ihm. In einer späteren Szene sitzt ein dunkel gekleideter Araber in einer weiß gestrichenen Stadt auf dem Bordstein, sein Karren neben ihm auf der Straße. Auf dem Karren ist eine Maschine befestigt, der Karren hat Räder. Er ist so groß wie die Wagen, die von den Hotdog-Verkäufern durch die Straßen New Yorks geschoben werden, aber es handelt sich nicht um New York. Wir wissen nicht, was für eine Maschine das ist, was für einen Zweck sie erfüllt – vielleicht wird damit Teer erhitzt oder Müll eingesammelt. Es ist lediglich klar, dass der Mann etwas essen will, dass er seinen Karren an diese Stelle geschoben hat und sich ausruht.

Nach einem Attentat stehen überall Weiße auf den Balkons. Zwei Polizisten brausen auf Motorrädern durch die Straße. Der Mann packt sein Brot wieder ein und steht auf. Plötzlich ruft jemand nach der Polizei, um ihn verhaften zu lassen. Dem Araber ist zunächst nicht klar, dass die Leute seinetwegen brüllen – er versteht ihre Worte nicht. Doch dann blickt er auf und sieht, dass sie mit Fingern auf ihn zeigen. Er geht rasch davon, lässt seine Maschine zurück. Am Ende der Straße taucht ein Jeep auf, der ihm den Weg versperrt. Der Araber dreht sich um, doch neben ihm hält ein Polizist auf einem Motorrad, und es gibt kein Entkommen. In der nächsten Szene, die im Verhörraum spielt, nennt ein Kommissar seinem Kollegen den Namen des Mannes, seine Adresse, wir hören ihn sagen, er habe eine Frau und drei Kinder.

In dieser Nacht ist der Kommissar auf einer feudalen Party. Als er die Party verlässt, wird er an geschlossenen Fensterläden vorbei durch die Straßen kutschiert, das Auto gleitet ungehindert durch die totenstille Stadt. Es hält vor dem Gebäude mit der Hausnummer, die der Araber ihnen genannt hat. Der Kommissar holt einen Karton aus dem Auto, den einer seiner Begleiter in den Hof bringt und vor einer Tür abstellt. Aus dem Karton ragt eine Zündschnur, der Mann zündet sie an, kehrt zum Auto zurück, steigt ein, und als die Männer davonfahren, explodiert die Bombe, und das Gebäude stürzt ein.

Nach der Explosion zeigt der Film ungefähr eine Stunde lang das anschließende Chaos, einen vorhersehbaren Kreislauf aus Vergeltung und Unterdrückung, und dann tritt ein General vor eine Gruppe Reporter. *Reden wir über Folter,* sagt er. *Was, wenn der Häftling vierundzwanzig Stunden lang schweigt? Die strenge Einhaltung der Gesetze kann unbequem sein. Wir sind weder wahnsinnig noch sadistisch. Wir sind Soldaten. Es ist unsere Pflicht zu siegen. Wenn Frankreich in Algerien bleiben soll – wenn Sie das bejahen, dann müssen Sie sich auch mit den Folgen abfinden.* Wie wir wissen, war die Folge, dass Frankreich nicht siegen konnte, obwohl man Tausende von Algeriern folterte, aber vielleicht auch gerade deswegen.

Am nächsten Morgen bereite ich mich in meinem Zimmer auf unseren Workshop vor. Assisi ist ein Bergstädtchen, umgeben von umbrischen Tälern. Im Fernsehen läuft CNN, und live aus dem Libanon sehe ich dieselbe Szene wie in dem Film am vorigen Abend – ein Gebäude, von dem nur noch Schutt übrig ist, ein Kind, das aus den Trümmern getragen wird, eine weinende Frau. Mein Freund Tarek hielt mich aus Beirut per E-Mail auf dem Laufenden und teilte mir mit, dass es ihm gut gehe. Später an jenem Tag besuchte ich die Basilika, stand lange vor Giottos eingestürztem Turm und betrachtete ihn.

Istanbul (wiederaufgenommen)

(2007) Erst der Geschäftsmann, dann der Taxifahrer, dann der Geistliche (der Dolmetscher nennt ihn »Prediger«), dann der Exsoldat, dann der Zahnarzt – könnten es normalere Menschen sein? Wir nehmen ihre Aussagen auf, die Woche schreitet voran. Jetzt ist ein dreißigjähriger Student an der Reihe, der erzählt, man habe ihn bei einer Razzia festgenommen, die Teil der jüngsten »Verhaftungswelle« gewesen sei. Amerikanische Soldaten seien mitten in der Nacht gewaltsam in seine Wohnung eingedrungen, während er bei seiner schwangeren Frau geschlafen habe. Die Soldaten hätten ihn und seine Frau aus dem Bett gezerrt, ihnen mit einer Taschenlampe ins Gesicht geleuchtet, ihm eine Frage über einen Nachbarn gestellt, einen Nachbarn, den er nicht kannte, eine Frage, die er nicht beantworten konnte. Sie hätten ihm angedroht, seine Frau allein ins Nebenzimmer zu bringen – *Du weißt, was das bedeutet,* hätten sie gesagt, doch er habe keine Antwort gewusst. Dann habe man ihn geschlagen und in Handschellen, mit Kapuze über dem Kopf, aus dem Haus geschleift, habe ihn in einen Humvee gestoßen, ihn zu einer Landebahn gebracht und in einen Hubschrauber verfrachtet, bis er schließlich in ein Gebäude gekommen sei, das in der Nähe eines Flugplatzes liegen müsse, entweder in Mossul oder in Bagdad. In diesem Gebäude habe man ihn in einen riesigen Raum gebracht, groß wie eine Turnhalle, in dem lauter schwarze Kisten aufgereiht waren. Vielleicht hundert Kisten, vielleicht auch zweihundert, schwer zu sagen – er habe fast die ganze Zeit eine Kapuze getragen und schnell das Gefühl für Tag und Nacht verloren. Die Kisten seien ungefähr achtzig Zentimeter breit und einen Meter fünfzig lang gewesen. Man habe ihn erst tage-, dann wochenlang in eine der Kisten gesperrt, in der er sich nicht ausstrecken und kaum atmen konnte. Alle zwanzig bis dreißig Minuten habe ein Soldat gegen die Kiste getreten oder mit einem Knüppel fest dagegengeschlagen, worauf sein gefesselter Körper zusammengezuckt sei. Ringsum habe er die Schreie und flehentlichen Bitten seiner Mithäftlinge gehört – derjenigen, die Bauchschmerzen oder Entzündungen gehabt hätten, derjenigen, die langsam verrückt geworden seien. Seit der Veröffentlichung der Fotos sind drei Jahre vergangen, und man kann sicher sein, dass von diesen Kisten keine Fotos an die Öffentlichkeit gelangen. Was einmal willkürliche Aktionen einiger Amateure in der Nachtschicht waren (falls das tatsächlich stimmt), läuft inzwischen professionell ab, organisiert, mit Billigung von oben. Jemand hat diesen Raum erdacht, diese Kisten angefertigt, es gab ein Memo, in dem den Soldaten gesagt wurde, wie oft sie gegen die Kisten schlagen sollen, ein Memo, das wir wahrscheinlich nie zu Gesicht bekommen werden. Untereinander nennen die Iraker diese Kisten *tawabít súd* oder *nu'úsch súd* – schwarze Särge –, und ich stelle sie mir unwillkürlich als die Schatten der mit Flaggen drapierten Särge vor, die wir ebenfalls nicht sehen durften, sehen konnten oder sehen wollten.

ACHT

Die zerbrochene Schüssel

In *Le developpement de la notion de temps chez l'enfant* behauptet Piaget, vor einer bestimmten Entwicklungsstufe wisse ein Kind nicht, was zuerst kommt – das Foto einer Tasse auf einem Tisch oder das Foto derselben Tasse, die zerbrochen auf dem Boden liegt. Bis zum Alter von vier Jahren findet das Kind es genauso wahrscheinlich, dass die zerbrochene Tasse vor der heilen Tasse kommt, dass der Fußboden nur ein anderer Tisch ist, dass man Milch in die zerbrochene Tasse gießen kann, dass man die zerbrochene Tasse auf den Tisch zurückstellen kann und sie wieder heil wird. Ich nehme mir vor, mich daran zu erinnern, wenn meine noch ungeborene Tochter ihre Milch in ihre zerbrochene Schüssel gießt.

Verwüstet

Auf der ersten Seite von Marguerite Duras' *Der Liebhaber* begegnet eine Frau in Paris zufällig ihrem ehemaligen Liebhaber auf der Straße, den sie jahrelang nicht mehr gesehen hat. *Alle sagen, Sie seien schön gewesen, als Sie jung waren,* sagt er, aber *ich mochte ihr junges Gesicht weniger als das von heute, das verwüstete.* Ich war zweiundzwanzig, als ich das las, und danach wünschte ich mir, wenn ich alt wäre, würde mich eine ehemalige Geliebte finden, um mir zu sagen, dass sie mich noch schöner finde, so wie ich jetzt vor ihr stünde, verwüstet.

Als ich ein paar Jahre später in Paris lebte, entdeckte ich in einem Antiquariat Duras' Roman *Heiße Küste.* Soweit ich mich erinnere, geht es darin um ein Mädchen, das mit seiner Mutter auf einem heruntergekommenen Anwesen in Indochina lebt und große Ähnlichkeit mit dem Mädchen in *Der Liebhaber* hat, ein Mädchen, das ich für ein Abbild der Autorin hielt. Der Vater wird vermisst, und den beiden geht langsam das Geld aus. Aus irgendeinem Grund steigt das Meer, das Chinesische Meer. Vielleicht der Monsun – ja, es ist Monsunzeit, jedes Jahr steigt dann das Meer, deshalb brauchen sie eine Schutzmauer. Doch die Mauer ist baufällig, und weil der Vater nicht da ist, haben sie nicht genug Geld, um sie ausbessern zu lassen. So habe ich die Geschichte in Erinnerung, aber vielleicht ist das auch ganz falsch. Sagen wir einfach, dass ich mich so an sie erinnern will oder muss.

Das verlorene Paradies

[2007] *Unsere Gedanken erschaffen die Wirklichkeit* – an diesem Koan, der in Brooklyn auf den Gehsteig gesprayt ist, kam ich auf dem Weg zu einer Freundin vorbei. Später sah ich in ihrem Atelier einen Druck von Crivellis *Der heilige Michael,* auf dem der Heilige mit einem Drachen kämpft. In der christlichen und vorchristlichen Ikonografie findet man viele Heilige, die Drachen erschlagen, wahrscheinlich hast du schon den einen oder anderen gesehen – ein junger Mann zu Pferd, manchmal auch zu Fuß, unter seinem Stiefel ein Drache, die Lanze bohrt sich gerade ins Fleisch oder den offenen Rachen des Untiers. In *Das verlorene Paradies* schrieb Milton über den Erzengel Michael, der mit dem Teufel im Garten Eden kämpft, kurz bevor er Adam und Eva hinausführt. Aus irgendeinem Grund sucht mich dieser Drache seit Jahren heim, vielleicht fühle ich mich auch von ihm angezogen. Ein Grund mag sein, dass dieser Drache, dieser Teufel, zwar bezwungen, aber noch immer am Leben ist. Er kommt vom Rand der Wahrnehmung, wo unser Schatten-Ich geradezu greifbar ist – wir können diesen Drachen, diesen Schatten, nicht wirklich töten, denn sonst würden wir ein Stück von uns selbst töten. Die Kunst besteht darin, mit ihm zu leben, ohne dass er uns vernichtet, ohne dass er sich so hoch erheben kann, dass er das Kommando übernimmt. Am Boden, bezwungen, hält er uns im Gleichgewicht und erinnert uns an die Finsternis, aus der wir kommen, die Finsternis, aus der wir gemacht sind – wenn wir den Drachen nicht zur Kenntnis nehmen, wenn es uns nicht gelingt, ihn in unser Leben zu integrieren, kann sich diese Finsternis in unserm Inneren als Angst äußern, unsere

Angst kann sich in Wut verwandeln, und vielleicht stellen wir dann plötzlich fest, dass wir mit einem Schatten kämpfen. Crivellis Michael trägt weder eine Rüstung noch eine Waffe, und der Drache sieht eher aus wie ein Mann – menschliches Gesicht, schwarzlederne Haut, riesige Flügel, Klauen – eindeutig der Teufel, aber auch fast ein Mensch. Die Klauenhände des Teufels greifen nach Michaels Beinen, streicheln ihn fast, und der Heilige und der Teufel starren sich gegenseitig in die Augen, als würden beide in einen Spiegel blicken, der eine im Licht, der andere im Schatten.

Mexiko (Der Schmerz)

Ich habe ein paar Fotos aus der Zeit, als meine Großeltern noch nicht lange verheiratet waren, bevor sie Kinder bekamen, aber vielleicht hatten sie die Kinder auch bloß zu Hause gelassen. Die Fotos wurden auf einer Reise nach Mexiko aufgenommen, sie stammen eindeutig aus der Zeit, bevor alles in die Brüche ging. Auf all diesen Fotos lächeln sie – vielleicht war mein Großvater gerade aus dem Krieg zurückgekehrt, oder der Krieg hatte noch gar nicht begonnen. Möglicherweise stammen sie aus den Dreißigern. In der Weltwirtschaftskrise hatten meine Großeltern Geld und hätten sich eine Reise leisten können. Diese Fotos verraten mehr über die Anfangszeit ihrer Ehe als alles, was sie mir je erzählt haben. Auf einem unscharfen Foto liegt mein Großvater flach auf dem Rücken auf einem Hotelbett, eine Flasche Tequila erhebt sich aus seinem Mund zur Zimmerdecke, als wäre es eine Blume, die aus seinem Gesicht sprießt, als wollte er sich total volllaufen lassen. Ich stelle mir vor, dass meine Großmutter das Foto aufgenommen hat, dass sie dabei begeistert gelacht und selbst einen Schluck getrunken hat.

[2006] Irgendwann im Verlauf unseres Trennungsprozesses oder beim x-ten Versuch, uns zu verabschieden, verbrachten Anna und ich gemeinsam einen Tag in meinem Haus auf dem Land. Sie sah ein Exemplar von Duras' Erzählung *Der Schmerz* auf meinem Bücherregal stehen. Ich hatte das Buch nur durchgeblättert. *Darin geht es um Folter,* sagte Anna. In einer Szene ist Duras, die der Résistance angehörte, mit einem Kollaborateur im Zimmer, einem

Franzosen, der bezichtigt wird, mit den Nazis zusammengearbeitet zu haben. Duras erzählt, dass sie den Mann foltert – ob um an Informationen zu gelangen, um sich zu rächen oder bloß, weil sich ihr die Gelegenheit bietet, weiß ich nicht genau. Das war, bevor die Genfer Konventionen jegliche Folter ächteten, aber was soll ich davon halten? Duras, eine Schriftstellerin, die mir durch die schwierige Zeit mit Anfang zwanzig half, gibt sich jetzt ohne Entschuldigung als Folterer zu erkennen.

Damals wusste ich es noch nicht, aber es war das letzte Mal, dass Anna und ich miteinander sprachen. Vielleicht wusste sie es, weil sie sich jenen Augenblick aussuchte, um mir etwas zu gestehen – *Ich bin Alkoholikerin,* sagte sie. Sie erzählte mir, sie habe sich in den letzten beiden Jahren, wenn wir auseinandergingen, wenn wir nicht wussten, wann wir uns wiedersehen würden, manchmal bis zur Besinnungslosigkeit betrunken. Wenn wir nachts das Telefon aufgelegt hatten, wenn wir nicht wirklich zusammen sein konnten oder wenn ich gegangen war, habe sie ein paar Gläser getrunken und sei zu einer alten Bahnstrecke gegangen. *Schmerzteufel,* habe sie dann gemurmelt, *lass mich in Ruhe.*

Es ist vielleicht schwer zu glauben, aber ich wusste nicht, dass sich Anna betrank, dass sie sich je betrunken hatte, es war mir nicht klar. Ich hatte nie erlebt, dass sie auch nur einen Schluck getrunken hätte, obwohl mir das egal gewesen wäre. Die Mitglieder meiner Familie hatten sich alle, in unterschiedlichem Ausmaß, im Alkohol ertränkt – Vater, Mutter, Großmutter, Großvater – ich trage die Last mit mir herum, zu wissen, was der Alkohol meiner Familie angetan hat (oder, um genau zu sein, was meine Familie sich mit dem Alkohol angetan hat) – manchmal wiegt dieses Wissen leichter, manchmal schwerer. Aber ich habe nichts gegen Alkoholiker. Anna wusste das, deshalb waren ihre Worte eine Offenbarung, ein Licht in einem dunklen Zimmer. Wenn es stimmte, wenn sie wirklich Alkoholikerin war, wenn sie sich allein, im Stillen betrank, dann konnte das vielleicht die unbegreifliche Distanz erklären, die ich immer empfand, den namenlosen Schatten, der zwischen uns lauerte. Ihr Geständnis war ein Licht, das im Weltall angegangen war, und selbst als wir wieder versuchten, uns zu verabschieden, als unsere Körper übereinanderschwebten wie todgeweihte Astronauten, verbanden uns diese wenigen Worte – *Ich glaube, ich bin Alkoholikerin* – wie Sauerstoffschläuche.

Lieber Leser (Vergessen)

Ich kaufte mir eine Fahrkarte, ich stieg in den Zug und fühlte mich dort behaglich. Irgendwann fuhr der Zug in einen Tunnel, ein Wagen nach dem anderen ratterte in das Loch, das sauber in den Berg gesprengt worden war. Es klang, als würde jemand ein Kartenspiel mischen, es klang, wie wenn ein Filmvorführer einschläft, bevor die erste Rolle abgespult ist, und das Zelluloid ans Objektiv schlägt. Als der Zug im Berg verschwand, wusste ich, dass er ihn ein paar Sekunden oder ein paar Minuten später wieder verlassen würde, aber kaum befand ich mich im Inneren des Tunnels, war mir völlig egal, ob ich je wieder auf der anderen Seite rauskäme. In der Dunkelheit hatte ich das Gefühl, gehalten zu werden, und wünschte mir, der Tunnel würde nie enden. Wenn der Zug stehen bliebe und mich der Finsternis überließe, wäre ich so unschuldig wie als Kind, wenn wir vom Drive-in nach Hause fuhren, meine Mutter uns durch die Nacht lenkte und ich zusammengekuschelt auf dem Rücksitz lag, versunken im Reich des Schlafs. So hätte ich ewig daliegen können – meine Mutter am Lenkrad, leise Musik aus dem Radio, Laura Nyro, die Standells oder Bobby Bland. Auch wenn ich jetzt die Augen aufschlage, ist sie plötzlich da, und wir gleiten zusammen durch dunkle Straßen – über uns zerteilen die Schatten der Bäume, die Schatten der Telefonleitungen den Himmel. Wenn wir in unsere Einfahrt gebogen sind, trägt sie mich ins Haus und bringt mich ins Bett, in ihr Bett oder mein eigenes. Ich kann es nicht leugnen, vielleicht stimmt es ja, vielleicht habe ich zu viele Nächte in ihrem Bett verbracht, habe versucht, sie auf der Erde festzuhalten, die Stimme in ihrem Inneren zum Schweigen zu bringen, sie aus der Finsternis zurückzurufen. Manchmal zog es sie dennoch hin, manchmal stieg sie nach Mitternacht in ihren Wagen, ich hörte, wie er ansprang, wie sie losfuhr, und später hörte ich sie wieder in die Einfahrt biegen, hörte den Kies unter den Reifen.

Ich weiß nicht, wie es bei dir ist, aber manchmal wandle ich immer noch durch meine Tage und bekämpfe ein heftiges Verlangen. Nachdem ich so viele Jahre clean war, greife ich manchmal wieder zu Drogen. Ich dröhne mich zu, ich rufe jemanden an. Ich klopfe an eine Tür, jemand macht auf, freut sich anscheinend, mich zu sehen. Ich sage *Ja* und *Ja* und *Ja*. Ich sage: *Warum nicht?* Ich sage: *Bleib, das Bett ist riesig, wir können es teilen*. Ich dröhne mich zu, rufe jemanden an, ein Monat verstreicht, ich dröhne mich wieder zu, einen Monat lang jeden Abend, nicht viel, bloß eine Handvoll Marihuana, danach lasse ich ein Jahr lang wieder die Finger von jeglichen Drogen. Ich rufe dich aus der Badewanne an, und wir verabreden uns. Dann lege ich auf und rufe jemand anderen an.

Damit will ich sagen, dass ich eines Dezembertages das Alter erreichte, in dem meine Mutter gewesen war, als sie in die Nichtexistenz überging *(Gute Nacht, niemand, gute Nacht, Brei),* als sie schließlich die Tür durchschritt, auf deren Knauf ihre Hand schon all die Jahre gelegen hatte. Ich weiß nicht, vielleicht hatte etwas in mir beschlossen, sie zu suchen – sie konnte doch nicht einfach verschwunden sein. Also dröhnte ich mich nach vielen drogenfreien Jahren wieder zu. Dann noch mal. Ich war allein in Sleepy Hollow, es war immer nach Mitternacht, vielleicht glaubte ich, es sei die einzige Möglichkeit, zu ihr zurückzufinden, aber das wusste ich damals nicht – ich hätte es nicht *ar-ti-ku-lie-ren* können. Andere Leute sprechen von einem Feuerwerk, das losgeht, wenn sie wieder anfangen – die Polizei vor der Tür, Fixierung am Bett –, aber ich mache es genauso wie meine Mutter. Für uns beide gab es kein Feuerwerk. Ein Glas Wein, eine winzige Pille, die Flamme an der Pfeife, egal, was wir taten, egal, wie wir es taten, es ließ uns nur in die Nacht gleiten, in unser persönliches Vergessen, unsere stille Verzweiflung. Wir mussten beide am nächsten Tag immer zur Arbeit, hatten beide bei dem Gedanken, dort nicht zu erscheinen, ein schlechtes Gewissen. Wir gingen immer zur Arbeit, bis meine Mutter eines Tages einfach nicht auftauchte.

Vielleicht will ich damit sagen, dass Annas Worte – *Ich glaube, ich bin Alkoholikerin* – mir klarmachten, dass ich selbst nicht völlig trocken war. Wenn mich davor jemand fragte, sagte ich immer, ich hätte seit Jahren keinen Alkohol angerührt. Das stimmte, aber ich fügte hinzu, dass ich manchmal Gras rauchte. Zwar behauptete ich nicht, trocken zu sein, aber ich sagte auch nicht, dass ich wieder auf Drogen war – ich *ba-ga-tel-li-sier-te* das Ganze. Nachdem ich mich zwei Jahre lang immer mal wieder zugedröhnt hatte, meldete sich, erst nur leise, wie das Echo von einer fernen Klippe, eine Stimme in mir, die murmelte, alles würde sich zum Besseren wenden, wenn ich tot wäre. Das Leid, mein eigenes und das von mir verursachte, hätte ein Ende. Schritt für Schritt, Zentimeter um Zentimeter, mit jeder weiteren Dröhnung, jeder weiteren Lüge, drehte ich mich allmählich um. Ich steuerte auf ihre Tür zu (die Tür meiner Mutter? Annas Tür?), legte die Hand auf den Knauf, hörte auf der anderen Seite eine Stimme, ich musste die Tür bloß noch aufstoßen und durchschreiten. Ich wusste, dass ich sie dort treffen würde. Ich wusste, dass es für immer so bleiben könnte.

Kurz nach dem Tod meiner Mutter lief mir eines Nachmittags, als ich gerade mein Motorrad auftankte, meine *Verlorenes Paradies*-Professorin über den Weg. Möglich, dass ich gerade die Stadt verlassen wollte, möglich, dass es der Tag war, an dem ich zum letzten Mal den Campus betrat. *Ach, schön, Sie wieder hoch zu Ross zu sehen,* sagte sie. Ich lächelte. Ich mochte sie, und es tat mir leid, dass ich nicht mehr in ihre Vorlesung ging. *Es geht mir schon viel besser,* sagte ich. Ich betrachtete mein Motorrad – *Verloren*, dachte ich, *das ist der Name meines verdammten Rosses.* Ich tankte voll, ich war im Aufbruch, ich würde die nächsten paar Leben damit zubringen, diesen Zustand zu erforschen. Es ist nicht schwer, dorthin zu gelangen – einmal links abbiegen, bis zum Ende der Gasse, die Kellerstufen hinab, nach Mitternacht an eine Tür klopfen, deine augenblickliche Geliebte wartet schon im Bett. Der Drache ist nicht tot, er liegt nur bezwungen unter dem Huf, unter der Lanzenspitze. In unserem Inneren leben zwei Hunde. Sag Ja und Ja und Ja.

Roulette

Meine Großmutter erzählt immer wieder dieselbe Geschichte von ihrer Autoreise nach Mexiko, doch darin erwähnt sie nie meinen Großvater. In einem Dorf, das im Schatten eines Vulkans lag, ging sie die Straße entlang, als plötzlich ein Junge mit einer heißen Lavakugel in den Händen auf sie zugerannt kam. Der Junge formte vor ihren Augen aus der Lava einen Affen und hielt ihn ihr hin. Dieser kleine Lava-Affe steht inzwischen seit einer Ewigkeit auf ihrem Küchenregal. Jedes Mal, wenn sie die Geschichte erzählt, holt sie ihn herunter und knetet ihn, als könnte sie ihn immer noch umgestalten.

[2005] Der Funke, der zwischen mir und Inez in unserer ersten gemeinsamen Nacht flog, der aufglimmende Gedanke, dass wir zusammen ein Kind haben könnten, flackerte noch, doch er hatte Mühe, sich in mir festzusetzen. Er war ungewohnt, ziellos, flammte manchmal einfach auf, je nachdem, mit wem ich zusammen war. Anna. Inez. Irgendwann, nachdem ich ein Jahr wie gelähmt gewesen war und keine Entscheidung treffen konnte, beschloss ich in einem Moment, den ich inzwischen als absoluten Tiefpunkt, als Augenblick geistiger Umnachtung betrachte, mit derjenigen zusammenzubleiben, die zuerst schwanger sein würde – ein Glücksspiel. Ich würde gern behaupten, dass ich schon damals, als ich die Stimme in meinem Kopf hörte, wusste, dass es falsch war, dass es eine ganz schlechte Idee war, dass ich erkannte, wie verloren ich war, aber das stimmt nicht. Diese schlechte Idee schleppte ich monatelang mit mir herum, manchmal flammte sie auf und kam mir völlig vernünftig vor, und dann verblasste sie wieder für eine Weile. Schließlich wurde mir dunkel (deutlich?) bewusst, wie ruhelos meine Gedanken waren, wurde mir deutlich (dunkel?) bewusst, wie sehr die Menschen in meiner Umgebung litten, und ich begann jeden Tag eine halbe Stunde zu meditieren. Fast zwei Jahre lang tat ich das jeden Tag, und als mein Kopf wieder klar war, hatten Anna und ich uns getrennt. In gewisser Hinsicht schien Anna nur meinen Schatten kennengelernt zu haben, denn das war alles, was ich ihr geben konnte.

NEUN

Drei Träume vor der Geburt des Babys

1.

Ich befinde mich in einem Strandhaus und küsse eine Blondine, die ich nicht besonders gut kenne. Plötzlich springe ich vom Bett auf und renne den Strand entlang auf eine andere Frau zu. Drei Hunde verfolgen mich und holen mich ein, einer beißt mich in die linke, einer in die rechte Hand und einer in den Hintern. Ich laufe weiter, versuche sie abzuschütteln, doch es tut weh. Eine dritte Frau, die Hundebesitzerin, kommt rüber und sagt, ich solle mir keine Sorgen machen, die Hunde täten mir nichts. Ich betrachte meine Hände und sehe, dass die Zähne der Hunde die Haut nicht verletzt haben. Diese Frau führt mich einen Pfad rauf und wir unterhalten uns, ich weiß aber nicht mehr, worüber. Schließlich lande ich in einer Bar, wo die Frau, mit der ich rumgeknutscht habe, hinter der Theke steht und bedient – im grellen Licht sehe ich, dass ihr Gesicht voller Pockennarben ist.

2.

Ich suche Anna, die in einem geschützten Hafen auf einem Schiff lebt. Ich fahre als blinder Passagier an Bord eines Schoners, und wir segeln eine Weile herum. Die anderen auf dem Schiff beachten mich nicht und reden, als wäre ich gar nicht da. Als wir dicht an Annas Schiff heransegeln, springe ich an Bord und gehe von

Kabine zu Kabine, doch es ist niemand da. Der Abfalleimer unter dem Spülbecken in der Kombüse ist voll, und ich nehme die Tüte heraus und verschnüre sie. Auf dem Boden des Abfalleimers liegt ein schwarzes Notizheft, auf dessen Umschlag in schnörkeligen Goldbuchstaben die Worte »Black Betty« stehen. Ich hoffe, dass in dem Buch etwas geschrieben steht, doch die Seiten sind schwarz. Das enttäuscht mich, aber plötzlich merke ich, dass sie aus feiner Seide sind und sich ganz fantastisch anfühlen.

3.

Inez und ich sitzen in einem faschistischen Land fest, in dem uns irgendwas Schlimmes bevorsteht – unsere Verhaftung? Ich zahle einem Mann fünfzig Dollar, damit er uns außer Landes, über die Grenze bringt, doch er führt uns zu einem Lagerhaus, und wir kommen in einen Raum, in dem ein Folterer wartet, der Inez ins Nebenzimmer bringt und vergewaltigt. Ich kann sie sehen, aber nicht zu ihr gelangen – der Mann, der uns hergeführt hat, versperrt mir den Weg. Mir wird klar, dass dieser Mann auch mich vergewaltigen wird. Ich kriege eine Waffe zu fassen, erschieße den ersten Mann und gehe ins Nebenzimmer, wo ich den Folterer foltere – ich schieße ihn ins Knie, schieße ihm die Hand ab. Dann hole ich seinen Sohn herein und schieße auch ihn ins Bein. Ich habe mich in ein Monstrum verwandelt.

Allzu laute Einsamkeit

[2006] Juni. Ich bin für den Sommer aus Texas zurück und räume zwei Tage lang die Einzimmerwohnung meines Vaters aus, während Inez ihn ablenkt und die Fay Wray zu seinem King Kong spielt. Er hat die letzten sechzehn Jahre in dieser Wohnung verbracht, seit er nicht mehr auf der Straße lebt. Inez geht mittags mit ihm essen, führt ihn eine Runde um den Block und lauscht denselben Geschichten, die ich schon hundertmal gehört habe, alles, um ihn zu beschäftigen, während ich einen Müllsack nach dem anderen mit seinem Kram in den Keller schleife. Keine meiner Freundinnen sollte ihn je kennenlernen, doch vor einem Jahr ging es nicht mehr anders. Er steht wieder mal kurz vor dem Rauswurf, und sogar seine wahrhaft heilige Sozialarbeiterin Eileen sagt, dass er keine Chance mehr bekommt, wenn er die Wohnung verliert – *Niemand vermietet an jemanden, der so viel trinkt.* Wenn er die Wohnung verlöre, stünde er wieder auf der Straße. *Ich bin halb Ire, halb Russe,* erinnert er uns, *ich müsste wahnsinnig sein, nicht zu trinken.*

Es war ein langes Jahr mit meinem Vater. Die Vermieterin hat mich angerufen, um mir mitzuteilen, dass seine Wohnung ein potenzieller Brandherd ist, und das kann ich nicht leugnen. Mein Vater ist nicht nur Alkoholiker, sondern hortet auch alles Mögliche – kein ungewöhnlicher Tick bei ehemals Obdachlosen. Doch nach sechzehn Jahren ist es nahezu unmöglich, auch nur seine Tür zu öffnen – jeder Zentimeter Boden ist mit Zeitungen bedeckt, manche der wackeligen Stapel knapp zwei Meter hoch, sodass es zwischen seinem Bett und dem Bad, zwischen seinem Bett und dem Spülbecken, in dem in letzter Zeit schwarzes, stinkendes Wasser steht, nur noch schmale Pfade gibt. *Sie müssen etwas unternehmen,* ermahnt mich die ziemlich nette Vermieterin.

Und da sind wir. Ich drücke seine Klingel (auf der noch immer mein Nachname klebt), und er betätigt den Türöffner. Ich stelle ihm Inez wieder vor, da er sich von unserem letzten Besuch vor ein paar Monaten nicht mehr an sie erinnern kann. *Inez?*, fragt er. *Nett, Sie kennenzulernen.* Wir wollen ihn zum Mittagessen einladen, und unterwegs will ich sagen, ich hätte noch was zu erledigen, und vorschlagen, dass sie schon mal vorgehen und ich später zu ihnen stoße. Dann will ich, eine Packung strapazierfähige Müllsäcke im Rucksack, in seine Wohnung zurückkehren. Bei dem Vorschlag, essen zu gehen, wird er munter und zieht die Jacke an.

Seine Zeitungssammlung reicht zurück bis zu George Bushs erster Präsidentschaft – sein »Recherchematerial«. Vielleicht stimmte das mal, aber ich weiß, dass er seit Jahren kein Wort mehr geschrieben hat. Vor zehn Jahren hätten wir alles vielleicht noch lagern, es in einen Lagerraum bringen können, und notfalls hätte er sein Blut verkaufen können, um die Miete dafür zu bezahlen. Doch das geht nicht mehr – inzwischen will niemand mehr sein Blut haben, und außerdem weigert er sich, auch nur eine einzige vergilbte Zeitung wegzuwerfen. *Das ist mein Eigentum,* faucht er. Er ist zu alt, zu schwach, um noch einen Winter im Freien zu überleben, wenn er aus der Wohnung geworfen wird. Auch ich bin zu alt, um das zu überleben, nicht zu wissen, wo er ist, mich zu fragen, ob er die Nacht übersteht, zum Himmel aufzublicken und einzuschätzen, ob es schneien könnte. Aus irgendeinem Grund hatte ich gehofft, mit ihm vernünftig reden zu können, ihn davon überzeugen zu können, dass der drohende Rauswurf ernst zu nehmen war, doch es klappte nicht. Er drohte damit, sich umzubringen, die Vermieterin umzubringen, mich umzubringen. Nachdem ich monatelang vergeblich versucht hatte, vernünftig mit ihm zu reden, und der Räumungsbefehl beantragt war, verbrachte ich zwei Tage bei ihm und ging einen kleinen Stapel Zeitungen Blatt für Blatt mit ihm durch, doch am Ende konnte er sich von kaum etwas trennen. Bei dem Tempo würden wir dreißig Jahre brauchen, aber uns blieben nur dreißig Tage. Deshalb war ich gezwungen, um Hilfe zu bitten. Und so schleiche ich mich wieder in seine Wohnung, während Inez ihn ablenkt.

Seit Januar habe ich sechzig Müllsäcke aus der Wohnung geschleppt. Gestern kam noch ein Ohrensessel hinzu, der nach sechzehn Jahren unter der Last der Zeitungsstapel zusammengebrochen war. Ich habe auch sein Spülbecken sauber gemacht, eine Brutstätte für Keime – danach habe ich meinen entzündeten Finger in Kochsalzlösung gebadet.

In den Monaten seit Januar habe ich mit einem Anwalt telefoniert, mit dem Büro des Bürgermeisters, mit seiner Sozialarbeiterin, mit jedem, der helfen könnte. Jim, ein Arzt, den ich aus meiner Zeit im Obdachlosenheim kannte, kam in die Wohnung meines Vaters, um sich ein Bild von ihm zu machen. Jim ordnete an, dass mein Vater eingehend untersucht werden müsse, und ein paar Wochen später brachte ich ihn ins Krankenhaus. Wie sich herausstellte, war er in besserer Verfassung als ich – niedriger Blutdruck, niedriger Cholesterinwert, perfekte Leberfunktion. Wie konnte das sein?

Am Ende werden all meine Bemühungen nichts nützen. Indem ich die Zeitungen ohne seine Einwilligung in die Müllsäcke stopfte, konnte ich zwar das Problem der Brandgefahr lösen, doch ein paar Monate später spaziert er ins Büro der Vermieterin und droht, alle Anwesenden umzubringen, darunter auch ein siebenjähriger schwarzer Junge, der mit seiner Mutter im Wartezimmer sitzt. Die Vermieterin verständigt die Polizei, woraufhin mein Vater damit droht, sich die Gurgel durchzuschneiden. Die Vermieterin weiß inzwischen, dass es bloß eine leere Drohung ist, doch die Polizisten, die das Ganze zufällig mit anhören, müssen solche Drohungen ernst nehmen, und das tun sie auch. Sie kommen, nehmen ihn in Gewahrsam und überstellen ihn in ein psychiatrisches Krankenhaus, um ihn dort auf seinen Geisteszustand untersuchen zu lassen.

Als ich schließlich zusammenbrach, als ich schließlich um Hilfe bat, bekam ich sie auch – von Inez, Jim, Eileen –, es war, als hätten alle bloß darauf gewartet, dass ich sie darum bitte. Wenn ich imstande gewesen wäre, Anna um Hilfe zu bitten, wäre auch sie gekommen, das weiß ich, aber ich tat es nicht.

Lexington, Kentucky

Wenn ich meinen Vater in diesen letzten Monaten besuchte, verzweifelt bemüht, ihn vor der Obdachlosigkeit zu bewahren, war ich mir nie sicher, ob er wusste, wer ich bin. Manchmal schien er mich von einem Augenblick auf den anderen nicht mehr zu erkennen. Als ich ihm zu erklären versuchte, wie dicht er vor dem Rauswurf stand, fiel er mir ins Wort und brüllte: *Du Trockenei, jetzt rede ich!* »Trockenei« – das war neu, das war eine Wendung. Es hatte die erwünschte Wirkung, zumindest die ersten paar Dutzend Male, denn ich stand dann jedes Mal entnervt vor ihm – schließlich hatte ich damals noch kein Kind. *Jetzt rede ich!* Und dann ließ er eine der Handvoll Geschichten vom Stapel, die ich schon hundertmal gehört hatte, manchmal die folgende über seine Zeit im Bundesgefängnis:

Sie haben mich tagelang in einen dunklen Raum gesperrt, an den Boden gekettet, und wenn sie mich verlegt haben, was ohne jeglichen Grund ständig vorkam, kriegte ich noch mehr Ketten angelegt – sogar um den Penis.

Ich wollte mir nicht vorstellen, wie man einen Penis in Ketten legt, erst recht nicht den meines Vaters, den ich mir sowieso nicht vorstellen wollte.

Im Laufe des Jahres, in dem ich den Rauswurf meines Vaters abzuwenden versuchte, traf ich ihn und Inez jedes Mal, wenn ich mich ein paar Stunden über seine Wohnung hergemacht hatte, im Park oder im Restaurant. Dann brachten wir ihn in seine Wohnung zurück, um zu sehen, ob ihm auffiel, was alles nicht mehr da war. Im ersten Moment sah er sich stets wütend um, ließ es dann jedoch dabei bewenden, als wüsste er, dass wir ihm bloß helfen wollten. Wenn wir aufbrechen wollten, wandte sich mein Vater Inez zu – die er inzwischen »Butterblume« nannte – und wedelte mit dem Arm in ihre Richtung. *Bleibt die Frau hier?*, fragte er dann hoffnungsvoll, *lässt du Butterblume bei mir?*

[2006] Der Historiker Alfred McCoy spricht im Radio darüber, dass die CIA seit fünfzig Jahren an der Entwicklung der Foltermethoden beteiligt ist, die wir auf den Abu-Ghraib-Fotos gesehen haben. Die CIA habe herausgefunden, dass es am wirkungsvollsten sei, Reizentzug mit selbst zugefügtem Schmerz *(den sogenannten leichteren Mitteln)* zu kombinieren – man denke bloß an das inzwischen ikonenhafte Foto von dem Mann mit der Kapuze, der mit ausgestreckten Armen auf einem Karton steht. Diese Methode sei nicht neu, und sie sei bestimmt nicht von ein paar bösartigen Schwachköpfen in der Nachtschicht erdacht worden. Es handle sich um eine sehr ausgefeilte Stresshaltung, mithilfe der CIA während des schmutzigen Krieges in Brasilien entwickelt, und sei unter Fachleuten als »Vietnam-Methode« bekannt. Wenn das Foto des Mannes auf dem Karton heute unter Irakern herumgereicht werde, sprächen sie bloß von der »Freiheitsstatue«.

Irgendwann in dem Interview erwähnt McCoy die Krankenstationen der Bundesgefängnisse als frühe Experimentierstätten. Anscheinend testete die CIA an Häftlingen in den Bundesgefängnissen, wie viel der Körper und die Psyche eines Menschen aushalten können. Zwei der Hauptorte, an denen diese heimlichen, gesetzwidrigen Experimente durchgeführt wurden, waren die Gefängnisse in Lexington, Kentucky, und in Marion, Illinois, die mein Vater während seiner Haft beide durchlaufen hat.

Kaum zu glauben.

Trotzdem hat sich (noch) kein Ismael gemeldet, um zu sagen: *Ja, ich war dort, ich war bei ihm, was dein Vater sagt, stimmt.* Ich habe jenen Mann nicht gefunden, wenn es ihn überhaupt gibt, jenen Mann, der auf der Krankenstation des Bundesgefängnisses in Marion in dem Bett neben meinem Vater festgeschnallt war. Ich habe niemanden gefunden, der sagen kann, dass er ihn schreien hörte, ihn angekettet sah. Ich habe kein Dokument mit seinem Namen gefunden, mit an den Rand geschriebenen Zahlen – wie lange er wach gehalten wurde, wie lange er auf Knien ausharren musste, wie kalt seine Zelle nachts war. Ich habe bloß einen paranoiden alten Mann, der irgendwie dieselben Geschichten erzählt, die ich gerade im Radio höre.

Der Archipel Gulag

Jahrelang hat sich mein Vater (der selbsternannte Größte-Schriftsteller-den-Amerika-je-hervorgebracht-hat) mit Solschenizyn verglichen, erst in den Briefen, die er mir aus dem Gefängnis geschickt hat, und jetzt von Angesicht zu Angesicht – *Solschenizyn wird grün vor Neid, wenn er das liest,* sagt mein Vater und durchblättert sein unveröffentlichtes Manuskript.

Solschenizyn wurde 1945 in der Sowjetunion festgenommen, weil er in einem Brief an einen Freund eine abfällige Bemerkung gemacht hatte. Er wurde nach Paragraph 58 anti-sowjetischer Propaganda angeklagt und zu acht Jahren Haft im Gulag verurteilt. Mein Vater, der 1976 festgenommen wurde, weil er gefälschte Schecks eingereicht hatte, wurde zu drei bis fünf Jahren verurteilt. Zu Solschenizyns Büchern über seine Zeit im Gefängnis gehören *Krebsstation* und *Der Archipel Gulag*. In *Der Archipel Gulag* schreibt er:

… dass der Vorzug den quasi leichteren *Mitteln (wir werden sie gleich kennenlernen) gegeben wurde und dass dies ein unfehlbarer Weg war. Denn die wahren Grenzen des menschlichen Gleichgewichts sind sehr eng, und es braucht weder der Folterleiter noch des Schwitzkastens, um einen durchschnittlichen Menschen unzurechnungsfähig zu machen.*

Man könnte sich fragen, ob es meinen Vater vielleicht verwirrte, Solschenizyn zu lesen, ob er das, was er im Gefängnis durchgemacht hatte, mit dem verwechselte, was Solschenizyn durchgemacht hatte. Es ist durchaus möglich, dass mein Vater Solschenizyns Schilderungen las und in seine Haut, seinen Stuhl, seine Ketten schlüpfte. Doch die geheime Geschichte der CIA-Experimente an Häftlingen in Bundesgefängnissen wirft die Frage auf: Hat auch jemand bei der CIA *Der Archipel Gulag* gelesen und sich gedacht: *Ah, das ist die Lösung.* Solschenizyn dokumentiert drei Seiten lang die verschiedenen Folterqualen, denen er ausgesetzt war, und kommt zu dem Schluss, dass diese »leichteren« Mittel (Reizentzug, langes Stehen, extreme Temperaturen, Schlafentzug) am wirkungsvollsten waren, zumindest um den Willen des Häftlings zu brechen und Langzeitschäden zu verursachen. Die CIA zog anscheinend dieselben Schlüsse. Doch Solschenizyns Schilderung des Lebens in den sowjetischen Gulags sollte ans Licht bringen, was man ihm dort angetan hatte, auch damit es nie wieder vorkäme. Über seine Folterer schreibt er:

Wir wollen ja auch großmütig sein, wir werden sie nicht erschießen, wir werden sie nicht mit Salzwasser vollschwemmen, nicht mit Wanzen bestreuen, nicht zur ›Liegewaage‹ aufzäumen, nicht schlaflos sie eine Woche lang strammstehen lassen, weder mit Stiefeln sie treten noch mit Knüppeln sie prügeln, noch mit Eisenringen ihren Schädel quetschen, auch nicht wie Postsäcke sie in eine Zelle schichten, einen über den anderen – nichts von dem, was sie getan! Aber wir sind unserem Land und unseren Kindern verpflichtet, ALLE ZU FINDEN UND ALLE ZU RICHTEN! Nicht so sehr sie zu richten als vielmehr ihre Verbrechen. Zu erreichen, dass jeder von ihnen zumindest laut ausspricht:

»Ja, ich bin ein Mörder und Henker gewesen.«

Solschenizyns Standpunkt haben manche Leute anscheinend nicht begriffen – sein Buch wurde von ihnen nicht als Warnung, sondern eher als Vorlage benutzt.

Meine Augiasställe

[2007] Wenn – falls – mein Vater irgendwann aus dem psychiatrischen Krankenhaus entlassen (ausgewiesen?) wird, ist unklar, ob er in seine Wohnung zurückkehren kann. Die Vermieterin hat von ihm allmählich die Nase voll, alle Nachbarn haben sich beschwert. *Tut mir leid,* sagt seine Sozialarbeiterin am Telefon. *Jedes Mal, wenn ich vorbeikomme, riecht er nach Pisse. Er ist aggressiver und läuft immer mehr aus dem Ruder. Ich hab's überall probiert, aber niemand will ihn haben. Ihm bleibt keine Möglichkeit mehr.*

Eigentlich will sie wohl sagen, dass ihm nur noch zwei Möglichkeiten bleiben – entweder wieder auf der Straße zu leben oder zu mir zu ziehen, und ich kann beides nicht hundertprozentig einschätzen. *In der Psychiatrie bekommt er anscheinend Medikamente,* sage ich, *das hat ihn ein bisschen fügsamer gemacht. Was, wenn er die Medikamente weiternimmt,* frage ich, *wenn wir eine Pille finden, von der er ruhiger wird?* Eileen denkt nach. *Ich könnte nicht jeden Tag hingehen und ihm die Pille verabreichen,* erwidert sie, *und ich weiß auch nicht, wer das übernehmen könnte.* Ich sehe mich in meinem Haus um und versuche mir vorzustellen, wie mein Vater durch diese Zimmer streift. *Vielleicht einmal pro Woche,* schlage ich vor, *vielleicht könnten wir eine dieser kleinen Pillenschachteln besorgen, eine für sieben Tage, und einmal pro Woche gehe ich, gehen Sie oder geht irgendwer vorbei, füllt wieder Pillen nach, und wir hängen ein kleines Schild über sein Bett oder an den Spiegel, auf dem* PILLE NICHT VERGESSEN *steht, und schicken einmal pro Woche jemanden zu ihm, der ihn abduscht, gibt's denn niemanden, der sich wenigstens einmal wöchentlich darum kümmern könnte, dass er sich duscht und seine Pillen nimmt?* Ich habe das Gefühl, keine Luft mehr zu bekommen. *Na ja, vielleicht könnte jemand vom Pflegedienst vorbeischauen. Das könnten wir ausprobieren,* sagt Eileen, aber es klingt nicht besonders hoffnungsvoll.

Also fahre ich mit dem Zug von New York nach Boston, um ein letztes Mal in seiner Wohnung Ordnung zu schaffen. Ich habe vor, in Boston zu bleiben, bis ich alles ausgeräumt habe, was noch übrig ist – die hundertfünfzig Kilo verschimmelte Kleidung, die schon seit meinem ersten Besuch vor zehn Jahren in seiner Badewanne liegen, die Lebensmittelreste in seinen vollgestopften Küchenschränken, die Zeitschriftentürme, die den Zugang zu seinem Kühlschrank versperren. Ich packe seine Sammlung Nippesfiguren und die Stapel unvollendeter Manuskripte und gerahmter Fotos von fremden Menschen (darunter auch eins von mir als Säugling in seinen Armen) in ein paar Kartons, damit eines Tages jemand, ob Pflegekraft oder Heilige, die Wohnung betreten, ihn abduschen und ihm eine Pille verabreichen kann.

Zwei Tage später ist alles weg – seine ganze Wohnung, sein ganzes Leben, all seine Schriften, all seine Fotos zusammengepackt, der Rest in den Müllraum im Keller geschleppt. Sollte er irgendwann haben wollen, was ich gerettet habe, sollte er sich daran erinnern und es vermissen, dann bringe ich ihm diese Kartons. Doch tief im Inneren weiß ich, dass er nicht mehr zurückkommen wird, weder in diese noch in eine andere Wohnung. Wie sich herausstellt, ist es eine Reise ohne Wiederkehr – von der Psychiatrie wird er erst auf eine Rehastation und dann in ein Pflegeheim verlegt. Eine Blutprobe zeigt, dass er im letzten Jahr einen Schlaganfall hatte – er ist inkontinent und geistig am Ende, kann nicht mehr allein leben. Als ich seine Wohnung ausräume und sauber mache, weiß ich das noch nicht, doch etwa einen Monat später werde ich mich nach einem Gespräch mit Eileen und seinem Arzt damit abfinden.

In dieser Übergangsphase für meinen Vater beschließen Inez und ich, ein Kind zu haben. Zumindest wollen wir es versuchen. Das ist für uns beide ein Sprung ins Ungewisse. Vielleicht habe ich durch die Zeit, die ich in den letzten Jahren mit meinem Vater verbracht habe, durch die Tage, an denen ich in den letzten Wochen auf allen vieren in seiner Wohnung herumkroch, um mich um seinen Müll zu kümmern, erkannt, dass alles, was man im Laufe seines Lebens ansammelt, am Ende zu Staub wird. Sogar das Buch, an dem man sein ganzes Leben geschrieben hat, landet, wenn man Glück hat, eines Tages in einem Karton oder, wenn man Pech hat, auf dem Gehsteig. Ich hatte lange, sehr viele Jahre versucht, meinen Vater zu unterstützen, zu verhindern, dass er auf der Straße starb, und kann genauso wenig erklären, warum, wie ein Lachs erklären könnte, warum er zu dem Fluss zurückkehren muss, in dem er zur Welt kam. Vielleicht lag es an einer Verknüpfung all dieser Kräfte, zu sehen, wie das Leben in die Brüche gehen kann, sowie dem tierischen Instinkt, alles zusammenzuhalten, vielleicht lag es daran, dass ich mich jetzt für ein Kind mit Inez entscheiden konnte. Vielleicht auch daran, dass ich sie um Hilfe gebeten hatte und sie für mich da gewesen war, vielleicht wusste ich einfach, dass es in Ordnung sein würde. Vielleicht wusste ich, dass Inez eine gute Mutter sein würde und dass wir beide jedes Hindernis, auf das wir stießen, umschiffen könnten. Doch zum Teil fühlte ich mich wie in meiner Jugend, wenn ich an einem Sommertag auf einer Brücke stand, um in den Fluss zu springen. Damals hatte ich entdeckt, dass der ganze Trick darin bestand, einen Schritt ins Leere zu machen und sich der Schwerkraft zu überlassen. Der ganze Trick bestand darin, körperlos zu werden, aber das klappte nicht mehr so gut wie früher.

Egal, aus welchem Grund, nach den letzten beiden Tagen, an denen ich versucht hatte, die Wohnung meines Vaters menschlicher zu gestalten, musste ich nach New York zurückkehren, denn ich musste jeden Monat an einem bestimmten Tag dort sein. Dieser Tag stand kurz bevor. Ich spreche nicht oft darüber, für den Fall, dass irgendwas schiefgeht, um es im Unbestimmten zu lassen, doch meinem Freund Philip erzähle ich es. Philip hat selbst drei Kinder.

Ihr wollt ein Kind zeugen? Na dann viel Spaß, sagt er lächelnd.

Als ich in meinem mit den Kartons meines Vaters vollgestopften Wagen zu Hause ankomme, wartet ein Stapel ungeöffnete Post auf dem Esszimmertisch – Rechnungen, die ich bezahlen, Bücher, zu denen ich einen Kommentar abgeben soll. In diesem Augenblick weiß ich nicht, wann oder ob ich dazu kommen werde. Ich schicke meiner Freundin Sarah eine E-Mail:

… mein Alter Herr wurde letzte Woche in die Psychiatrie eingewiesen, ich musste zweimal nach Boston fahren, um seine Wohnung auszuräumen, bin auf allen vieren in der verschütteten Blumenerde längst verwelkter Pflanzen rumgekrochen, der Boden voll Pisse, die Toilette mit Scheiße beschmiert, habe tote Mäuse, drei Crackpfeifen (am Monatsanfang hat immer eine Crackhure – »Fancy Nancy« – bei ihm gewohnt, die ihm half, seine Sozialhilfe durchzubringen) *und Hunderte von leuchtend grünen Rattengiftkugeln aufgefegt. Am Teppich klebten Zeitungen, die schon zwanzig Jahre alt waren, aus dem Staub lachten mir Gesichter entgegen. Das hab ich in der enttäuschten Hoffnung getan, dass er, wenn seine Wohnung menschlicher aussieht, nicht mehr wie ein Tier lebt, nicht wieder obdachlos wird, wenigstens nicht in diesem Winter. Ich wünschte, er könnte beim Betreten seiner Wohnung eine magische Glückspille schlucken und vergessen, wie er sein ganzes Leben zugebracht hat. Ich wünschte, er könnte all die Jahre vergessen, in denen er in seinem eigenen Dreck gelebt hat, wie heißt dieses Lied noch gleich?* Like a Monkey in a Zoo …

Ich hatte mir ein paar Bücher aus seiner Wohnung mitgenommen, darunter auch ein Exemplar des *Blauen Buchs* der Anonymen Alkoholiker, eins von vielen, das man ihm anscheinend ohne großen Erfolg im Lauf der Jahre in die Hand gedrückt hatte. Ich nahm auch sein zerlesenes Exemplar des *Archipels Gulag* mit – *wenn man sich's genau besah, saßen wir alle wegen einer Bagatelle.*

[Auflösung]

Luft

Wir stecken sie in Käfige sie hassen die Käfige
wir stecken sie in Zellen sie beten

ich schwimme im Palast es regnet vom Himmel
das Becken zwischen Palme & Mauer

die Luft in den Zellen ist Gift sagen sie
die Luft in den Käfigen Staub

ich sinke auf den Grund um zu sehen wie es ist
ein Grab in den Lüften da liegt man nicht eng

Atemkontrolle, Erstickungs-
roulette – super-

kali-fragilistisch hyperventilieren,
super-kali-fragilistisch kali-

pornizieren: hock dich
hin atme ein atme aus dreißig

Mal so schnell *(atme)* dein
Kumpel ist hinter dir du stehst seine Arme

heben deine Füße vom Boden seine Arme
quetschen die ganze Luft raus – Black-

out Fallout alles aus Ende der
Durchsage – dann Nirwana dann nichts dann

Käpt'n ich lag vor seinen Füßen ich hatte
endlich hatte ich meinen

kurzen Traum meinen kurzen

psychedelischen Traum – *shine on*
you crazy diamond dog day afternoon delight

---

der Palast in Flammen Rauchwolken am Himmel
ich hasse den Klang ihrer Gebete

ich schwimme unter Wasser ich leere meine Lunge
wenn du ans Atmen denkst kannst du es nicht

der Palast brennt noch eine Wolke in den Lüften
ihre Gebetsmatten aufgereiht die Narbe an ihren Köpfen

ein Grab in den Lüften da liegt man nicht eng
sie haben keine Flügel also heben wir sie hoch

---

vor Modest Mouse Käpt'n wie
war da die Welt, wie war die Welt

vor Pavement?

davor war ich nichts ich war Stille davor
bevor ich hier war, war ich niemand

irgendwann hat mich das Radio zu Luft gemacht
ein Soundtrack auf dem Weg durch die Flure

we'll all float on okay okay
we'll all float on okay

---

sie schreien mein Lieutenant nennt es ein Lied
ich will dass sie singen sagt er noch lauter

ich wünschte du könntest den Soundtrack hören der
stundenlang läuft & und zu dem sie nackt tanzen

ich nehme die Kamera ich fange den Ton ein
erst war es seltsam aber dann ging es

bevor ein Lied gespielt wird existiert es nicht
bevor ein Foto gemacht wird ist es dunkel

& we'll all float on okay okay
& we'll all float on okay

---

irgendwas stimmt nicht mit der Luft in den Zellen
Käpt'n irgendwas stimmt nicht mit der Luft

der Häftling Käpt'n seine Lippen sind blau
Käpt'n irgendwas stimmt nicht mit der Luft

vielleicht sind unsere Körper nichts als Gefäße
in denen enthalten sein soll was wir *alles* nennen
Flugzeug Foto Leine Handschuh & Lied
alles strömt mit jedem Atemzug ein

---

oft ist es mir gestattet zurückzukehren in eine Wüste
oft ist es mir gestattet zu bluten

dann reicht mir jemand seine zerlumpte Finsternis
dann sitzt jemand immer noch auf meiner Brust

Vergessen Nichts Leere Nacht
es hilft zu glauben es wär nur ein Spiel

spiel lass-die-Gedanken-schweifen, spiel bekiffter-Porno-Trip

spiel rata-tata-tat, spiel oh-was-ist-das
spiel leg-die-Hand-auf-die-Brust, spiel Loch-in-der-Weste

spiel stoß-die-Luft-aus, spiel fall-auf-die-Knie
tu so als würdest du auf die Knie fallen

Käpt'n heute früh fand man sechs von ihnen erhängt
in einem Raum ganz aus Luft

sie verknoteten ihre Decken die Decken lösten sich auf
ihre Hälse streckten sich dem Boden entgegen

& gestern Käpt'n weigerten sich dreißig zu essen
ich vergesse den Text dieses Liedes

wir ernähren sie künstlich ihre Werte sind gut
es hilft das Ganze als Spiel zu betrachten

& we'll all float on okay okay
& we'll all float on okay

---

hier ist deine Schüssel voll Dampf Käpt'n
hier ist deine Spritze voll Himmel

hier ist das Warum & das rata tata tat
des Gewehrs das du niemals siehst

wenn du dich darauf konzentrierst zu atmen wird sich die Welt
richtig drehen
der Mundvoll Luft den du aufsparen willst wird dir genommen

& hier ist der Täter & hier ist das Opfer
& hier das Gefäß das uns alle nach Hause bringt

ZEHN

Zwei starke Männer

Mein Dharmalehrer erzählt eine Geschichte Buddhas von einem Jungen, der in einem kleinen Dorf lebte. Am Rand des Dorfes befand sich eine riesige Grube voll brennender Kohlen. Diese Grube, die Vorstellung, dass er eines Tages zu nah herangehen und hineinstürzen könnte, beunruhigte den Jungen. Deshalb verlässt der Junge sein Dorf und beginnt ein Wanderleben. Der Lehrer erzählt, das sei die chinesische Version der Geschichte, aber in der indischen Fassung wird der Junge, bevor er das Dorf verlassen kann, von zwei starken Männern zur Grube geschleift. Wir erfahren nicht, ob sie ihn hineinwerfen oder ob er entkommen kann. Der Lehrer sagt, die beiden starken Männer könnten unsere Wünsche sein, und manchmal könne es genügen, sich über seine Wünsche im Klaren zu sein.

[2007] Inez ist seit zwei Monaten schwanger. Eines Abends fahre ich mit dem Fahrrad in die Stadt, um in einer Bar namens KGB eine Lesung zu halten. Anschließend kommt eine junge Frau zu mir, streckt mir die geschlossene Hand entgegen und fragt, ob sie mir etwas schenken dürfe. Wir waren uns noch nie begegnet, doch sie hatte vor der Lesung etwas in einem Laden gesehen und dabei an mich gedacht. Als sie die Hand öffnete, kam die kleine Bronzefigur eines Affen mit vor der Brust verschränkten Händen zum Vorschein. Doch er deutete nicht bloß, wie Jesus, auf sein Herz, sondern riss sich die Brust auf. *Als ich ihn gesehen habe, musste ich an Sie denken,* sagte die junge Frau (in einem meiner Gedichte reißt sich Jesus das Hemd auf, um uns sein Herz zu zeigen, *brennend &*

voller Dornen). Obwohl die Figur nicht mal so groß wie mein kleiner Finger war, erkannte ich darin einen Hindu-Gott, konnte mich aber nicht mehr an seinen Namen erinnern. *Wie heißt er?,* fragte ich. In seiner offenen Brust sehe ich ein winziges Herz.

Ein paar Tage später schlage ich seinen Namen nach: Der Affengott ist Hanuman – *Die Planeten stehen unter der Kontrolle von Hanumans Schwanz, und wer den Affengott verehrt, dem werden Seelenstärke und Kraft gegeben.* Die junge Frau, die mir die Hand entgegenstreckte, um mir diesen winzigen Gott zu schenken, war wunderschön. *Seelenstärke, Kraft* – kann ich behaupten, ich hätte nicht gewollt, dass mich diese junge Frau zu sich mitnimmt? Kann ich behaupten, dass mir dieser Gedanke jetzt nicht durch den Kopf geht? Aber wenn sie plötzlich vor mir stünde, welchem meiner Ichs würde sie dann begegnen?

Lissabon

(1986) Als ich zwei Jahre in dem Obdachlosenheim gearbeitet habe, beschließe ich, mir einen Winter lang freizunehmen. Ich fliege nach Europa, wo ich schließlich sechs Monate umherziehe. Nach der Landung in Paris, wo ich zwei Monate lang Unterschlupf finde, reise ich weiter, erst nach Spanien, dann nach Portugal, später nach Marokko. Am Ende, am Rand der Sahara, überlege ich, ob ich einfach weiterfahren, nicht mehr nach Hause zurückkehren soll. Damals konnte ich es noch nicht wissen, aber irgendwann nach meiner Rückkehr nach Boston, als ich wieder im Obdachlosenheim arbeite, taucht mein Vater auf und übernachtet dort in den nächsten fünf Jahren immer wieder.

An meinem ersten Tag in Lissabon lernte ich eine Frau kennen – Carmo –, bei der ich schließlich einen Monat lang unterkam und der ich half, die Wohnung zu renovieren. Lissabon war erst vor Kurzem aus seinem totalitaristischen Albtraum erwacht und wirkte noch entsprechend ungeschliffen, so, wie ich Großstädte mag – wenn noch eine gewisse Rauheit herrscht, ziehen sie anscheinend eine größere Palette von Menschen an, nicht nur die Reichen. Irgendwann fuhr ich mit Carmo im Zug nach Norden, in die Kleinstadt Sintra, wo sie vor Gericht erscheinen musste, um einen kleineren Verkehrsverstoß aufzuklären. Während ich im Flur vor dem Gerichtssaal auf sie wartete, fielen durch die verstaubten gotischen Fenster Sonnenstrahlen herein, von denen die wenigen Leute, die darauf warteten, aufgerufen zu werden, beleuchtet und zugleich eingehüllt wurden. Ich nahm die Kamera und machte ein Bild. Als ich die Kamera senkte, sah ich, dass einer der Leute im

Flur eine Uniform trug und jetzt auf mich zukam. Ich verstaute die Kamera wieder in meiner Tasche. Der Soldat blieb direkt vor mir stehen und versperrte mir den Weg, obwohl ich keine Anstalten machte, irgendwo hinzugehen. Er war fünfzehn Zentimeter kleiner als ich und zischte mir eine Drohung ins Gesicht, die ich nicht verstand. *Tut mir leid,* sagte ich, *ich bin nur Tourist, alles in Ordnung,* und hoffte, Carmo würde auftauchen und mich aus der Sache rauspauken. Aber sie kam nicht, und der Soldat fasste mich am Arm und führte mich zu einer Tür. Hinter der Tür befand sich ein weiterer Flur, in dem sechs oder sieben Männer standen, die dieselbe Uniform trugen. Der kleine Soldat baute sich dicht vor mir auf und murmelte: *Película, película, película,* was, wie ich wusste, das Wort für Film war, da ich an jenem Tag neue Filme gekauft hatte. Er bedeutete mir, ihn herauszugeben. *Nur ein Schnappschuss,* sagte ich, *nur Tourist, alles in Ordnung,* und plötzlich schlug er mir mit der Faust in den Bauch. Es tat nicht weh, war nicht so schmerzhaft, wie man meinen könnte – es war eher ein Schock. Ich sah die anderen Soldaten an – ein paar betrachteten ihre Schuhe, die anderen rauchten Zigaretten oder wandten lächelnd den Blick ab. Ich hielt die Hand hoch. *Alles in Ordnung,* sagte ich, griff in meine Tasche und holte die Kamera raus. In diesem Moment boxte er mich noch mal, auf dieselbe Stelle, an der mir der Arzt vor ein paar Jahren die Milz herausoperiert hatte. Diesmal hatte das Ganze eher etwas von einem Tanz – er beugte sich weiter vor, ich krümmte den Rücken, stemmte mich auf die Zehen und fing den Schlag ab. Der Satz *Ich bin weit weg von zu Hause und werde von einem Soldaten verprügelt* schoss mir durch den Kopf. Ich hielt die Kamera jetzt in der Hand – *Película,* fauchte er, mit den Händen fuchtelnd, und ich spulte den Film zurück, denn ich wollte nicht die Kamera öffnen und die ganze Rolle ruinieren. Dann klappte ich die Kamera auf, reichte ihm den Film, und als er ihn in der Hand hielt, boxte er mich ein letztes Mal. Damit schien die Sache erledigt zu sein, und ich schob mich an ihm vorbei wieder zur Tür hinaus. Carmo stand im Flur und fragte, wo ich gewesen sei. Zitternd erklärte ich ihr, dass man mir den Film abgenommen hatte und dass wir sofort verschwinden sollten, ehe die Tür noch mal aufginge. Leider befanden sich auf derselben Rolle einige Fotos, die unsere Arbeit in ihrer Wohnung dokumentierten, und die brauchte sie, damit der Vermieter ihre Auslagen erstattete. Also klopfte sie an die Tür, der kleine Soldat kam raus, und sie erklärte ihm die Sachlage, aber er weigerte sich, uns den Film zurückzugeben. Meine Freundin verlangte, seinen Vorgesetzten zu sprechen, wenig später redeten wir draußen mit einem kleinen General in einem kleinen Jeep, und so kommt es, dass ich ein Foto von dem Soldaten besitze, der mich dreimal in den Bauch geboxt hat. Doch inzwischen beunruhigen mich vor allem die anderen Soldaten, die nicht auf dem Foto sind und bloß lächelnd den Blick abwandten.

Heuschrecken

[1968] Als ich acht war, flog meine Familie nach Montana, um die Familie meines Onkels zu besuchen – den Bruder meiner Mutter, meine Tante und meine Cousins und Cousinen, die ich kaum kannte. An zwei Sachen kann mich noch erinnern – erstens an die Heuschrecken, die in jenem Sommer mit ihrem Geschwirr den Himmel erfüllten. Tagsüber bauten wir Kinder in der Einfahrt kleine Legozellen, in die wir Heuschrecken einsperrten, und dann beobachteten wir mit wachsender Begeisterung, wie sie sich gegenseitig zerfetzten. In der Luft wimmelte es nur so von Heuschrecken – irgendwann machten wir einen Ausflug zum Glacier National Park und mussten an jeder Tankstelle halten, um die zerplatzten Kadaver von der Windschutzscheibe zu wischen.

Als Zweites kann ich mich erinnern, dass wir auf der Rückfahrt von Glacier an einem »Handelsposten« hielten, einem Laden, in dem Gummitomahawks und türkisfarbene Cowboykrawatten verkauft wurden. Hinter dem Gebäude gab es auch ein paar Tiere in Käfigen – einen »Straßenzoo« –, zu dem ein handgemalter Pfeil uns den Weg wies. Die Tiere wurden in kleinen Hohlblockkäfigen gehalten, und ich kann mich nur noch an den Weißkopfseeadler erinnern, der kaum den Kopf heben konnte, als ich die Hände über die Gitterstäbe gleiten ließ.

Eine Spur aus Brotkrumen

[1969] Eine Nachbarin meiner Großmutter wird auf einer Trage aus ihrem Haus geschleppt, die Trage mit einem weißen Laken bedeckt, an der Stelle, wo der Kopf liegen müsste, ein roter Fleck. Um zu ihrem Haus zu gelangen, musste ich durch ein unwegsames Waldstück laufen, das ans Grundstück meiner Großmutter grenzte, und dann die Kent Street überqueren. Es ist ein verfallenes, im Sumpf stehendes Gebäude am Rand der Niederung. Als ich die Sirenen hörte, tat ich, was meine Mutter mir beigebracht hatte – ich folgte dem Lärm, stellte mich auf den Gehsteig und wartete.

Später am Abend fragte ich meine Mutter, was passiert sei, und sie sagte, die Frau habe an ihrem Küchentisch gesessen und ihre zwei Söhne gebeten, ihr bei irgendetwas zu helfen – beim Äpfelschälen, dachte ich. Ich stellte mir vor, sie habe, wie meine Mutter, einen Kuchen gebacken.

Das kannst du selber machen, habe ein Sohn entgegnet.

Ich bin beschäftigt, habe der andere Sohn gesagt.

Meine Mutter erklärte, die beiden Söhne seien Spitzbuben, die ihrer Mutter nichts als Kummer bereitet hätten. *Ich hab das satt,* habe die Frau gesagt und ihren Apfel oder ihre Teigrolle weggelegt. *Ich halte eure Undankbarkeit nicht mehr aus.* Und dann habe sie in die Schublade gegriffen, ihre Pistole rausgeholt und sie auf den Tisch gelegt.

Ich bring mich um, habe sie gesagt.

Nur zu, habe der erste Sohn erwidert.

Das traust du dich sowieso nicht, habe der zweite Sohn gesagt.

Nur zu – erst nach Jahren begriff ich, dass meine Mutter unmöglich die Einzelheiten jenes Gesprächs am Küchentisch wissen konnte, nicht in jenem Moment, falls überhaupt irgendwann. Jahre später fiel mir während meiner Therapie ein, dass ich als kleines Kind mal dasselbe zu meiner Mutter gesagt hatte. An jenem Abend hatte es geschneit, und ich war nackt durchs Haus gerannt und hatte mich geweigert, den Schlafanzug anzuziehen. Meine Mutter drohte damit, mich draußen in den Schnee zu werfen, wenn ich ihr nicht gehorchte. Ich antwortete: *Das traust du dich sowieso nicht,* und das erregende Gefühl ungekannter Stärke durchfuhr mich. Da packte mich meine Mutter und sperrte mich aus. Einen Augenblick stand ich zitternd auf der Veranda und versuchte meine Blöße zu bedecken, dann lief ich los und versteckte mich hinter der Steinmauer im Garten des Nachbarn, demselben Garten, in dem ich erst ein Jahr vorher gestanden hatte, in der Nacht, als ich beobachtete, wie die Schatten der Flammen über die Fassade unseres Hauses tanzten.

Der heroische Gebrauch von Beton

Wenn es um den Selbstmord meiner Mutter ging, wollte ich nie das Wort »Sucht« verwenden, etwas so Winzigem wie einer Pille wollte ich keine solche Macht zugestehen. Wenn man mich danach fragte, sagte ich manchmal, eine Kugel habe ihrem Leben ein Ende gesetzt, und manchmal sagte ich, es sei aus Verwirrung geschehen. Manchmal sagte ich, sie habe ein Leben lang zu hart gearbeitet, manchmal, es habe sie erschöpft, allein zwei Kinder großziehen zu müssen. Nach ihrem Tod schlug ich das Wort »Selbstmord« im Wörterbuch nach, und dort hieß es, Selbstmord sei eine auf gesundem Verstand beruhende Tat: *Selbstmord* (m.) 1. vorsätzliche Auslöschung des eigenen Lebens; rechtlich gesehen ein Akt der Selbstzerstörung durch einen geistig zurechnungsfähigen Menschen, der seine sittliche Verantwortung einschätzen kann. Jahrelang schleppte ich diese Erklärung mit mir herum, als müsste etwas in mir glauben, dass sie ihren Selbstmord bei klarem Verstand begangen hatte. Als ich das Trinken aufgegeben hatte – und noch nicht rückfällig geworden war –, bezeichnete ich sie manchmal als »süchtig«, aber tief im Inneren glaubte ich das eigentlich nicht. Ihr Selbstmord musste schwerwiegendere Gründe gehabt haben als Flüssigkeit in einer Flasche oder eine in Aluminiumfolie verpackte Pille – etwas so Kleines, so Unbedeutendes konnte mir sie nicht genommen haben. Du weißt, wie es ist, dass wir nicht glauben wollen, Lee Harvey Oswald könne auf eigene Faust gehandelt haben, dass wir nicht glauben wollen, eine Handvoll Wahnsinnige mit Teppichmessern könne das World Trade Center zum Einsturz gebracht haben. Unsere Angst ist so groß, so real, dass wir uns vor etwas Eindrucksvollem fürchten wollen, und nicht vor einem hageren Psychopathen oder ein paar Außenseitern, die in Höhlen leben. Nicht vor unserem eigenen Schatten.

Es folgt ein letztes Faktum:

Meine Mutter nahm sich das Leben, zwei Wochen bevor ihr Freund, der Gangster, aus dem Gefängnis entlassen wurde, nachdem er zwei seiner drei bis fünf Jahre Haft abgesessen hatte. Ein paar Jahre vorher hatten wir in den Abendnachrichten gesehen, wie er in Handschellen von einem Boot geführt wurde, das mit Marihuana beladen war. Während er im Gefängnis saß, hatte sich meine Mutter mit einem anderen Mann eingelassen. Ich wusste, dass dieser Gedanke sie quälte, dass sie überlegte, was sie tun sollte, wenn sie sich alle Auge in Auge gegenüberstehen würden. Man kann das Schuldgefühl nennen. Man kann es Verwirrung nennen. Man kann es Affengeist nennen. Man kann es Samsara nennen, dass ich Jahre später in zwei Frauen verliebt bin und von der Last des Ganzen erdrückt werde.

Der Navigator (Abschied)

Der Navigator ist ein Stummfilm über einen Mann, der auf einem großen Ozeankreuzer mitten auf dem Meer treibt. Buster Keaton spielt darin einen reichen Mann – so weltfremd, wie es nur ein Reicher sein kann –, der bis zu dem Augenblick, in dem er sich allein auf dem Luxusliner wiederfindet, von vorn bis hinten bedient wurde. Wenn ich mich richtig erinnere, lässt sich Keaton von seinem Chauffeur zu einem Fest auf dem Schiff fahren, doch er kommt einen Tag zu früh, und das Schiff ist noch leer – man stelle sich die *Queen Mary* ohne Kapitän und Crew vor, die unbesetzten Liegestühle an Deck aufgereiht. Auf der Suche nach der Party irrt Keaton eine Weile umher und schläft schließlich in einer Kabine ein. In der Nacht werden die Haltetaue gekappt, und als er am nächsten Morgen erwacht, ist nirgends mehr Land in Sicht. Verwirrt irrt er über die Decks, sucht erst nach Besatzung und Passagieren und schließlich nach irgendeinem Menschen. In einer Szene findet er in der Kombüse eine Konserve, über die er lange nachgrübelt – er musste noch nie eine Konserve öffnen. Schließlich spannt er sie in einen Schraubstock und schlägt mit einer Feueraxt darauf ein. Ich weiß nicht mehr, ob er die Konserve je aufbekommt.

(2007) Als Inez im sechsten Monat schwanger ist, als ich (wieder) mit dem Grasrauchen aufgehört und zu den Klappstühlen in anonymen Kirchenkellern zurückgefunden habe, schickt mir Anna nach anderthalbjährigem Schweigen folgende Nachricht:

Ich hab die ganze letzte Nacht von Dir geträumt: Im letzten Traum wollte ich, wie so oft im wirklichen Leben, dass Du Dich von mir verabschiedest, aber Du hast darauf beharrt, dass wir, die Taschen voller Schlüssel, von einer Klippe springen. Wir sprangen und landeten getrennt in tosendem Wasser, unsere Taschen leer …

Numerologie

[2008] Unsere Tochter hätte schon vor zwei Tagen kommen sollen. *Kommen* – ist das überhaupt das richtige Wort? Ist sie nicht schon immer bei uns, manifest, wie die Buddhisten sagen, wie die Flamme im Streichholz? Vor Monaten sagte uns der Arzt, der 4. Januar sei der Geburtstermin unserer Tochter. Wir wussten zwar, dass es nur eine Annäherung war, eher Mathematik als absolute Wahrheit, doch die Numerologie ist wohl ein Aberglaube, von dem ich nur schwer lassen kann – an dem errechneten Tag verspürte ich so viel Energie, dass ich sie kaum unter Kontrolle halten konnte.

Letzte Nacht hatte ich einen Traum – mein Freund David hatte mir ein riesiges Schiff aus Pappe gebaut, wie das Schiff in *Fitzcarraldo* oder in *Der Navigator.* Wir fahren damit einen breiten Fluss entlang, der in der Ferne ins Meer strömt. David übernahm als Erster das Steuer, und als wir aufs flache Wasser zuzugleiten schienen, legte ich mich am Bug auf den Bauch, um nach Felsen unter der Wasseroberfläche Ausschau zu halten. Ich sah, wie sich das Seegras hin und her wiegte, mir wurden die Lider schwer, und obwohl ich mich dagegen sträubte, schlief ich ein. Als ich erwachte, war David verschwunden. Ich war allein, das Schiff trieb nah an den Untiefen ziellos dahin. Also übernehme ich das Ruder, doch es dreht sich nutzlos in meinen Händen, und ich gehe vor Anker und schlafe wieder ein. Als ich aufwache, hat die Flut den Anker losgerissen, und das Schiff treibt wieder übers Wasser. Ich entdecke den Schalter, mit dem die Maschine gestartet wird, und kann diesmal das Schiff von den Untiefen wegsteuern. So ging der Traum die ganze

Nacht weiter – ich schlafe ein, wache auf, treibe aufs seichte Wasser zu, starte die Maschine, gehe vor Anker, einen Augenblick lang im herrlichen klaren Wasser außer Gefahr, das Seegras wiegt sich hin und her, bis ich wieder eindöse und in Gefahr gerate.

Nach dem Tod meiner Mutter lebte ich lange auf einem Boot – mit Unterbrechungen ungefähr zehn Jahre. Auch als mein Vater seine Wohnung verlor und obdachlos wurde, lebte ich dort, hatte es noch nicht an Land geschafft. Man könnte sagen, meine Zwanziger bestanden aus Wasser, in gewisser Hinsicht stand ich dem Meer näher als der Erde. Man könnte sagen, alles, was an mir fest war, löste sich langsam auf. Irgendwo hatte ich gelesen, dass sich nach einem schweren Trauma nichts ändern dürfe, angesichts eines solchen Verlusts. Ich war in der Schule, als ich den Anruf erhielt, aber als ich nach Hause kam, war es nicht länger mein Zuhause. Ich brach die Schule ab, doch ich verbrachte keine Nacht mehr in jenem Haus. Jedes Mal, wenn ich es versuchte, wachte ich mit einem Kater auf dem Vordersitz meines Wagens auf, der Wagen seitlich in der Einfahrt geparkt. Das Boot stand im Garten eines Freundes, und ich krabbelte oft mitten in der Nacht an Bord. In jenem Frühling ließen wir es wieder zu Wasser.

Als ich mit achtzehn, neunzehn für die Gangster arbeitete, stand ich ein Jahr lang in den Laderäumen verschiedener Fischerboote ständig bis zu den Knien in Eis und Fischschleim. *Laderaum* – wie ein Baby im Bauch seiner Mutter, kurz bevor es auf die Welt kommt. Dort wird es einen neuen Platz finden. Es war meine Aufgabe, diese Boote zu entladen, die eisigen Kadaver in einen Korb zu schaufeln, der an einer Winde vom Kai baumelte. Die Drogenbehörde filmte uns von den Dächern der umliegenden Gebäude, doch die mit Marihuana beladenen Boote wurden vierhundertfünfzig Kilometer nördlich in Portland, Maine, entladen. In der

Weihnachtszeit wurden die Drogenpakete auf der Pritsche eines Tiefladers verstaut, der dann mit Weihnachtsbäumen beladen in die Stadt gefahren wurde – *ho, ho*. Jetzt, zwei Tage nach dem errechneten Geburtsdatum, beugte ich mich über Inez' Bauch und murmelte: *Wir warten auf dich, Kleines, die Luft ist rein.*

ELF

Piero della Francesca

[2008] *Heute habe ich Zeitung gelesen, Junge, Junge* – inzwischen sitzen über dreißigtausend Iraker in den von den USA gebauten Gefängnissen, doppelt so viele wie zur Zeit der Abu-Ghraib-Fotos. Und das sind bloß die, von denen wir wissen. Diese Zahl schließt auch Frauen und Kinder ein – als die Abu-Ghraib-Fotos aufgenommen wurden, war der jüngste Häftling zehn Jahre alt, entführt und gefangen gehalten, um seinen Vater zum Reden zu bringen, obwohl sein Vater wahrscheinlich gar nichts zu sagen hatte. Inzwischen herrscht in weiten Kreisen die Ansicht, dass in Abu Ghraib keine stichhaltigen Informationen gewonnen wurden und sogar das US-Militär gewusst habe, dass neunzig Prozent der Häftlinge unschuldig waren. Was die Frage aufwirft: Warum tun wir das, warum haben wir diese Büchse der Pandora geöffnet, die fünfzig Jahre geschlossen war?

[1448] Eins von Piero della Francescas Fresken aus dem 15. Jahrhundert, die sich in der Basilica di San Francesco in Arezzo befinden, zeigt die Folterung eines Juden. Bei dem Juden handelt es sich um den Levit Judas. Auf dem darunter angebrachten Schild lesen wir, dass man Judas für sechs Tage ohne Wasser und Brot in ein Loch, einen Brunnen, hinabließ, um von ihm zu erfahren, wo sich das »wahre Kreuz Christi« befinde. Ein Mann in blauer Tunika hat das Kommando, seine Hand liegt auf Judas' Kopf, doch es ist unklar, ob er ihn runterstößt oder raufzieht. In der anderen Hand hält der blau gekleidete Mann einen blau-weiß gestreiften Stock – einen Stock, auf dem man das Blut sähe, wenn der Mann gezwungen wäre, ihn zu benutzen. Judas hat einen Fuß auf dem Rand des Brunnens, hält sich mit beiden Händen fest, doch wie gesagt, wir wissen nicht, ob er nach sechs Tagen unter der Erde ans Tageslicht kommt oder ob er versucht, nicht in das Loch zu stürzen. Judas wirkt gepflegt und gut gekleidet, das spricht dafür, dass die Strafe noch nicht vollzogen ist und jeden Augenblick bevorsteht – Judas an der Schwelle, Judas mit seinen Verkündigungsengeln. Zwei Männer halten ein Seil, das um seine Hüfte gebunden ist, um ihn entweder von einem Schafott herunterzulassen oder ihn hochzuziehen. Mit der präzisen Darstellung der Knoten und des Schafotts hat das Gemälde etwas von einer Bedienungsanleitung.

Piero della Francesca hat auch ikonenhaftere Folterbilder gemalt, wie *Die Geißelung Christi,* das in der Galleria Nazionale delle Marche in Urbino hängt. Diese Geißelung wurde auch schon vorher gemalt, dadurch kennen wir Jesus, durch sein Leiden, das manchmal *Die Passion* genannt wird. Die Bildkomposition ist klassisch und ausgewogen. Man könnte das Gemälde in perfekte Dreiecke unterteilen und beschreiben, wohin das Auge gelenkt wird. Innerhalb dieser Form steckt die Geschichte – keiner der beiden Männer, die den gefesselten Jesus auspeitschen, stellt ihm eine Frage, keiner wartet auf eine Antwort oder Informationen, die beiden peitschen ihn nur deshalb aus, weil er der Sohn Gottes ist oder es zumindest behauptet. Von seinen Schultern spritzt Blut, und das Ganze sieht aus, als hätte er Flügel. Er hat einen ruhigen Gesichtsausdruck, als würde es jemand anderem angetan, in seinem Blick liegt Mitleid.

Die (fälschlich so genannte) Passion

(2004) Ein paar Monate bevor die Abu-Ghraib-Fotos in der Welt sind, kommt der Film *Die Passion Christi* in die Kinos. Menschenrechtsanwälte und natürlich das Militär und diejenigen, die für das Militär die Vorschriften erlassen, wissen bereits, was in Abu Ghraib und den Geheimgefängnissen überall auf der Welt vor sich geht. Man hat uns gesagt, dass es mit der Zurückhaltung vorbei ist, und wir wissen, was das bedeutet. Ich bin in Texas, als *Die Passion Christi* anläuft. Die Megakirchen schicken Busladungen von Gläubigen in die Kinos und machen ihn zum bestbesuchten indizierten Film aller Zeiten. Er wird wegen seiner schonungslosen Gewaltdarstellungen auf den Index gesetzt. Jesus wird darin fast zwei Stunden lang ausgepeitscht. Manche Leute kritisieren den Film, weil er die zentrale Botschaft der Vergebung in den Lehren Jesu völlig außer Acht lässt. Als die Abu-Ghraib-Fotos veröffentlicht werden, läuft der Film immer noch, und manche Leute sehen darin eine Art Rechtfertigung: *Seht euch mal an, was Jesus wegen unserer Sünden alles erdulden musste, und da regt ihr euch wegen ein paar Ohrfeigen auf?*

Der Löwe von Babylon

[2004] Nach der Veröffentlichung der Abu-Ghraib-Fotos hieß es, die Amerikaner hätten zur Einschüchterung und Folterung der Häftlinge auch Löwen eingesetzt – noch eine seltsame kleine Geschichte in dem heillosen Durcheinander schrecklicher Geschichten. Wenn ich mich richtig erinnere, kursierte die Löwengeschichte auf arabischen Webseiten, entweder weil sie wirklich passiert war oder als Gleichnis für die Grausamkeit der Besatzer. Im Westen versuchten einige Leute anhand der Geschichte zu beweisen, dass man die Aussagen ehemaliger Häftlinge nicht ernst nehmen könne oder ihnen zumindest eine gesunde Portion Skepsis entgegenbringen müsse – *Löwen in den Gefängnissen?* Für manche klang das Ganze eindeutig nach einem Hirngespinst aus den Kreuzzugsgeschichten (doch unser Präsident bezeichnete den Einmarsch tatsächlich als »Kreuzzug«) oder aus der Zeit der römischen Christenverfolgungen im heute baufälligen Kolosseum.

Je eingehender ich die Sache jedoch untersuche, desto mehr wundere ich mich. Mir stellen sich die folgenden drei (möglicherweise paranoiden) Fragen:

– Könnte es sein, dass diese Geschichte nicht von einem ehemaligen irakischen Häftling in Umlauf gebracht wurde, sondern zur Desinformationskampagne der CIA gehört, da sie letztlich so unglaublich klingt, dass man mit ihrer Hilfe alle Foltervorwürfe anzweifeln kann?

– Könnte man, wenn man eine Kapuze tragen muss und ein Soldat, der eine andere Sprache spricht, seinen Hund auf einen hetzt, ja vielleicht sogar zulässt, dass der Hund einen blutig beißt, könnte man unter diesen Umständen das Knurren eines Hundes mit dem Knurren eines Löwen verwechseln?

– Als wir im März 2003 im Irak einmarschierten, folgten erst Tage, dann Jahre voll Chaos – Plünderung von Museen, Demontage von Kraftwerken, Vernachlässigung von Zoos. Vorausgesetzt, dass es dort Löwen gab, was wurde aus ihnen?

Ich tippe die Wörter »Löwe Folter Irak« in eine Suchmaschine und finde Folgendes:

Ehemalige irakische Häftlinge angeblich gefoltert

Auf ABC News kam ein Exklusivbericht von zwei entlassenen irakischen Häftlingen, die darin schockierende Foltermethoden der amerikanischen Truppen schildern. Die Männer behaupten, nicht nur verprügelt, sondern auch auf andere Weise gefoltert worden zu sein:

»Sie brachten uns zu einem Käfig im Republikanischen Palast – einem Tierkäfig, in dem sich Löwen befanden«, sagte er. »Sie drohten, uns in den Löwenkäfig zu sperren, wenn wir nicht geständen. Als sie mich dicht an den Käfig führten und uns drohten, hatte ich große Angst. Dann öffneten sie die Tür und sagten, wenn ich nicht gestände, würden sie mich in den Käfig werfen. Und als der Löwe näher kam, zogen sie mich zurück, schlossen die Tür und sagten: ›Wir geben dir eine letzte Chance zu gestehen.‹ Und ich fragte: ›Was soll ich gestehen?‹«

Wie sich herausstellte, gab es im Irak tatsächlich mehrere Löwen, als wir dort einmarschierten. Saddams Sohn Udai hielt einige in seinem Palast. Angeblich hat er sie mit Menschenfleisch und manchmal sogar mit lebenden Menschen gefüttert. Bei meiner weiteren Suche finde ich folgende Meldung:

Die Raketen und Geschütze der Koalitionstruppen hatten das Palastgelände fast völlig zerstört, und niemand rechnete damit, dort ein Lebewesen vorzufinden. Doch dann spähte Staff-Sergeant Darren Swain in einem kleinen zerbombten Innenhof in ein Zimmer – und sah drei Löwen, die hungrig und verlassen dahockten.

Obwohl internationale Hilfsorganisationen nach dieser Entdeckung darauf drängten, die Tiere in sichere, artgerechte Zoos umzusiedeln, wurden die Löwen weiter im Palast gehalten. Schließlich stoße ich auf folgende Geschichte:

Unterdessen steht in einem verlassenen Babylon, gequält von Sandstürmen, noch immer der Löwe von Babylon: Er wurde weder gestohlen noch beschädigt. Der Löwe von Babylon – angeblich eine Trophäe aus der Zeit der Hethiter, Mitte des 2. Jahrtausends v. Chr., als Nebukadnezar König war – ist eine rätselhafte Basaltstatue, die einen Mann darstellt, der scheinbar gerade von einem Löwen getötet wird. Doch in Wahrheit leistet der Mann Widerstand: Mit einer Hand versucht er, das Maul des Löwen wegzustoßen, mit der anderen wehrt er eine der bedrohlichen Tatzen ab. Es heißt, solange die Statue steht, wird Babylon nicht erobert.

Anscheinend kämpfen die Iraker schon lange mit Löwen.

Die Körperfresser kommen

Am Schluss von Polanskis *Chinatown* sagt John Huston zu Jack Nicholson: *Sehen Sie, die meisten Menschen sind nicht mal imstande, sich so was vorzustellen. Und doch sind sie alle zum rechten Zeitpunkt und unter ganz bestimmten Bedingungen zu allem fähig …* In einem meiner Lieblingszombiefilme, dem Remake von *Die Körperfresser kommen,* sagt Brooke Adams zu Donald Sutherland, während er sie zum Psychiater fährt: *Gestern war noch alles in Ordnung. Heute sieht zwar auch noch alles so aus wie immer, und doch ist die Stadt für mich zum Albtraum geworden.* In diesem Moment weiß Brooke noch nicht, kann sie noch nicht wissen, dass Donald schon so gut wie tot ist.

[1980] Als der Gangster, mit dem meine Mutter zusammen war, verhaftet wurde, begriffen seine Leute, dass es einfacher war, ein paar Hundert Kilo Kokain aus Mexiko einzufliegen, als mit einem Boot voll Marihuana aus Kolumbien zurückzufahren. Ab und zu schmuggelten sie noch Marihuana, doch Kokain brachte viel schneller viel mehr Geld, aber es beschleunigte auch den Zerfall der Organisation. Die Gangster begannen zu schnupfen, das bedeutete, dass der Freund meiner Mutter (vor seiner Verurteilung) zu schnupfen begann, und das wiederum bedeutete, dass auch meine Mutter zu schnupfen begann. Ich entdeckte abgeschnittene Strohhalme in ihrem Handschuhfach, stellte mir vor, wie sie mittags auf dem Parkplatz der Bank in ihrem Wagen saß, ein, zwei Lines zog und dann wieder reinging, um das Geld fertig zu zählen. Ich schnitt die Strohhalme auf, um den bitteren Rest rauszulecken.

Damals begann sie, mit einer Frau namens Karen, der Freundin eines der anderen Gangster, herumzuziehen, und manchmal machten sich die beiden abends bei uns überschwänglich und mit wildem Blick zum Ausgehen fertig. Karen fehlte ein Schneidezahn, sie sah aus, als hätte sie schon viel durchgemacht, als würde sie schon eine Weile schnupfen, jedenfalls länger als meine Mutter, die erst geringe Verschleißerscheinungen zeigte, hauptsächlich um die Augen.

Eine Geschichte, die wahr sein könnte

[2006] Auf der ersten Seite der *New York Times* erscheint ein Foto von Ali Schalal Kaissi. Kaissi, ein grauhaariger Iraker, steht mit gesenktem Kopf da und hält eins der Fotos aus Abu Ghraib in den Händen – das von dem Mann mit der Kapuze, der auf dem Karton steht. Die Bildunterschrift weist Mr Kaissi als den Mann aus, der auf diesem berüchtigten, inzwischen ikonenhaften Foto abgebildet ist. Ein eindringliches Bild, das Foto eines Fotos, diesmal ohne Kapuze, damit wir zum ersten Mal das Gesicht des Mannes sehen können. Es scheint eine seltene Mischung aus Bescheidenheit und Mut zu erfordern, dass dieser Mann öffentlich eingesteht, er habe Folterungen überlebt. Doch das Foto wirkt vor allem deshalb so eindringlich, weil nur wenige irakische Stimmen aus jener Zeit, von jenem Ort, gehört wurden.

Der Dokumentarfilmer Errol Morris schrieb ungefähr ein Jahr später in der *New York Times* einen Artikel über Mr Kaissi (Morris nennt ihn durchgängig »Clawman«, das ist der [herabwürdigende] Spitzname, den ihm die Militärpolizisten in Abu Ghraib gaben):

Das Foto von dem Mann mit der Kapuze ist zu einer Art Ikone mit einer ganz eigenen Geschichte geworden. Wie der unbekannte Soldat hat auch das unbekannte Opfer etwas Rätselhaftes. Wer ist der Mann mit der Kapuze? Das Foto von Clawman in der *Times* gibt dem Mann mit der Kapuze nicht einfach ein Gesicht. Es hält die Lösung eines Rätsels bereit. (Eher ein Wer-steckt-untendrunter als ein Wer-ist-der-Täter.) Der *Times*-Artikel setzt voraus, dass wir wissen, was dem Mann mit der Kapuze zugestoßen ist – dass wir die Art der Misshandlung kennen –, doch wenn Clawman nicht der Mann mit der Kapuze ist, wessen Schilderung hören wir dann?

Tatsächlich musste die *Times* eine Woche nach Erscheinen des Fotos eine Richtigstellung abdrucken – der Mann auf dem Karton war gar nicht Mr Kaissi, sondern ein gewisser Abdou Hussain Saad Faleh. Auf Nachfragen erklärte Mr Kaissi, er sei derselben Behandlung unterzogen und in derselben Haltung fotografiert worden, doch möglicherweise sei nicht er die Person auf dem ikonenhaften Foto. Morris schrieb weiter:

Die Identität der Person unter der Kapuze ist tatsächlich bekannt. Ihr richtiger Name ist Faleh, ihr Spitzname Gilligan, aber wie lautet ihre Geschichte? Was ist *ihr* in Abu Ghraib zugestoßen?

Ja, wir müssen unbedingt wissen, was Mr Faleh zugestoßen ist, um die Geschehnisse in Abu Ghraib begreifen zu können, doch von Mr Faleh wird man nichts erfahren – er ist nach seiner Entlassung aus dem Gefängnis verschwunden, deshalb werden wir seine Version der Geschichte, abgesehen von einer kurzen Aussage im Taguba-Bericht, vielleicht nie hören. Morris fuhr fort:

Clawman tischt uns eine Misshandlungsgeschichte auf, die unseren Erwartungen entspricht. Die Geschichte war überall im Umlauf. Die Drähte, die Drohung mit der Tötung durch Stromschlag waren allgemein bekannt. Doch darin liegt der Zirkelschluss. Wir sehen das Foto des Mannes mit der Kapuze. Wir stellen uns die Misshandlung vor. Die Zitate Clawmans im nebenstehenden Text bestätigen unseren schlimmsten Verdacht über die Geschehnisse in Abu Ghraib. Unsere Überzeugungen bezüglich des Bildes werden bestätigt – doch in Wirklichkeit wissen wir nicht mehr als zuvor. Wir haben nichts Neues erfahren.

Morris schrieb diesen Essay, während er an seinem Film *Standard Operating Procedure,* einer Untersuchung über die Fotos von Abu Ghraib, arbeitete. Morris sagte, bei seinem Projekt beschränke er sich bewusst und richte sein »Hauptaugenmerk« auf die fotografierten Männer. Ich verstehe, dass man sich Beschränkungen auferlegen muss – die Welt ist zu groß, um alles erfassen zu können. Morris schreibt weiter:

Eine andere Theorie lautet, Clawmans Geschichte sei keine Zeitungsente, sondern er habe sie für wahr gehalten und sich keiner bewussten Manipulation oder Verdrehung von Tatsachen schuldig gemacht. In dieser Version wurde Clawman, genau wie Gilligan, auf einen Karton gestellt und verdrahtet. Und da er eine Kapuze trug, habe er geglaubt, er sei der Mann auf dem Foto.

Morris setzt sich über diese Möglichkeit leichtfüßig hinweg, doch sie scheint nicht so weit hergeholt – die Organisation Ärzte für Menschenrechte untersuchte Mr Kaissi 2006 in der jordanischen Hauptstadt Amman und bestätigt seine Behauptung, er sei verprügelt und Elektroschocks unterzogen worden. Es leugnet ja niemand, dass er zu der Zeit, als die Fotos gemacht wurden, in Abu Ghraib inhaftiert war – schließlich ist er auf mehreren anderen Fotos ohne Kapuze zu sehen. Außerdem sind aus Abu Ghraib mindestens fünf Fotos von Männern mit Kapuzen im Umlauf, und diese Fotos stammen eindeutig von verschiedenen Männern. Einem von ihnen fehlen an der linken Hand anscheinend zwei Finger, was auch auf Mr Kaissi zutrifft. Doch durch sein »Hauptaugenmerk« scheint sich Morris ausschließlich auf die Versionen von Amerikanern zu beschränken und der auf mehreren Fotos abgebildeten Militärpolizistin Sabrina Harman Glauben zu schenken (berühmt, weil sie über einer Leiche den Daumen in die Luft streckte), bei der unklar bleibt, ob sie nicht eigennützige (oder von der CIA ausgearbeitete und genehmigte) Versionen der damaligen Vorfälle erzählt.

Sabrina Harman, eine Militärpolizistin (die mehrere Fotos von Clawman und Gilligan aufgenommen hat), sagt: »Nein. Gilligan stand auf dem Karton, nicht Clawman.« Clawman sei ihr Häftling gewesen und weder auf einen Karton gestellt noch verdrahtet worden. Sie hat auch gesagt: »Clawman war ziemlich dick. Gilligan war klein und schmächtig. Wenn man Clawman auf einen Karton gestellt hätte, hätte er den Karton zerquetscht.«

Diese Behauptung ist problematisch, weil Harman insgesamt nur elf Tage im Zellenblock 1A Dienst tat und deshalb gar nicht sagen kann, ob Mr Kaissi je auf einen Karton gestellt wurde, geschweige denn, ob man einen Karton fand, der seinem Gewicht standhalten konnte. Durchaus möglich, dass sie in jenen elf Tagen nicht erlebt hat, wie er auf einen Karton gestellt wurde, doch sie kann nicht behaupten, es sei nie passiert. Und genauso wenig kann sie behaupten, dass er nicht zu den anderen Männern mit übergestülpter Kapuze gehört, die auf anderen Fotos auf einem Karton stehen.

Ich hätte Harman die Frage gestellt, ob sie gewusst habe, dass diese Foltermethode – ein Mann, der gezwungen wird, sich verdrahtet und mit einer Kapuze über dem Kopf auf einen Karton zu stellen – (wie bereits erwähnt) den Namen »Vietnam-Methode« trägt, in den Siebzigerjahren von der CIA während des schmutzigen Krieges in Brasilien entwickelt, wodurch die Behauptung, dass es sich bei dem Ganzen um einen zufällig auf Film festgehaltenen Einzelfall handelt, an Glaubwürdigkeit verliert. Man gewinnt eher den Eindruck, dass es sich wie bei palästinensischem Hängen, bei übergestülpten Kapuzen, bei Nacktheit, Waterboarding und Prügel nur um eine der erprobten »verbesserten Methoden« handelt, die in diesen Fluren gang und gäbe waren. Methoden, die vom Präsidenten genehmigt, von CIA-Agenten und Privatunternehmen eingeführt und von Soldaten, denen man freie Hand ließ, vollzogen wurden. Morris hat diese Frage anscheinend nicht gestellt, sondern sich nur auf die Amerikaner konzentriert, die auf den Fotos zu sehen sind. In seinem Essay heißt es weiter:

Ein Menschenrechtler hat erklärt, es sei egal, ob Clawman tatsächlich der Mann mit der Kapuze ist – das ändere nichts an seiner Aussage. Das sehe ich anders. In diesem Fall geht es um Realität – nicht um Fotos. Clawman war Häftling in Abu Ghraib. Höchstwahrscheinlich wurde er misshandelt, aber was er auch zu erzählen hat, es ist nicht die Geschichte des Mannes auf dem Bild. Dieser Mann ist Gilligan – nicht Clawman.

Morris scheint sagen zu wollen, dass sich Mr Kaissi den Schmerz von jemand anderem (nämlich Faleh) aneignete und eine Geschichte über Misshandlung zusammenschusterte, die zumindest teilweise erfunden ist. Natürlich ist es wichtig, die Geschichten richtigzustellen – in der Nacht, in der Mr Faleh auf dem Karton fotografiert wurde, ist etwas passiert, doch das macht nicht ungeschehen, was anderen Häftlingen in anderen Nächten passiert ist. Falls Morris (oder sein Mitarbeiter Philip Gourevitch) viel Zeit darauf verwendete, sich diese Geschichten von den Irakern selbst erzählen zu lassen, so müssen diese im Papierkorb gelandet sein. Wir bekommen nur die Stimmen der Militärpolizisten zu hören, die entweder durch unglückliche Umstände oder aus freiem Willen zu Folterern wurden. Die Menschen am falschen Ende der Leine hingegen bleiben stumm.

Was Morris betrifft, so läuft er Gefahr, als jemand in die Geschichte einzugehen, für den Abu Ghraib eher ein Problem richtiger Bildunterschriften ist als eine moralische Katastrophe.

[Auflösung]

Wasser

Nacht & Gefängnis & Wüste & Dunkelheit
ein Rohr, eine Kloake, ein Fluss

nach dem Dorn brach der Häftling zusammen
nein – nach dem Sturm brach der Überlebende sein Schweigen

Ich wusste nicht, was das Wasser wollte

---

30 000 Grundlohn, nur fürs
Unterschreiben, aber man kann leicht

mehr verdienen – wenn man eine Waffe trägt,
zack, Gefahren-

zulage – wenn man außerhalb der grünen Zone eine Waffe
trägt, *zack* – wenn man im Gefängnis in der Nachtschicht

arbeitet, *zack* –
zack, zack, zack

---

zu Hause, Käpt'n, war ich immer auf
Ausschau, jede Brücke, jeder

Felsvorsprung, von dem ich springen

konnte, der höchste Punkt
von dem ich mich stürzen konnte – eine Brücke

ein Steinbruch, ein Wasserfall

---

nichts zu trinken, trockener Mund oder
Untertauchen, keiner ist ohne Grund hier

dieses Mädchen, Käpt'n, vier Finger
im Mund, sie leckte sie ab

Tropfen für Tropfen für Tropfen für Tropfen, ihre Hand
glänzte, sie trank alles

aus – *überall,*

flüstert das Wasser, alles
nass, eine Oase im Halbdunkel

---

hier kommt die Wanne, hier kommt das Brett,
hier kommt das Tuch, hier kommt der Eimer

eine Brücke, Käpt'n, eine leere Straße
der Fluss unten schwarz & rein

tritt aus deinem Körper, tritt ins Nichts hinaus
ich wusste, dass ich an Weihnachten hier sein würde

---

leg dein Ohr an die Wand – Wasser in der Wand
Wasser ist die leere Wanne, Wasser ist

ein abgeleckter Ziegel, ein Körnchen Sand
ein Tropfen hängt an der Zunge des Häftlings – Käpt'n

dürfen wir ihn zwingen zu schlucken?

Proteus ich breche in Schweiß aus
Proteus sieh wie ich dich halte

Proteus ich lecke an meinen Fingern
Proteus sieh wie ich daran lecke

Sieh wie ich gieße und gieße
schau was du von dir gibst

---

ein Auto, ein Baumstumpf, die Mauer
eines zerstörten Hauses – Geschichten, untergetaucht in

den mit Regen gefüllten Steinbrüchen, Käpt'n, verschwunden
seit Jahren

die sich manchmal, irgend-
wie, befreien, sich erheben

Käpt'n, irgendwas stimmt
nicht, der hier atmet nicht

mehr – es hieß, er würde nicht
sterben

dennoch ertrank er

---

das Wasser stellt eine Frage, das Wasser macht weiter
während es eine Frage stellt, die Frage

des Wassers ist schwer zu verstehen

komm mit, sagt das Wasser, die Stadt
draußen steht in Flammen

ZWÖLF

Elektra

[2008] Fünf Tage nach dem errechneten Datum setzten allmählich die Wehen ein. Inzwischen war ich fast davon überzeugt, dass ich ewig würde warten müssen. Es begann kurz nach Mitternacht, und am folgenden Nachmittag fuhren wir mit einem Taxi zum Krankenhaus auf der Upper East Side. Dort verbrachten wir insgesamt sieben Stunden und konnten nur mit Mühe eine Schwester finden, die schon mal eine natürliche Geburt, wie Inez sie sich wünschte, begleitet hatte. Nach zwanzig Stunden bat sie, eine Epiduralanästhesie vorzunehmen, weil sie die wahnsinnigen Schmerzen nicht mehr aushalten konnte, doch inzwischen war es zu spät. Schwer atmend kämpfte sich Inez durch die Strapazen, und kurz nach Mitternacht, vierundzwanzig Stunden nach dem Beginn der Wehen, kam das Baby zur Welt.

Draußen lag überall Schnee.

In den Tagen zwischen dem errechneten Datum und der Geburt hatte ich Anne Carsons Übersetzung von *Elektra* gelesen. In der Einleitung arbeitet Carson die feinen Nuancen von Elektras Schreien heraus. Wenn ich während der letzten beiden Stunden von Inez' Wehen in den Flur ging, um ein weiteres Glas Wasser zu holen oder kurz zu verschnaufen, drängten sich die Schwestern mit weit aufgerissenen Augen in ihrem Raum und lauschten den Schreien, die aus unserem Zimmer am Ende des Flurs drangen. Alle anderen Zimmer in jenem Stockwerk, in denen jede Menge andere Kinder geboren wurden, lagen in medikamentös erzeugter Stille.

Selbstporträt als Säugling in den Armen meines Vaters

Unausgesprochen lag stets die Angst in der Luft, Inez könnte bei der Geburt sterben – sterben nicht viele Frauen bei der Geburt? Unausgesprochen blieb auch die Angst, es könnte zu einer Fehlgeburt kommen, oder das Baby würde die ersten Stunden, die ersten Tage nicht überstehen. Unausgesprochen blieb die Vorstellung, die ich mit mir herumschleppte, dass ich nach dieser Katastrophe unerkannt, barfuß, allein auf Erden wandeln würde.

Ich halte ein Foto in der Hand, auf dem mein Vater auf einem Stuhl sitzt – ich bin der Säugling in seinen Armen. Wir blicken beide in die Kamera oder sehen die Person an, die das Foto macht – vermutlich meine Mutter, da ich es bei ihren Sachen gefunden habe. Mein Vater wirkt bedrückt, als sei ich eine Belastung, als müsse er eine Last schultern, doch vielleicht lese ich das nur in das Foto hinein, weil ich weiß, dass er ein paar Monate später nicht mehr da sein wird – unmöglich, nichts hineinzulesen. Wie alt bin ich? Er verschwand, als ich sechs Monate alt war, oder wir verschwanden, meine Mutter brachte mich, brachte uns weg. Man kann sich die Version, kann sich das Opfer aussuchen. Sein Blick ist ein Tunnel, der nach draußen führt – niemand würde ihn als glücklich bezeichnen.

Und jetzt habe ich ein Bild von mir, mit meiner Tochter in meinen Armen, in fast derselben Pose, so viele Jahre später. Inzwischen bin ich älter, als meine Mutter je wurde, älter als mein Vater, bevor er mit seinem gefälschten Scheck jene Bank betrat und in die Kamera lächelte. Ich halte meine Tochter in den Armen und lächle so breit, dass ich mich kaum wiedererkenne.

Als ich in jenen ersten Momenten im Krankenhauszimmer unser Neugeborenes hielt, dachte ich zu meiner Überraschung an meinen Vater. Mein Vater war weder zur Geburt meines Bruders noch zu meiner eigenen ins Krankenhaus gekommen, beide Male behauptete er, es habe Probleme mit dem Wagen gegeben (obwohl er doch Autohändler war). Ich hatte nie groß darüber nachgedacht, aber als ich unser Neugeborenes in den Armen hielt, empfand ich Mitleid, weil er diesen Moment versäumt und sich für den Wodka entschieden hatte (oder hatte sich der Wodka für ihn entschieden?).

In den ersten drei Tagen gaben wir unserer Tochter keinen Namen, doch als wir das Krankenhaus verlassen wollten, erklärte man uns, wenn wir bloß BABY FLYNN als Platzhalter auf der Geburtsurkunde eintragen ließen, dann würde dieser Name sie den Rest ihres Lebens verfolgen. Mit fünfunddreißig könnte sie dann von irgendeinem Amt Post bekommen, adressiert an BABY FLYNN.

Also nannten wir sie Maeve Lulu, nach der Königin der Feen.

Inzwischen sind einige Wochen, schlaflose Wochen, verstrichen und ich bin mir nicht mehr so sicher, was das Foto von mir in den Armen meines Vaters betrifft. Vielleicht ist er darauf bloß müde, hundemüde. Vielleicht war er die ganze Nacht wach gewesen, hatte versucht, mich wieder in den Schlaf zu wiegen, und ist gar nicht unglücklich, sondern nur erschöpft. Wenn man mich in einer dieser schlaflosen Nächte fotografiert hätte, während ich im Zimmer auf und ab ging und Lulu *All You Need Is Love* vorsang, in der verzweifelten Hoffnung, wir könnten beide ins Reich des Schlafs zurückkehren, könnte man sagen, dass ich nicht besonders froh wirke über das Wunder, das ich in den Armen halte. Aber das wäre falsch. Und vielleicht lag auch ich all die Jahre bei meinem Vater falsch.

DREIZEHN

Der Zweck eines Zauberbanns (Fliegende Affen)

Die gruseligste Szene in *Der Zauberer von Oz* ist immer noch, wenn die fliegenden Affen den Himmel verdunkeln, die von der Bösen Hexe losgeschickt wurden, um Dorothy und ihre Freunde zur Strecke zu bringen. Noch immer überrascht es mich jedes Mal, wie furchterregend sie sind, wie sie sich bewegen, wie sie über die Erde schweben, wie sie landen und im Laufen die Flügel zusammenklappen. Immer wieder vergesse ich, dass die Affen unter einem Zauber stehen, der in dem Moment gebrochen wird, als Dorothy die Hexe versehentlich mit Wasser übergießt. Jedes Jahr bin ich aufs Neue überrascht – wenn die Hexe schmilzt, aber immer noch ihre Stimme hat, ist es, als könnte noch alles passieren. Die Affen können jeden Moment über Dorothy herfallen und sie zerfetzen, wie sie es mit der Vogelscheuche getan haben. Doch kaum ist die Hexe verstummt, humpelt ein Affe rüber und schnuppert an der dampfenden Pfütze, die von ihr übrig bleibt – jedes Mal bin ich darauf gefasst, dass es diesmal anders ausgeht. Doch jedes Mal tritt ein Wächter vor, sagt einfach: *Du hast sie umgebracht,* und plötzlich ist der Zauber gebrochen.

Manchmal kann die Geschichte, die wir über uns selbst erzählen, so etwas wie ein Zauber sein. Manchmal handelt sie von einer Liebe, die nie hätte enden sollen, manchmal von einem verschwendeten Familienvermögen und manchmal von einem Krieg, den wir nicht hätten verlieren sollen, aber verloren haben. Manchmal ist sie das Echo einer Geschichte aus unserer Kindheit, eines Märchens, einer Geschichte darüber, was vielleicht zu retten gewesen wäre, wenn wir nur ein bisschen länger durchgehalten hätten. Einer Geschichte darüber, nicht aufzugeben, bevor das Wunder geschieht, wie es bei den Anonymen Alkoholikern heißt. Oder der Geschichte, die ich unausgesprochen mit mir herumschleppe: *Wenn meine Mutter bloß aufgewacht wäre, verwirrt, aber am Leben, wenn sie bloß noch bis Montag durchgehalten hätte* … In ihrer Erzählstruktur erinnern sie an sogenannte Erlösungsgeschichten – *Ich habe mich verirrt, wurde aber gefunden.* Es ist wie in der *Poetik* von Aristoteles, wie bei Jesu Rückkehr aus der Wüste und wird heute tagtäglich im Fernsehen nachgespielt. Inzwischen ist diese Erzählstruktur fest in uns verwurzelt, aber kann es sein, dass sie jetzt von manchen Leuten als Rechtfertigung für den Gebrauch von Folter benutzt wird? In dem Sinne, dass wir, wenn wir dem Häftling ein bisschen mehr zusetzen, wenn wir nicht aufgeben, sobald es unangenehm wird, wenn wir die Schreie, die verzerrten Gesichter, die Stimme in unserem Kopf ignorieren können, eine Antwort erhalten, die Antwort, die zur Rettung der Welt führt. Und wenn der Gefolterte unter deinen Händen stirbt, ohne die Antwort zu geben, heißt das dann, dass du unrecht hattest oder dass bloß die Methoden verfeinert werden müssen? Und wenn die Antwort, die er gibt, wertlos ist, wenn sie eine Lüge ist, heißt das dann, dass wir noch ein bisschen weitergehen, ein bisschen länger weitermachen müssen? Seinen Kopf unter Wasser drücken müssen? Ihn unter Strom setzen müssen? Heißt das dann, dass die Ärzte geholt und die Schläuche eingeführt werden müssen, dass der Körper am Leben erhalten werden muss? Und wenn wir uns weiter daran klammern, unsere Geschichten, dieses Märchen, so zu erzählen, wenn wir schon längst aus dem Wald rausgefunden haben, ab wann kann man dann sagen, dass wir unter einem Bann, einem Zauber stehen?

Die Früchte meiner Taten

Thich Nhat Hanh hielt einen Dharma-Vortrag über einen Vietnamveteranen, einen Exsoldaten, der zu ihm kam, weil er nicht schlafen konnte. Als er gesehen hatte, wie ein Freund getötet wurde, präparierte er Sandwiches mit Rattengift, ließ sie im Freien liegen und beobachtete, wie ein paar Kinder sie aßen – seit jenem Tag zerfraß ihm das, was er getan hatte, allmählich das Herz. *Du hast nur zwei Möglichkeiten,* sagte Thich Nhat Hanh dem Soldaten, *entweder du richtest dich zugrunde, oder du findest einen Weg, fünf anderen Kindern zu helfen. Das ist alles, was dir bleibt.*

Zu Thich Nhat Hanhs Exerzitien kommen stets einige Vietnamveteranen, zumindest wenn sie in Amerika stattfinden. Allmählich kommen immer mehr Soldaten der späteren Kriege. Meine erste Begegnung mit diesen Veteranen liegt fast zwanzig Jahre zurück, und nach der Zeit, die ich mit ihnen verbracht hatte, begab ich mich auf die Suche nach Travis, meinem Stiefvater, von dem ich seit Jahren nichts mehr gehört hatte. Travis hatte von 1968 bis 1970 als Marine in Vietnam gekämpft – meine Mutter hatte sich kurz nach seiner Rückkehr in die Staaten auf eine Beziehung mit ihm eingelassen. Sie waren vier, fünf stürmische Jahre zusammengeblieben, dann hatten sie sich getrennt.

In der Zeit, als Travis bei uns wohnte, habe ich ihn nie als meinen Stiefvater bezeichnet. Er war eher ein ungestümer älterer Bruder, bloß jemand, der ein paar Jahre da war, der mir beibrachte, wie man einen Nagel einschlug, wie man ohne Genehmigung einen Anbau errichtete, wie man sich das Boot eines Fremden »auslieh«, um angeln zu fahren – dann war er wieder verschwunden. Als ich ihn, so viele Jahre später, im Norden Vermonts aufspürte, wollte ich ihm zwei Fragen stellen: wie er meine Mutter kennengelernt und wie er von ihrem Tod erfahren habe. Ich hatte eine Videokamera dabei, um seine Antworten zu filmen, ich erzählte ihm und redete auch mir selbst ein, ich würde einen Dokumentarfilm drehen – das Familienvideo, das wir nie hatten. Zu meiner Überraschung fühlte sich Travis irgendwie für den Tod meiner Mutter verantwortlich. Er glaubte, sie habe seine Waffe benutzt, was nicht stimmen dürfte – sie besaß selbst eine Pistole.

[1999] Vier Jahre nach meinem Wiedersehen mit Travis spürte mich eine Filmemacherin auf (sie hatte meinen Amateurfilm gesehen) und fragte, ob Travis und ich daran interessiert seien, nach Vietnam zu fliegen und in einem Dokumentarfilm mitzuwirken – drei Vietnamkämpfer und drei ihrer Kinder, die Veteranen kehren zusammen mit ihren Kindern zum Kriegsschauplatz zurück, um Zeugnis abzulegen. In ihrem Film wollte die Regisseurin der Frage nachgehen, ob ein Kriegstrauma über Generationen weitergegeben wird.

Im Zug von Ho-Chi-Minh-Stadt nach Na Trang wurde Travis fünfzig.

Drei Wochen später filmten wir den ganzen Tag lang einen einzigen Straßenabschnitt bei Da Nang, wo Travis stationiert gewesen war. Diese Straße sei jede Nacht von den »Schlitzaugen« zerstört worden, erzählte uns Travis, und tagsüber hätten die Amerikaner andere Vietnamesen angeheuert, die die Straße wieder ausbesserten. Wie alle anderen wusste Travis, dass die Leute, die sie zerstörten, wahrscheinlich dieselben waren, die sie am nächsten Tag wieder ausbesserten. So sei das monatelang gegangen. Es war, als müsste Sisyphus jemanden anderen anheuern, der seinen Felsblock wälzte, und versagte sich damit auch dieses Vergnügen. Am Drehtag versuchte Travis lange, die Stelle zu finden, an der er dreißig Jahre vorher so viele Tage verbracht hatte, den genauen Straßenabschnitt, der immer wieder gesprengt worden war. Er sprach mit den anderen Veteranen, deutete auf die Bergkette in der Ferne, versuchte, ein Foto seines jüngeren Ich mit der heutigen Bergkette in Einklang zu bringen. Während Travis interviewt wurde, stand ich unter einem Schirm, um mich vor der erbarmungslosen Sonne zu schützen, und beobachtete, wie die Bauern in den Reisfeldern auf beiden Seiten der Straße arbeiteten. Jeder Reisschössling musste, sobald er eine bestimmte Größe erreichte, von Hand umgepflanzt werden – und genau das taten die gebückten Bauern an diesem Tag. Travis wollte unbedingt auf demselben Straßenstück stehen wie viele Jahre zuvor. *Vielleicht haben wir die Bergkette dermaßen zerbombt, dass man sie nicht wiedererkennt,* sagte José, *so was kommt vor.* Travis musste sich schließlich damit abfinden, dass es nicht genauso aussah, wie er es in Erinnerung hatte. Auf der Rückfahrt nach Da Nang kamen wir an kleinen Reishaufen vorbei, die am Straßenrand in der Sonne trockneten. Im Fahrtwind wirbelte ein Teil der Ernte in die Luft und fiel dann wieder zu Boden.

An jenem Abend teilte uns die Regisseurin beim Essen mit, dass wir am nächsten Morgen den Ort des My-Lai-Massakers besuchen würden. Davon hatten wir nichts gewusst. Die anderen beiden Veteranen waren verstimmt und drohten an, aus dem Film auszusteigen, wenn man sie zwänge, dort hinzufahren. *Niemand wird zu irgendetwas gezwungen,* betonte die Regisseurin. Die anderen Veteranen sagten, sie hätten ein Leben lang versucht, My Lai zu vergessen, weil wildfremde Leute sie als Babymörder bezeichnet hätten, und unter diesen Umständen hätten sie nicht zugesagt, in dem Film mitzuwirken. Travis musterte sie. *Das haben wir doch alle getan,* sagte er. *Das war gemeint, wenn man uns befahl, ein Dorf zu räumen – diese Jungs wurden bloß erwischt.* Travis fragte mich nach meiner Meinung. Ich schlug vor, wir sollten hinfahren, sagte aber, die Entscheidung liege bei ihm.

Am nächsten Morgen hielt der Bus vor dem Ort des Massakers, der inzwischen ein Museum ist, eine heilige Stätte. Gemeinsam betraten Travis und ich das Gelände, die Kamerafrau ging rückwärts vor uns her. Die anderen Veteranen und ihre Kinder blieben im Bus. Das Museum ist ein kleines Gebäude mit gerahmten Fotos an den Wänden, die größtenteils aus der *New York Times* oder anderen amerikanischen Zeitungen stammen. Ich kenne viele der Fotos noch aus dem *Boston Globe*. Irgendwann bat Travis die Frau, die Kamera abzuschalten, und sagte, er wolle nicht mehr gefilmt werden. Dann ging er langsam weg und sprach leise mit der Dolmetscherin.

Die Rückkehr nach Vietnam war Travis schwergefallen. Er hatte erst zweimal in seinem Leben in einem Flugzeug gesessen – einmal mit siebzehn als Marine und zum zweiten Mal vor drei Wochen. An den ersten Tagen konnte er keinem Vietnamesen in die Augen blicken, besonders keinen Amtspersonen, denn alle trugen die Uniformen der Vietcong. Nicht mal die »Mama-sans« konnte er ansehen. Einen Tag vor der Abreise aus Amerika hatte er der Regisseurin mitgeteilt, er wolle zum »Schutz« eine kleine Waffe mitnehmen. *Eine Waffe?*, hatte sie ungläubig gefragt. Dann hatte sie sich bei mir erkundigt, ob er das ernst meine. *Ich glaube schon*, hatte ich gesagt. Daraufhin hatte sie ihn zurückgerufen: *Travis, nach Vietnam dürfen Sie keine Waffen mitnehmen.*

Mist, hatte er gesagt, *dann kauf ich mir eben drüben eine.*

Also suchten Travis und ich während der ersten Tage in Saigon (Ho-Chi-Minh-Stadt) auf den Märkten nach einer Pistole oder einem großen Messer, doch am Ende begnügte er sich mit einer Tüte Marihuana und einer Massage.

Hinter dem Museumsgebäude von My Lai liegt ein offenes Feld, wo man auf kleinen Schildern lesen kann, was passiert ist – eine

Stelle, an der ein paar Hütten standen, ein Brunnen, in den ein Baby geworfen wurde, der Graben, in den man die Frauen und Kinder trieb. Eine Frau in den Vierzigern saß mit untergeschlagenen Beinen im Gras und jätete ganz gemächlich Unkraut, einen Stängel nach dem anderen. Travis beobachtete sie eine Weile. Aus der Ferne beobachtete ich, wie Travis sie betrachtete. Es war, als würde sie über jeden einzelnen Halm nachdenken und überlegen, ob sie ihn herausreißen sollte *(Und nun scheint es mir das schöne, unverschnittene Haar von Gräbern).* Später erfuhr ich, dass die Dolmetscherin Travis ins Ohr flüsterte, die Frau sei zum Zeitpunkt des Massakers noch ein Kind gewesen und habe nur überlebt, weil sie sich unter dem Körper ihrer toten Mutter versteckt habe. Travis nickte und fragte, ob er mit ihr sprechen könne. Die Dolmetscherin ging zu der Frau, kniete sich hin, sagte ein paar Worte, blickte dann wieder Travis an und winkte ihn rüber. Ich beobachtete, wie Travis zu der Frau trat und etwas sagte, das die Dolmetscherin übersetzen sollte. Dann kniete er vor der Frau nieder, die immer noch im Gras saß, ergriff ihre Hand und küsste sie, bat die Frau, ihm zu verzeihen, Amerika zu verzeihen.

Istanbul (wiederaufgenommen)

(2007) An diesem Ort gießen wir die Worte in ein Glas, als wären sie Wasser. Als wäre ein Glas Wasser dasselbe wie ein Fluss. An diesem Ort versuchen wir das Chaos in eine schlüssige Geschichte zu verwandeln. Als Amir die Fotos von sich betrachtet, die Fotos von den Vorfällen, die inzwischen drei Jahre zurückliegen, sagt er: *Ich glaube nicht, dass ich das damals war*. Auf dem Tisch vor ihm liegt das ID-Armband, das ihm zugeteilt wurde, die Nummer, die er erhielt, die Buchstaben CI hinter der Nummer, an denen man erkennt, dass er von der CIA verhaftet wurde. Er tippt auf sein winziges Foto auf dem ID-Armband – darauf hat er einen Bart und eingefallene Wangen – *Sehen Sie das nicht,* sagt er, *dieser Mann auf dem Foto, und schauen Sie mich jetzt mal an*. Er lächelt. Mir fällt auf, dass sein Arm leicht zittert.

An unserem letzten Tag in Istanbul bin ich beim letzten Gespräch nicht richtig bei der Sache. Bahir war Soldat in Saddams Armee, und er lächelt nicht. Seine Geschichte ist nicht so nahtlos, sondern unzusammenhängender als die anderen, und ich frage mich, ob ich ihm glauben soll. Wie es scheint, kann er sich an kaum etwas erinnern. Er wendet den Blick ab, wenn er antwortet, er setzt immer wieder neu an, er stottert. Während ich mich zwinge zuzuhören, aufzupassen, merke ich, dass es an mir liegt – es ist der letzte Tag, ich bin vollgestopft mit Foltergeschichten, und der Mann vor mir scheint das Gefängnis nicht unbeschadet überstanden zu haben. Er wirkt beeinträchtigt, schlimmer beeinträchtigt als die anderen, und als ich zuhöre, als ich mich von meinen Gedanken losreiße, stelle ich fest, dass seine Geschichte die schlimmste ist. *Ich trug sechs Monate lang eine Kapuze,* sagt Bahir, *sie wurde nie abgenommen. Jeden Tag wurde ich stundenlang an die Gitterstäbe gekettet. Und ich war nackt, die ganze Zeit war ich nackt. Ich kann mich an keine Gesichter erinnern, denn ich bekam keine Gesichter zu sehen.* Als ich ihm zuhöre, merke ich, dass ich schwitze, ich habe das Gefühl, ohnmächtig zu werden. Seine Geschichte bricht oft einfach ab, dann kann er nicht weitererzählen, braucht eine Zigarette, muss aufstehen und umhergehen, frische Luft schnappen. Wir legen eine Pause ein, wir legen bei ihm viele Pausen ein. Während einer dieser Pausen schlage ich die Mappen mit den Fotos auf und sehe das Bild eines Smileys, den jemand mit Leuchtstift auf die Brustwarze eines Häftlings gemalt hat. Ich gehe in den Flur und breche in Tränen aus.

Als wir nach der Pause zurückkehren, bittet der Maler den Dolmetscher, Bahir zu sagen, dass er schön sei, dass es eine Freude sei, ihn malen zu können. Bahir lauscht, als das Wort »schön« übersetzt wird, lächelt kurz – sein erstes Lächeln – und murmelt dann *schokran.*

Manchmal muss einem jemand sagen, dass man immer noch schön ist.

Während die anderen abreisen, bleibe ich noch eine Woche in Istanbul, um die Blaue Moschee, die römischen Aquädukte und einen Hamam zu besuchen. Um meine Aufzeichnungen zu überarbeiten. In der Moschee lese ich etwas über den Gebrauch von Fetischen im alten Islam:

Die »Mewlewi«-Philosophie schlägt eine Brücke zwischen den spirituellen und materiellen Gegensätzen des täglichen Lebens und verändert das Wesen einfacher Alltagsgegenstände. Ein mystisches Symbol auf einem »mutekka« (Kissen oder Nackenstütze) oder die auf einen Postsack gestickten kalligrafischen Zeichen verleihen dem einfachen Material des Gegenstandes geistige Kraft; erleuchtet von diesem Geist, verwandelt sich jeder Alltagsgegenstand in ein Lebewesen.

Inzwischen glaube ich, dass Folter nicht die Funktion hat, an Informationen zu gelangen, sooft wir uns das auch einreden mögen. Es geht einzig um Macht. Die Folter zeigt der Welt, dass wir uns keine Beschränkungen auferlegen, wenn wir uns bedroht fühlen. Dass Folter nicht hilft, an Informationen zu gelangen, dass sie, statt uns mehr Sicherheit zu bringen, genau das Gegenteil bewirkt, ist eindeutig dokumentiert und seit Jahren bekannt. Dass die Büchse der Pandora geöffnet wurde und inzwischen legal gefoltert wird, legt nahe, dass die Folter für uns zu einem mystischen Symbol geworden ist, zu einem Aberglauben, wie wenn man einen Halbmond in einen Stock schnitzt. Geld, Information, diese Worte, die du gerade liest – all das wird in fünfhundert Jahren kurios wirken, falls uns noch so viel Zeit bleibt. Wenn die Menschen dann auf unsere Zeit zurückblicken, werden sie sagen, dass seit dem Tod Christi über zweitausend Jahre lang gefoltert wurde – ein seltsamer, unzivilisierter Wiederholungszwang. Sie werden sehen, dass wir das Ganze zuerst mit Passion verwechselten, die dann in die Inquisition überging und sich schließlich in etwas verwandelte, das wir heute als »Information« bezeichnen. Sie werden sehen, dass eine Handvoll Wahnsinnige, die in Höhlen lebten, die größte Weltmacht demütigen konnten, und werden sich fragen, wie das passieren konnte. Wir können ihnen bloß sagen, dass diese Wahnsinnigen unsere Angst kannten, dass sie sich in diese Angst verwandelten, während wir sie festzuhalten versuchten und immer wieder unsere sinnlose Frage stellten.

Travis (wiederaufgenommen)

(2007) Ich war einen vollen Tag lang auf der Route 100 nach Norden gefahren, durch ganz Vermont, um Travis zu besuchen – es waren wieder ein paar Jahre vergangen, ohne dass wir uns gesehen hatten. Ich redete mir ein, dass ich die Reise unternahm, um ihn über Folter auszufragen, aber als ich ihm gegenübersaß, genügte es, dass wir uns gegenseitig erzählten, was es Neues gab. *Sue war eine Weile mit einem Kerl zusammen,* sagte Travis, *er war im Irak, und danach sind ihm ständig die Sicherungen durchgebrannt.* Sue ist seine Tochter. *Das muss anstrengend sein,* erwiderte ich. *Wenn sie zu Recht da gewesen wären, wär's vielleicht was anderes,* murmelte Travis. Als wir uns vor zwölf Jahren erstmals wiedergetroffen hatten, hatten wir über den ersten Einmarsch im Irak gesprochen, darüber, wie Travis aus der Bahn geworfen worden war – wie er in die Wohnung seiner von ihm getrennt lebenden Frau eingebrochen war, am Küchenherd gestanden und ihre Kleidungsstücke eins nach dem anderen über offener Flamme verbrannt hatte, bis er draußen das Blaulicht sah. Er zertrümmerte ein Fenster, kroch auf dem Bauch zu seinem Pick-up und fuhr den Polizisten davon. Als er am nächsten Morgen wieder nüchtern war, klopfte ein Polizist an der Tür – sie kannten ihn alle –, und er stellte sich. Der Richter war gnädig und verurteilte ihn zu einer Gruppentherapie für ehemalige Soldaten mit posttraumatischem Stress, die im Veteranenkrankenhaus stattfand.

Als wir ein paar Jahre später zusammen nach Vietnam flogen, schien er sich wieder gefangen zu haben – kein neuer Ärger mit der Polizei, eine schöne Hütte, die er für seine neue Freundin im Wald baute, sein Haus nicht mehr ganz so chaotisch. Mittags gingen wir mit seinen Kindern essen.

Nachdem inzwischen acht Jahre verstrichen sind und wir seit drei Jahren wieder Krieg führen, frage ich ihn, wie er jetzt zurechtkommt. Er sagt, er gehe zurzeit früh ins Bett, wache um drei oder vier Uhr nachts auf, sehe sich ein, zwei Stunden lang Nachrichten an und frühstücke dann bei Flo's. Die anderen Arbeiter – Zimmerleute und Klempner, Elektriker und Monteure – schieben ein paar Tische zusammen und unterhalten sich über den Krieg. *Wusstest du, dass in Camp Jejune* (einem Armeestützpunkt in North Carolina) *fünf von sieben Brunnen verunreinigt waren, dass die Regierung schon seit fünf Jahren Bescheid wusste und die Frauen und Kinder der Armeeangehörigen trotzdem daraus trinken ließ?* Ich schüttle den Kopf, bin aber nicht überrascht. Zurzeit ist das Walter-Read-Armeekrankenhaus in den Nachrichten, wo die Farbe von den Decken blättert, sich Kakerlaken im Essen tummeln, Soldaten mit Kopfverletzungen Hilfe suchend von einem Gebäude zum anderen irren wie eine Armee von Zombies. Wir sprechen darüber, dass auf den Stützpunkten inzwischen von Kirchen betriebene Suppenküchen eingerichtet werden, dass die Selbstmordrate beim Militär so hoch ist wie nie zuvor. Travis ist erstaunlich gut informiert: *Die Unternehmen kriegen das ganze Geld,* sagt er, *genau wie immer.* Der Kriegsbeginn hatte ihn wieder aus der Bahn geworfen, er wurde wieder betrunken am Steuer erwischt, verlor den Führerschein für achtzehn Monate und kam wegen Fahrens ohne Führerschein zehn Tage ins Gefängnis, gerade als die Bomben auf Bagdad fielen. Ich bringe das Gespräch auf Abu Ghraib. *Scheint so, als wäre in der Nachtschicht alles aus dem Ruder gelaufen,* sagt er. Ich erzähle ihm von den Memos aus dem Weißen Haus, davon, dass Charles Graner für seine Arbeit gute Noten erhalte, dass die Fotos beschnitten seien, damit wir die CIA-Agenten und die Mitarbeiter der Privatunternehmen nicht zu Gesicht bekämen. Er schüttelt den

Kopf, aber es überrascht ihn nicht. *Wir machen eine unglaublich schlechte Figur*, sagt er. *Mit dem Einmarsch in den Irak haben wir die Büchse der Pandora geöffnet, und jetzt weiß niemand, wie man alles wieder hineinstopft*. Wir sprechen über unsere Reise nach Vietnam, über My Lai. Ich sage ihm, dass der Moment, als er die Hand der Überlebenden küsste und sie um Verzeihung bat, das Schönste gewesen sei, was ich je erlebt hätte – dieser Moment habe ihn völlig verändert. Ich erzähle ihm, dass derselbe Mann, der die My-Lai-Fotos veröffentlicht hat, auch die Abu-Ghraib-Fotos veröffentlicht habe. Travis schüttelt den Kopf.

Alles dient einem Zweck, murmelt er.

Souvenirs von unserer Reise hängen bei ihm an den Wänden – der Holzschnitt eines Wasserbüffels, ein Strohhut.

Inez ist schwanger, sage ich.

Mach dich auf was gefasst, erwidert er lächelnd.

Die Geschichte von Abu Ghraib

Was mich an der Begegnung mit den ehemaligen Häftlingen in Istanbul am meisten überraschte, war nicht ihre Schilderung der Qualen, die man ihnen zugefügt hatte – schließlich hatte ich alle Dokumentationen gesehen, alle Protokolle gelesen. Mich überraschte eher, dass ich mir vor unserer Begegnung eine Vorstellung davon gemacht hatte, wie ein ehemaliger Häftling von Abu Ghraib sein würde – ich malte mir jemanden aus, der wütend, am Boden zerstört war und vermutlich zum Fundamentalismus neigte. Doch jeder dieser Männer war völlig einzigartig, völlig menschlich. Jeder schien das, was passiert war, anders wahrgenommen zu haben, und es überrascht mich immer noch, dass mich das überraschte. Mich überrascht, dass ich vergaß, dass alle vollkommen menschlich und vielschichtig sein würden.

[2008] Beim Durchlesen der Notizen aus Istanbul beschließe ich, nicht in allen Einzelheiten zu beschreiben, was in der Nacht passiert ist, als Amir an einer Leine gezogen wurde. Die Informationen darüber sind leicht zugänglich, und außerdem gibt es die Fotos. Man kann die Fotos schockierend finden oder darüber tief betrübt sein. Man kann das, was passiert ist, für gerechtfertigt halten oder kann glauben, dass es nur ein paar schwarze Schafe waren, doch kaum jemand würde behaupten, dass es aussieht, als würden die Militärpolizisten dem Mann am Ende der Leine bloß helfen. Das dachte ich zumindest, aber als ich Errol Morris' Film sah und dann das Begleitbuch von Philip Gourevitch las – das den Titel *Die Geschichte von Abu Ghraib* trägt –, war ich mir nicht mehr so sicher.

Ich konzentrierte mich auf die Passagen, in denen erzählt werden sollte, was in jener Nacht passierte. In dem Buch behauptet ein Militärpolizist, Amir sei völlig außer Rand und Band gewesen: »Er krakeelte immerfort, dass er alle Amerikaner hasse und uns umbringen würde.« Irgendwann hat Amir dieser Darstellung zufolge auf dem Boden einer Isolierzelle gelegen: »... Wunden an der Seite und am Rücken, und er lag in Kot und Urin« und musste woandershin gebracht werden, konnte oder wollte sich aber nicht vom Fleck rühren. Angeblich wollte Graner die Zelle sauber machen, bevor der nächste Häftling kam. Er behauptet auch, er habe sich Gedanken darüber gemacht, wie man Amir wegbringen könnte, ohne ihm wehzutun, deshalb habe er einen Sanitäter hinzugezogen. Der Sanitäter habe vorgeschlagen, ihm einen Zurrgurt um den Rumpf zu schlingen und ihn damit hochzuziehen. Doch als England den Gurt gehalten habe, sei er zu Amirs Hals raufgerutscht (oder runter?). Graner habe das witzig gefunden und ein paar Fotos gemacht. Die Militärpolizisten (und der Sanitäter) geben zu, dass das Foto schlimm aussehe, doch sie beteuern, sie hätten Amir bloß helfen wollen (»... er wurde nicht verletzt«, »Mir ging es allein darum, Verletzungen auszuschließen«). Graner und England behaupten, sie seien in jener Nacht vielleicht fünfzehn Minuten bei Amir gewesen, nur so lange, bis sie ihn unversehrt weggebracht hätten.

Als ich diese Schilderung las, schwankte ich zwischen Belustigung und Empörung. Erst dachte ich, Gourevitch wolle Graner und England ins eigene Messer laufen lassen, doch das erwies sich als falsch. Letztlich nimmt Gourevitch die Schilderung der Militärpolizisten für bare Münze und kommt zu dem Schluss:

... bei Gus [Amir] und dem Gurt ... Selbst wenn wir die Geschichte hören, bleiben die Bilder von ihm und England schockierend – nur dass der Schock jetzt davon ausgeht, dass die Fotos noch schlimmer, krasser und boshafter erscheinen als die dargestellte Realität.

Wenn wir die Geschichte hören – trotz Gourevitchs Behauptungen und trotz aller anderen Einsichten, die wir aus seinem Buch vielleicht gewinnen (und davon gibt es viele), erfahren wir nicht »die Geschichte« der Nacht, in der Amir an jener Leine gezogen wurde, sondern es wird lediglich die Darstellung der Vorfälle seitens der Folterer bestätigt. Amir, der Mann am falschen Ende der Leine, darf sich nicht äußern. Amirs Schilderung jener Nacht ist alles andere als »beruhigend«. Wie von den Ärzten für Menschenrechte dokumentiert, berichtet er, dass er stundenlang an einer Leine von Zelle zu Zelle, von Stockwerk zu Stockwerk gezogen wurde. In einer Zelle sei er mit dem Gesicht voran auf den von Urin und Exkrementen bedeckten Boden gestoßen worden, Graners Stiefel auf seinem Kopf, in einer anderen Zelle habe man ihm einen Besenstiel ins Gesäß geschoben, und im letzten Raum habe ihm Graner in die Hoden getreten, und England habe sich auf seine Hand gestellt und ihm den Finger gebrochen. Dabei sei er ohnmächtig geworden, und man habe ihn in seine Zelle zurückgeschleift. Ob man Amir Glauben schenkt, ist eine andere Frage, doch man sollte ihn zumindest ebenso zu Wort kommen lassen wie seine Peiniger. Als Amir uns in Istanbul von jener Nacht erzählte, hielt er seinen gebrochenen Finger hoch, und wir beugten uns alle vor, um ihn zu betrachten. Fast vier Jahre später war von dem Bruch nichts mehr zu sehen *(der Körper beeilt sich mit seiner Heilung)*, aber die Ärzte haben ihre Röntgenaufnahmen, das Rote Kreuz hat seine Unterlagen, und die Ärzte für Menschenrechte haben alles bestätigt. Als Amir an jenem Tag in Istanbul seine Geschichte zu Ende erzählt hatte, berührte er das Foto – *Das ist in jener Nacht passiert,* sagte er, *aber es gab noch andere Vorfälle, andere Nächte.*

Finsternis

Letzte Nacht gab es eine Mondfinsternis, und ich hielt Lulu ans Fenster, damit sie es sehen konnte. Ich erzählte ihr etwas über die Sonne, über die Erde, über den Mond, über die Finsternis. Ich sagte: *Du bist die Sonne, ich bin der Mond, ich kreise um dich, und manchmal fällt ein Schatten auf dein Gesicht, manchmal steigt eine Finsternis in uns auf, aber die ist nicht real, wir können nicht glauben, dass sie real ist*. Ich hielt ihren Kopf, als wäre er die Sonne, ging mit ihr durchs Zimmer und sang: *Little darlin, it's been a long cold lonely winter*, bis Lulu zu schreien aufhörte und einschlief.

Wenn ich sie vor ihrer Geburt vi-su-a-li-sier-te, endete ich jedes Mal in einer Achterbahn, in einem kaputten Wagen, der einen wackeligen Berg erklomm, auf dessen Gipfel sich dieses winzige Baby befand. Wenn ich zu ihr gelangte, sie in die Arme nahm, begann der Wagen seine unvermeidliche Abfahrt, und dann folgte der Sturz im freien Fall. Zu meiner unausgesprochenen Angst gehörte die Vorstellung, dass ich sie bei dem Sturz nicht festhalten könnte, dass sie mir entgleiten würde – ich konnte mir nicht vorstellen, dass sie einfach zusammen mit mir hinabstürzen könnte, wohlbehalten in meinen Armen.

VIERZEHN

Das falsche Meer

[2008] Ich wache früh auf, hebe Lulu aus dem Bett und nehme sie mit ins Wohnzimmer, damit Inez ausschlafen kann. Lulu lächelt über das Tageslicht, über die Schatten, die über die Backsteinmauer vor dem Küchenfenster gleiten. Sie scheint froh zu sein, dass die Sonne wieder da ist. Es ist ganz einfach. In der Abenddämmerung blickt sie voll Angst aus den Fenstern, anscheinend verwirrt von der Dunkelheit, davon, dass alles verschwindet. Darin gleicht sie mir – ich lächle am Morgen, doch je weiter der Tag voranschreitet, desto mehr verwirrt mich alles, was auf mich einstürzt. Reizüberflutung nennt man das. Bei Sonnenuntergang schreit sie, einfach so. *Nothing you can do that can't be done,* singe ich ihr in der Küche vor und wiege sie in den Armen, *nothing you can sing that can't be sung.*

In dem Buch, das ich nach dem Tod meiner Mutter las, dem Buch über Traumabewältigung, stand nicht, wann wieder eine Veränderung eintreten könnte, wann man weitermachen könnte. Deshalb lebte ich Jahr für Jahr auf dem Boot. Jahr für Jahr ruderte ich hinaus, ließ den Blick die Küstenlinie entlangwandern, wartete. Zehn Jahre – warum dauerte es so lange, wieder Boden unter die Füße zu bekommen, warum dauerte es so lange, wieder standfest zu werden? Das Boot war im Geburtsjahr meiner Mutter gebaut worden (1939, demselben Jahr, in dem *Der Zauberer von Oz* in die Kinos kam, demselben Jahr, in dem Freud starb) und beinhaltete deshalb etwas von ihr, zumindest glaubte ich das. Wir hatten ihre Asche auf dem Atlantik verstreut – auf dem Boot war ich ihr so nah, wie es ging. Man könnte sagen, das Wasser gab mir Halt, man könnte sagen, ich versuchte wie Dorothy nach Hause zurückzufinden. Eine Weile konnte ich mich in etwas auflösen, das größer war als ich selbst, doch am Ende war nicht mal das Meer groß genug.

Hüah

[2008] Mein Großvater, der Vater meiner Mutter, läutet ein Messingglöckchen, das die Form eines Kranichs hat, um die junge Irin reinzurufen, die sich um ihn kümmert. Ich besuche ihn ein paar Wochen vor Lulus Geburt. Er hält das Glöckchen am Schnabel, während er es schüttelt. Wenn ich überlege, was ich gern als Andenken an ihn hätte, fällt mir nur dieses Glöckchen ein, dieser Kranich. An der Wand hinter seinem Kopf hängt ein gerahmter Scherenschnitt. Ich weiß noch, wie meine Mutter ihn bei einem Stromausfall anfertigte, wie mein Bruder meinen Kopf mit einer Taschenlampe anstrahlte und meine Mutter mein Profil mit einem Bleistift auf der schwarzen Pappe nachzog, die sie an die Wand geheftet hatte. Ich weiß noch, wie sie die Pappe dann herunternahm und den Schattenriss ausschnitt. Die Irin kommt rein, lächelt, beugt sich übers Bett, fragt: *Und was kann ich jetzt für Sie tun?*, streift mit ihren blonden Zöpfen fast sein Gesicht, doch er hat die Augen schon wieder geschlossen. Als kleines Mädchen hatte auch meine Mutter Zöpfe, davon besitze ich Fotos, und ich habe das Gemälde gesehen, auf dem sie neben dem Pferd steht. Ich kann mich sogar noch erinnern, dass sie manchmal Zöpfe trug, als sie schon meine Mutter war. Seltsam, aber im Zimmer meines Großvaters, im ganzen Haus, gibt es keine Fotos von ihr. Es gibt durchaus Fotos im Haus – die Wände, die Regale, die Tische, alles voll mit den Bildern von Cousins, Onkeln und mir unbekannten Leuten, überall befinden sich Fotos. Aber keins von meiner Mutter, und was meinen Bruder und mich betrifft, gibt es nur diesen Scherenschnitt – als wäre unser Familienzweig ausgelöscht worden und wäre jetzt nur noch ein Schatten. Grandpa und ich sprechen eigentlich nie über meine Mutter, aber als ich den Dokumentarfilm, den Amateurfilm, über ihre Exfreunde drehte, fragte ich ihn über sie aus. Ich wollte ihm die Frage stellen, die ich allen stellte: *Wie hast du von ihrem Tod erfahren?* Grandpa trug bei dem Interview einen Anzug und saß aufrecht hinter seinem Schreibtisch, doch nach wenigen Augenblicken begann er zu weinen – ich hatte ihn noch nie weinen sehen. *Ich wusste nicht, wie ich ihr helfen sollte*, sagte er. Zehn Jahre später, zehn weitere Jahre, in denen wir ihren Namen nicht ausgesprochen haben, sitze ich so oft wie möglich bei ihm, da er sich die Hüfte gebrochen hat. Manchmal spricht er mit mir übers Weltall, manchmal über seine Fieberträume, und manchmal schreibe ich das, was er sagt, in ein kleines Notizheft. Wir wissen beide, dass er auf dem Sterbebett liegt – er wird zwei Tage nach Lulus Geburt sterben, sie nie im Arm halten. Die Irin und ich sind jetzt bei ihm. Er schlägt die Augen auf, erzählt uns seinen Traum: *Ich ging eine Bergstraße runter, und plötzlich kam eine von vier Pferden gezogene Kutsche auf mich zu. Sie hielt neben mir, jemand öffnete die Tür, aber ich sagte, ich ginge lieber zu Fuß.* Er lächelt und schließt dann die Augen. Die Irin zwinkert mir zu, beugt sich über ihn und fragt wieder, was sie für ihn tun könne. Er schlägt die Augen auf, fasst sie an beiden Zöpfen und sagt: *Hüah.*

Don't Be Cruel

[2008] Als ich mich vor Kurzem in einem Hotel in den Schlaf zu zappen versuchte, kam plötzlich Elvis (der »King«) im Fernsehen. Ich war zwei Tage in Kalifornien, zum ersten Mal von Inez und Lulu getrennt. In dem Film (*König der heißen Rhythmen*? *Sag niemals ja*?) spielte Elvis einen Musiker, der es mit der Steuerfahndung zu tun bekommt – was die Handlung betrifft, habe ich sonst nichts mitbekommen. Ich konnte den Blick nicht von ihm wenden – er verströmte eine so starke, dumme, rein physische Anziehungskraft, dass er Amerika zu verkörpern schien.

Plato, der großmütiger ist als ich, hat es folgendermaßen formuliert:

Ein Einsichtiger … würde vielmehr bedenken, dass es für die Augen zwei Arten und zwei Ursachen von Störungen gibt: die eine, wenn man aus dem Licht in das Dunkel, die andere, wenn man aus dem Dunkel in das Licht versetzt wird. Erkennt er nun an, dass dasselbe auch mit der Seele vor sich geht, so wird er nicht unüberlegt lachen, wenn er eine Seele sieht, die verwirrt ist und etwas nicht zu erkennen vermag. Sondern er wird prüfen, ob sie aus einem helleren Leben kam und jetzt von der Finsternis, an die sie nicht gewöhnt ist, umhüllt wird, oder ob sie aus größerer Unwissenheit in größere Klarheit gekommen ist und nun vom helleren Glanze geblendet wird.

Als Elvis diesen Film drehte, war er vielleicht schon dabei, sich durch Drogen selbst zu verwirren, oder konnte die bevorstehende Verwirrung einfach spüren – gestrandet auf seinem Liegesessel, seinem silbernen Kelch voll Pillen, seinen gebratenen Erdnussbutter-Sandwiches. Während ich ihn auf dem Bildschirm betrachtete, fragte ich mich, ob die Drogen bereits in jede Pore eindrangen. Manchmal haben wir nichts als unseren Schatten, manchmal können ganze Jahre unseres Lebens als Gespräch von Schatten zu Schatten verstreichen.

[2004] Bei den Fernsehdebatten zwischen Bush und Kerry, ein paar Monate nach der Veröffentlichung der Abu-Ghraib-Fotos, können wir einen kurzen Blick auf den Schatten unseres Präsidenten erhaschen, als er von seinen Töchtern spricht, die vor Kurzem ein oder zwei Nächte in einer Ausnüchterungszelle verbracht haben, genau wie er, als er in ihrem Alter war (und um völlig *[völlig?]* offen zu sein: auch wie ich):

LEHRER: Sie haben neunzig Sekunden für Ihre Antwort, Senator.
KERRY: Zunächst einmal weiß ich die persönlichen Bemerkungen, die der Präsident gerade gemacht hat, sehr zu schätzen. Und ich stimme ihm zu. Ich finde allerdings, wenn man so etwas tut – und was die Präsidentschaft betrifft, hat er es öfter getan als ich, bekommt man allmählich ein Gefühl dafür, was das für die eigene Familie bedeutet. Das ist hart. Und deshalb weiß ich zu schätzen, dass seine Töchter – ich habe die beiden beobachtet und musste ein paarmal über ihre Bemerkungen lachen.
(GELÄCHTER)
Und …
BUSH: Ich versuche, sie an die Leine zu legen.
(GELÄCHTER)
KERRY: Ja, ich weiß. Ich habe gelernt, auf so etwas zu verzichten.
(GELÄCHTER)

Ich versuche, sie an die Leine zu legen. Das war nur ein paar Monate nach der Veröffentlichung der Abu-Ghraib-Fotos, und auf mehreren dieser Fotos ist zu sehen, wie Lynndie England (wenn auch nur halbherzig) einen nackten Iraker (Amir) an einer um seinen Hals geschlungenen Leine zieht. Das ist die einzige diffuse Anspielung auf Folter in den gesamten Debatten, obwohl noch immer viele Leute überlegten, wie man diese Schatten wieder in die dazugehörige Büchse bekommen könnte.

[2006] Bush stellt sich der Presse, um den Entscheid des Supreme Court im Fall Hamdan zu erörtern. *Bitte,* witzelt Bush, *denken Sie an den Elvis-Klassiker, wenn Sie mir Ihre Fragen stellen – Don't Be Cruel.* Bush steht neben dem japanischen Premierminister Koizumi, der anscheinend Elvis-Fan ist. Beide lächeln in die Kameras. Sie sind gerade aus Graceland gekommen. *Don't be cruel,* witzelt Bush, die Reporter, seine Papageien, lachen, dann stellen sie ihre nichtssagenden Fragen, und Bush sagt im Grunde genommen gar nichts – sein Schatten hat bereits gesprochen. *Don't be cruel,* singt Elvis, und jetzt singt sein Schatten weiter, doch es ist kein Appell, zu allen barmherzig zu sein, das war es nie. *Don't be cruel,* bittet Elvis, *to a heart that's true.* Elvis singt, Bush singt, seine Papageien singen, Koizumi singt, und plötzlich singe auch ich mit, das Lied so tief in meinem Kopf und doch unerwünscht.

[2008] Vor zwei Tagen hat der Präsident ohne erkennbare Scham durch einen Sprecher verkünden lassen, dass wir in der Vergangenheit gefoltert haben und weiter foltern werden. Als ans Licht kommt, dass sich seine engsten Berater getroffen haben, um spezielle Foltermethoden zu erörtern, wird Bush unverschämt behaupten, selbst an den Diskussionen teilgenommen zu haben. Endspiel – kein Lug und Trug mehr, keine Berufung auf Staatsgeheimnisse, jetzt heißt es »Karten auf den Tisch«. Fast vier Jahre seit Veröffentlichung der Fotos – *So sind wir jetzt,* scheint der Präsident zu sagen, *so waren wir immer.* Es gab einmal glaubwürdiges Bestreiten, aber eigentlich haben sie – haben wir – nichts zu bestreiten versucht, zumindest nicht viel. Wir alle wissen, was getan wurde, wir haben es immer gewusst, und jetzt (das fleischgewordene Wort) wurde es bloß ausgesprochen.

Solaris (Haus der fremden Väter)

Als in Tarkowskijs Film *Solaris* aus dem Jahr 1972 ein Astronaut am ersten Morgen seines Aufenthalts auf einer Raumstation aufwacht, liegt seine schlafende Frau neben ihm, den Arm auf seiner Brust. Das Seltsame daran ist, dass seine Frau ein paar Jahre vorher Selbstmord begangen hat, deshalb muss diese Frau ein Produkt seiner Fantasie oder seiner Neurose sein – die Verkörperung seines Verlangens oder seiner Schuldgefühle. Die Raumstation hat sich, mit Zizeks Worten, in eine »Maschine des Unterbewussten« verwandelt. Wie Zizek sagt: *Sich einer realen Person zu entledigen, ist relativ leicht. Man kann sie oder ihn verlassen, umbringen oder was auch immer. Aber ein Gespenst wird man viel schwerer los. Es ist genauso beharrlich wie eine Spektralerscheinung.* Als sich die Tote zum x-ten Mal vom Boden der Raumstation erhebt, sagt ein anderer Astronaut schulterzuckend: *Ein unheimliches Schauspiel. Ich kann und will mich an diese permanenten Auferstehungen nicht gewöhnen.*

Ein Jahr nach Lulus Geburt erfahre ich, dass »Abu Ghraib« so viel wie *Haus der fremden Väter* bedeutet – vielleicht ist das die Erklärung, vielleicht ist der Grund, warum ich mit diesen Schatten ringen musste, wirklich so naheliegend. Der Vater meiner Mutter lag im Sterben, ich geleitete meinen Vater seinem letzten Atemzug entgegen (oder zumindest aus seiner Wohnung hinaus) und wurde selbst bald Vater. Das Leben meiner Eltern war immer so etwas wie eine Landkarte, doch manchmal fiel es mir unglaublich schwer, mich daran zu halten – es schienen zu viele Orte eingetragen zu sein, die ich besser mied. Und doch fand ich mich stets an diesen Orten wieder – wohin sollte ich sonst gehen?

Gestern Abend rief mich Eli an, ein Freund, mit dem ich während meiner Zeit in Rom viele Tage und Nächte verbracht habe. Eli hat mir damals meine Wohnung besorgt. Vor einem Jahr starb sein Vater. Als ich frage, wie es ihm geht, sagt er, es sei seltsam, es sich einzugestehen, aber nach dem Tod seines Vaters fühle er sich geerdeter. *Geerdet* – dasselbe Wort habe ich benutzt, als ich die Veränderungen zum Ausdruck bringen wollte, die Lulu in mein Leben gebracht hat – *geerdet.* Dafür genügte es nicht, ein Haus zu kaufen oder ein Buch zu schreiben. Vielleicht bedeutet »geerdet« bloß, sich bewusst zu machen, dass man seiner Beerdigung einen Schritt näher ist, vielleicht habe ich mich deshalb all die Jahre dagegen gesträubt. Doch vielleicht war es auch bloß meine Natur, auf dem Wasser zu leben, umherzustreifen. Wenn ich jetzt beobachte, wie sich Lulu vom Boden aufrappelt, finde ich es in Ordnung, auf meinen Füßen zu stehen.

In dem Café, in dem ich immer schreibe, hängt neben der Kasse ein Gary-Larson-Kalender. Auf dem heutigen Blatt ist folgender Cartoon abgebildet: Zwei Gefängniswärter führen einen Clown durch einen Gang zum elektrischen Stuhl, und der eine sagt zum anderen: *Ich glaube nicht, dass ich das meinen Kindern erzählen kann.* Dieses Jahr ging der Physik-Nobelpreis an drei japanische Astrophysiker, die, soweit ich es verstanden habe, den Beweis erbracht haben, dass das Weltall nur wegen eines Fehlers existiert – wenn die Gesetze des Weltalls perfekt miteinander in Einklang stünden, wäre gar nichts entstanden. Der Urknall hätte nicht stattgefunden, weil alles, so wie es war, vollkommen gewesen wäre. *Das beweist, dass es keine perfekte Theorie übers Weltall gibt,* sagt der Radiokommentator.

Here Comes the Sun

Ein paar Jahre lang, die mir immer noch wie eine Ewigkeit vorkommen, lag jedes Jahr zu Weihnachten die neue Beatles-Platte unterm Baum. Manchmal waren es sogar zwei – zum Beispiel 1968 im Jahr des Affen –, zwei perfekte Quadrate, eingepackt in rotgrünes Seidenpapier. Die meisten Stücke kannten wir halbwegs, aber nicht die gesamten Texte. Eine Platte ließ sich aufklappen wie ein Bilderbuch für Kinder, und John, Paul, Ringo und George blickten uns in den Uniformen einer psychedelischen Armee entgegen; auf der anderen überqueren John, Paul, Ringo und George in weißem Anzug, in schwarzem Anzug, barfuß und in Jeans die Straße. Vor jenem Tag mussten wir im Auto sitzen und warten, bis »Here Comes the Sun« oder »Hey Jude« zu Ende war – bis zu jenem Moment hatte noch niemand »Hey Jude« gehört, doch jetzt würde es immer da sein.

Ein paar Jahre nachdem sich die Beatles getrennt hatten, fuhr ich vor Sonnenaufgang auf meiner Zeitungsroute den *Boston Globe* aus. Wenn es nachts geschneit hatte oder ich sonst zu spät zur Schule gekommen wäre, fuhr mich meine Mutter manchmal, und dann wartete ihr warmer Wagen mit leise laufendem Radio auf mich, während ich von den Häusern zurückgestapft kam. Doch meistens war ich allein unterwegs, auf meinem Fahrrad oder zu Fuß, und stellte mich unter eine bestimmte Straßenlaterne, um zu sehen, was auf der Welt passiert war. Ich konnte eine Geschichte tage-, ja wochenlang verfolgen, erst als Schlagzeile und dann, während sie immer weiter ins Innere der Zeitung rutschte. Vietnam.

Watergate. Patty Hearst. Eines Morgens war auf der Titelseite das Foto eines Flugzeugunglücks abgebildet, das sich vierzig Kilometer nördlich auf dem Logan Airport zugetragen hatte. Die Maschine hatte versucht abzuheben, aber irgendwas hatte sie am Boden gehalten – vielleicht waren die Tragflächen vereist, vielleicht war eine von beiden kaputt, vielleicht saß bloß eine Schraube locker. Vielleicht war das Flugzeug bei der Landung zerschellt, vielleicht war es über die Rollbahn hinausgeschossen, vielleicht hatten die Bremsen versagt – ich weiß es nicht mehr. Ich weiß nur noch, dass alle Insassen starben, das heißt, alle bis auf einen einzigen Mann, und dieser Mann, dieser Überlebende, war der Grund, warum ich jeden Tag Zeitung las und nach Neuigkeiten über ihn suchte. Nennen wir ihn Manuel. Er blieb tage-, dann wochenlang am Leben, schrecklich verbrannt, in Verbandsmull gehüllt und bewegungsunfähig, aber am Leben. Jeden Tag durchsuchte ich die Zeitung nach einer Nachricht über ihn, jeden Tag fragte meine Mutter, ob etwas über ihn drinstünde. Ich wünschte mir, dass er durchkäme, aus irgendeinem Grund wollte ich unbedingt, dass ein einziger Mensch diese unglaubliche Katastrophe überlebte.

FÜNFZEHN

Der Teich

[2008] Beim ersten Lichtstrahl schreit Lulu vor Hunger *(Zelle für Zelle schuf sich das Baby selbst).* Noch ein paar Minuten vorher ließ sie ein Glucksen hören *(die Zellen schufen Zellen),* ein Glucksen, das sich in das Gewebe meines Traums verwandelte *(das heißt, das Baby besteht vor allem aus Milch),* ein Glucksen, das mir sagte, dass alles in Ordnung käme. Ich begebe mich aus dem Bett in die Kälte der Scheune und gehe zu ihrem Zimmer, das wir isoliert haben und mit einem ölbetriebenen Wärmestrahler beheizen, wie wir es irgendwann auch in unserem Zimmer tun werden, sobald – falls – wir dazu kommen, die Türen einzuhängen. Im Rest der Scheune, die ich rasch durchquere, herrscht im Grunde genommen dasselbe Wetter wie draußen, und an diesem Morgen ist es draußen kalt und neblig. Seit wir in der Scheune wohnen, bin ich nachts manchmal aufgestanden, um meine Blase zu leeren, und wurde auf dem Weg zur Toilette aufgehalten, weil es ringsum in der Dunkelheit von Glühwürmchen wimmelte. Wenn es draußen blitzte, dann wurde auch das Innere der Scheune von Blitzen erhellt. Aber das war im Sommer gewesen, als wir noch bei offenem Schiebetor schliefen.

Als ich Lulus Windeln gewechselt und sie gefüttert habe, spielen wir eine Weile still auf dem Teppich – unser Lieblingsspiel ist im Moment *Daddy schnappt dich.* Dann gehen wir zum Teich runter, damit Inez noch ein bisschen schlafen kann, Lulus kleiner Körper an meiner Brust festgeschnallt wie ein Fallschirm.

Wir sind letzten Mai in die Scheune gezogen, um das Haus vermieten zu können. Nach der Geburt des Babys hatten wir kaum Geld, und ich schlug vor, die Scheune zu reparieren, denn ich wusste, wie man das anstellte, oder hatte zumindest genug Freunde, die ich um Hilfe bitten konnte. Bevor ich Inez kennenlernte, hatte sich die Scheune jahrelang zu einem Schrottsammelplatz entwickelt: Es gab einen Rasenmäher, der nicht ansprang, hundert unterschiedliche Fenster, noch eine vollständige Scheune, zerlegt und ordentlich aufgestapelt, einen Kühlschrank mit Vorhängeschloss.

Die Scheune ist hundertfünfzig Jahre alt und wird von gewaltigen, zwanzig Meter langen Hickorybalken zusammengehalten, aus Bäumen, wie sie in dieser Qualität seit hundert Jahren weder hier noch sonst irgendwo wachsen dürften. Das Dach ist aus Schiefer, und in der Kuppel nisten Turmfalken – in dieser Scheune ist alles möglich. Sie könnte ein Theater sein oder ein Flugzeug beherbergen. Man könnte darin ein Versteck bauen, eine Zuflucht für schlimme Zeiten. Als Lulu und ich am Teich ankommen, sind meine Stiefel nass vom Tau. Dampf steigt vom Wasser auf, der Teich eine reglose Fläche.

Vor ungefähr einem Monat war das Grundstück so zugewuchert, dass man den Teich kaum zu sehen bekam, wenn man den schmalen Pfad entlangging, der eine Wiese mit der nächsten verband. Nachts hörte man die Ochsenfrösche, doch nachts kann man nur schwer erkennen, wo Geräusche herkommen. Das Gequake schien vom tiefsten Punkt des Grundstücks zu kommen, von der Stelle, an der ein Teich läge, wenn es einen gäbe. Ich fragte Inez danach, doch sie hatte bloß gehört, im Winter könne man nicht darauf Schlittschuh laufen, weil er so tief sei, dass er nicht zufriere, und im Sommer könne man nicht darin schwimmen, weil er nicht groß genug sei. Das klang widersprüchlich, aber da ich den Teich nicht richtig zu sehen bekam, konnte ich beides nicht überprüfen. Jedes Jahr waren die Wildrosen dichter geworden und streckten ihre langen dornigen Ranken aus, die einem die Arme zerkratzten, wenn man sie wegschieben wollte, um mehr sehen zu können. Anscheinend war der Teich kaum größer als ein Eimer Wasser, das hieß, es war überhaupt kein Teich. Höchstwahrscheinlich existierte er nur im Frühling, verdunstete im Sommer und hinterließ nur eine Schlammfläche. Im Sommer, wenn das Dickicht am dichtesten war, war das durchaus möglich.

Kurz nachdem wir in die Scheune gezogen waren, beschloss ich, mir einen Weg zum Teich zu bahnen.

Das Grundstück war seit ungefähr acht Jahren nicht mehr vom Dickicht befreit worden, Wildrosen, Heuschrecken und Platanen hatten sich breitgemacht. Ich fand jemanden, der einen Dickichtmäher besaß und die Aufgabe übernehmen konnte. Am Ende des Tages hatte er einen Pfad bis zum Rand des Teiches geschlagen, und ich konnte hingehen und zur anderen Seite rüberschauen. Als ich mich näherte, platschten Hunderte von Fröschen im Teich, das Wasser teefarben, von den Zweigen einiger Bäume bedeckt, deren Blätter an der Oberfläche trieben. Der Teich war nicht groß – wahrscheinlich konnte man mit ungefähr zehn Zügen hindurchschwimmen, wenn das Dickicht gelichtet war.

Sobald ich in den nächsten Wochen ein Stündchen erübrigen konnte, meistens wenn Lulu ein Nickerchen hielt, lichtete ich das Dickicht am schlammigen Rand des Teiches, wo der Mäher nicht hingelangt war. Inzwischen war es August, und ein Freund hatte das Haus gemietet. Später erzählte er mir, er habe beobachtet, wie ich das Dickicht weghackte, und habe sich gefragt, ob mich die Arbeit an dem Buch nicht in den Wahnsinn getrieben hatte. Von seinem Fenster aus war der Teich noch nicht zu sehen. Er sah bloß, dass ich nach ungefähr einer Stunde ohne Hemd wieder den Berg raufkam, dass mir Schweiß von der Nase tropfte, meine Beine schlammbeschmiert waren und meine Arme von den Dornen bluteten. Als wir abends zusammen aßen, sprach ich über den Teich, erzählte, wie schön er sei und dass Lulu und ich vor Kurzem bei Einbruch der Dunkelheit einen Reiher oder eine Rohrdommel gesehen hätten, jedenfalls einen Vogel, der auf einem Zweig gesessen und über das Wasser gewacht habe. Ich wusste nicht, ob der Reiher schon immer da war, niemand wusste das, denn bis zu jenem Augenblick hatte seit vielen Jahren niemand den Teich gesehen. In der Zeit, in der ich dort arbeitete, schrieb ich kein einziges Wort, und es ist gut möglich, dass ich auch keinen Gedanken im Kopf hatte, außer den Gedanken an Lulu (meine Feenkönigin) und jenen Teich.

Der Elfenbeinspecht

(2004) Im Februar behauptet ein Vogelbeobachter aus Arkansas, er habe einen Elfenbeinspecht gesehen, auch bekannt als Herrenspecht, eine Art, die seit sechzig Jahren als ausgestorben gilt. Wenn das stimmt, wäre es eine tolle Sache – als würde eine Exgeliebte, die man schon lange für tot hielt, plötzlich an der Tür klingeln. Und Ende April, etwa zu der Zeit, als die Abu-Ghraib-Fotos veröffentlicht werden, behauptet ein anderer Mann aus Arkansas, er habe ein vier Sekunden langes Video von einem fliegenden Elfenbeinspecht aufgenommen. Die Ornithologen weinen *(Und weinst du nicht jetzt, wann willst du dann weinen?)*. Einer sagt: *Das zeigt, dass wider Erwarten Hoffnung besteht.* Doch kurz darauf wird ein Albinodelfin, eine Art, die nur im Jangtse vorkommt und von den Einheimischen *Geist des Flusses* genannt wird, ans Ufer gespült, und man befürchtet, es könnte der letzte sein. Und plötzlich finden die Honigbienen nicht mehr in ihre Stöcke zurück, als hätten sie den Heimweg vergessen, als hätten sie sich verirrt. Die Imker nennen es »Kolonie-Einsturz-Störung« und führen mehrere mögliche Gründe an. Zum Beispiel, dass die elektromagnetischen Wellen von Handymasten die Bienen verwirren oder ein sehr starkes Schädlingsbekämpfungsmittel, ein Nikotin-Derivat, das sich nicht nur auf die Blätter legt, sondern Teil der Pflanze wird, dazu führt, dass die Raubinsekten (und vermutlich auch die Menschen), die die Pflanzen verzehren, das Gedächtnis verlieren, ziellos umherirren und sterben.

[2009] Mein Vater hat jetzt ein Bett am Fenster, seine Kleidung ist immer sauber, und er isst drei Mahlzeiten täglich. Er wohnt in einem Pflegeheim. Er muss weiter Ativan nehmen, das gegen seine Angst zu helfen scheint. Die Türen sind abgeschlossen, damit er nicht entwischen und sich Alkohol besorgen kann. Zum ersten Mal erlebe ich ihn nüchtern – seine Geschichten sind anders, er erzählt nicht immer wieder dasselbe. Aber sein Gedächtnis ist hinüber. Er kann sich noch dunkel erinnern, wer ich bin, weiß jedoch nicht mehr, wann er mich das letzte Mal gesehen hat, weiß nichts mehr von meinem Leben. Ich kann ihm hundertmal erzählen, dass er jetzt Großvater ist, er kann es sich einfach nicht merken. Bei unserem letzten Besuch hatten wir Lulu dabei, damit die beiden sich kennenlernen könnten. Vielleicht würde sie dann für ihn real werden. Wir machten sogar ein Foto, auf dem er sie im Arm hält, und zumindest in diesem Augenblick wirken beide froh. Doch nach einiger Zeit fiel es meinem Vater schwer, alles im Kopf zu behalten. War Lulu seine Tochter oder seine Enkelin? War Inez seine Schwester oder seine Frau? Irgendwann nahm er mich beiseite und sagte: *Ich muss mit dir reden. Die behandeln mich wie einen Millionär, aber ich hab doch kein Geld. Ich weiß nicht, was ich tun soll, wenn sie das rausfinden.* Ich drücke ihm ein paar zusammengefaltete Dollarscheine in die Hand. *Ich kümmere mich drum,* versichere ich ihm.

Am Schluss von *They Came Back,* dem französischen Zombiefilm, ist eine Frau kurz davor, ihrem Liebhaber unter die Erde zu folgen. Das ist immer eine Möglichkeit, legt der Film nahe. Scheiß-Zombies, murmele ich vor mich hin, Scheiß-Gespenster – nur wer nie jemanden verloren hat, glaubt an die Untoten. Scheiß-Wiederauferstehungen, Scheiß-Verwandlungen, das einzige Wunder ist Körper und Bewusstsein, das einzige Wunder ist jetzt. Lulu ist das einzige Wunder (das Wort »Lulu« ist das einzige Wunder). Dass Inez und ich es geschafft haben und es immer noch schaffen – zusammen zu sein, bei Lulu zu sein, es zu unserem Alltag zu machen –, ist das einzige Wunder. Es ist ganz einfach – manchmal muss einen bloß jemand halten, manchmal muss einem bloß jemand sagen, dass man schön ist. Manchmal muss man vielleicht auch glauben, dass die Toten zurückkehren, doch eigentlich kehren sie nicht zurück. Das ist nur ein Traum, vielleicht derselbe Traum, der einem ein Gefühl von Sicherheit gibt, wenn man einem an einen Stuhl gefesselten Mann eine Antwort zu entreißen versucht. Wir haben lange in dem Glauben gelebt, der Elfenbeinspecht sei ausgestorben, aber das stimmte wohl nicht. Er hatte sich nur tiefer in den Wald zurückgezogen und kehrte irgendwann zurück. Fragt sich nur, wie lange er bleibt.

[2008] Die schlafende Lulu auf dem Arm, sitze ich im Morgengrauen auf dem Sofa und schiebe *Der Zauberer von Oz* in meinen Computer. Aus irgendeinem Grund schießen mir sofort Tränen in die Augen. Von Anfang an versucht Dorothy, wieder nach Hause zu kommen – mythisch, und doch so schlicht wie ein Märchen, als würde man einer Spur aus Brotkrumen durch einen dunklen Wald folgen. Lulu wird wach, lächelt mich an, greift nach meiner Nase und wird dann von der blattreichen Pflanze hinter meinem Kopf abgelenkt. Ich schalte den Computer aus, und eine reine, schlichte Freude erfüllt das Zimmer. Sie kann die Blätter, die sie gerade anstarrt, nicht einmal sehen, weder das Grün noch ihre Form, sie starrt einfach in die Welt – alles ist verschwommen und wird erst allmählich scharf. Bald wird sie den Zauberer-von-Oz-Moment erleben, die Stäbchen und Zapfen in ihren Augen entwickeln sich schon, bald wird sich die Welt von Schwarz-Weiß in Farbe verwandeln, wie in dem Augenblick, als Dorothy das Land Oz betritt.

[Anmerkungen]

Im Folgenden sind kapitelweise die wichtigsten Werke aufgelistet, auf die ich mich im Text beziehe, sowie andere Werke, die mir Fakten geliefert oder mein Denken beeinflusst haben. Außerdem habe ich meine Gedanken beigefügt, wenn ich das Gefühl hatte, noch etwas zu einem Thema sagen zu müssen. Für die meisten unten aufgeführten Artikel gibt es ein Link auf www.nickflynn.org, wo ich auch die Gedanken anderer zur sogenannten Folterdebatte gesammelt habe.

Die Kunst, sich zu verlieren

--- Rebecca Solnit: *Die Kunst, sich zu verlieren. Ein Führer durch den Irrgarten des Lebens* (Pendo 2009), S. 29.

--- Erik Jonsson: *Der innere Kompass. Warum wir uns verirren und wie wir unseren Weg finden* (Walter Verlag 2004).

Händedruck

--- Sam Harris: *Das Ende des Glaubens* (Edition Spuren 2007), S. 206.

Spinner

--- Dass die drei Jurorinnen Frauen waren, verwirrt mich genauso wie die Tatsache, dass manche der Folterer in Abu Ghraib Frauen sind – ob sich die Wegbereiterinnen des Feminismus das so vorgestellt haben? Angela Davis macht darauf aufmerksam, dass der Begriff *Chancengleichheit* inzwischen so verzerrt wurde, dass damit oft nur noch *gleicher Zugang zu den Unterdrückungsinstrumenten* gemeint ist.

--- Weitere Informationen über die geheime Geschichte von Amerikas Verwicklung in Folterungen finden Sie bei School of the Americas Watch (www.soaw.org).

Pleiades

--- »Nicht daß ich's fürchtete, gräßliche Dinge zu schaun; nein, grausig war mir der Gedanke, es werde *nichts* zu sehn sein« – Edgar Allan Poe: *Grube und Pendel,* aus: Werke in vier Bänden (Fischer 2008), Bd. II, S. 725.

Willkommen im Jahr des Affen

--- Seymour Hersh: *Die Befehlskette. Vom 11. September bis Abu Ghraib* (Rowohlt 2004).

--- Für eine der vielen Bürgerinitiativen, die sich in New Orleans um den Wiederaufbau bemühen, siehe www.paydirt.org (Mel Chin).

Eine einzige einfache Frage

--- Die Bemerkung über Schulen, die nach Martin Luther King benannt sind, stammt aus Jonathan Kozols *The Shame of the Nation. The Restoration of Apartheid Schooling in America*. Wer erfahren will, welch gute Arbeit in den Schulen von Harlem geleistet wird, kann sich bei Geoffrey Canadas Harlem Children's Zone (www.hcz.org) informieren.

--- Die dritte und letzte Strophe von Staffords Gedicht lautet:

Sie vermissen das Flüstern, das
dir jeden Tag durch den Kopf geht,
»Wer bist du wirklich, Wanderer?« –
und deine Antwort lautet stets,
egal, wie dunkel und kalt
die Welt ringsum auch ist:
»Vielleicht bin ich ein König.«

Man macht keine Fotos

--- Zu den Folterapologeten, die in diesem Kapitel zitiert werden, gehören Rush Limbaugh, Trent Lott und Charles Krauthammer (*Weekly Standard*, 2. Dezember 2005).

--- Der damalige Verteidigungsminister hieß Donald Rumsfeld. Rumsfeld wuchs in derselben Kleinstadt auf wie ein enger Freund von mir und war als Kind in der Gegend als »Bully Don« bekannt, das bösartigste Kind auf dem Spielplatz.

--- *Ist es möglich, dass sie dort waren und keine Qualen empfanden?* – Michael Herr: *An die Hölle verraten* (aus dem Gedächtnis zitiert).

Thrown It All Away

--- *Since You're Gone* ist vom dritten Cars-Album, das erst 1981 herauskam, als wir bereits Autos fuhren und Kassetten hörten.

Feuer

--- *Feuer* enthält Zeilen aus folgenden Quellen: Elizabeth Bishop *(Casabianca)*, Galway Kinnell *(The Book of Nightmares)*, Hart Crane *(Die Brücke)*, Walt Whitman *(O Käpt'n, mein Käpt'n)* und Bruce Springsteen *(I'm On Fire)*. »Britney« ist Mrs Spears, die zu den Künstlern gehört, deren Musik ohne Genehmigung dazu benutzt wurde, in Abu Ghraib und anderswo Häftlinge zu foltern – die American Society of Composers, Authors, and Publishers fordert vom US-Militär Tantiemen.

Das Buch Daniel

--- Dante: *Die göttliche Komödie*. Inferno (eigene Übersetzung).

Die Einsamkeit Gottes (Bekannt)

--- Der wiederholte Kehrreim von *der Einsamkeit Gottes* … stammt aus Fanny Howes Essay *Bewilderment* aus dem Sammelband *The*

Wedding Dress: Meditations on Word and Life (University of California Press 2003).

Das Höhlengleichnis

--- Wenn jemand sein eigenes Haus abbrannte, um die Versicherungssumme zu kassieren, nannte meine Mutter das »jüdischer Blitz«. Als Kind stürzte mich das, genau wie die abwertende Bezeichnung »Negerzehen«, die meine Großmutter für Paranüsse verwendete, in Verwirrung und machte mich tief betrübt. *Gieße nicht die Saat des Hasses,* fordert Thich Nhat Hanh.

--- Manche Wissenschaftler streiten sich darüber, ob Platon von diesem Gleichnis träumte oder ob es ihm bei vollem Bewusstsein einfiel.

--- John Yoo, ehemaliger Anwalt des Justizministeriums und einer der Schöpfer von Bushs Folterdoktrin, erklärte 2005 in einer Debatte in Chicago, seiner Ansicht nach sei der Präsident befugt, einem Kind die Hoden zerquetschen zu lassen, wenn es im Interesse der Vereinigten Staaten sei. Yoo lehrt heute Jura an der University of California in Berkeley.

--- In *Satans Ursprung* vertritt Elaine Pagels den Standpunkt, der Satan im Alten Testament sei eher ein Quertreiber als eine aktive Kraft des Bösen gewesen.

--- Vizepräsident Dick Cheney sprach in *Meet the Press* am 16. September 2001.

--- Das unter der Bezeichnung »außerordentliche Auslieferung« bekannte Geheimprogramm wurde von der Clinton-Regierung eingeführt und unter G. W. Bush immer mehr ausgeweitet.

--- Außenminister war damals Colin Powell. In seiner Autobiografie *Mein Weg* erörtert er voller Stolz die Wirksamkeit eines in Vietnam angewendeten Programms, das es erlaubte, Männer im Militäralter sogar dann zu erschießen, wenn sie unbewaffnet waren: *Wenn der Pilot eines Hubschraubers einen Bauern in der typischen schwarzen Tracht entdeckte und es sich um einen verdächtigen MAM handelte, dann kreiste er über ihm und gab einen Warnschuss vor seine Füße ab. Wenn der Verdächtige nicht stehen blieb, galt dies als Indiz für feindliche Absichten, auf die mit einem gezielten Schuss auf ihn selbst reagiert wurde.* Fast überall auf der Welt wird die Tötung unbewaffneter Zivilisten als Kriegsverbrechen betrachtet.

--- Ein Essay des früheren sowjetischen Menschenrechtlers Wladimir Bukowski über die Nutzlosigkeit von und die Entwürdigung durch Folter (*Washington Post*, 18. Dezember 2005) beginnt mit einem alten sowjetischen Witz aus den Fünfzigerjahren: Eines Morgens stellt Genosse Stalin zu seinem Entsetzen fest, dass seine Lieblingspfeife verschwunden ist. Er verständigt sofort seinen Vertrauten Lawrenti Berija und beauftragt ihn, danach zu suchen. Ein paar Stunden später findet Stalin die Pfeife auf seinem Schreibtisch wieder und bläst die Suche ab. »Aber Genosse Stalin«, stammelt Berija, »fünf Verdächtige haben den Diebstahl bereits gestanden.«

Der Unbekannte

--- *Wenn du einen Faden berührst, zittert das ganze Netz* – Stanley Kunitz.

--- *Zufall ist nur die Spitze des Eisbergs* – Tad Flynn.

Horror Vacui

--- Habe ich die Stelle, wo der Unbekannte vor meinen Augen starb, bewusst weggelassen, oder ist es bloß meine Bestimmung (Samsara), mich immer wieder zu dieser Nacht bekennen zu müssen?

Proteus (Spiegelfechterei)

--- Saadi Youssef, aus seinem Gedicht: *America, America* (letzte Strophe), erschienen in dem Sammelband: *Without an Alphabet, Without a Face: Selected Poems*, übersetzt von Khaled Mattawa (Graywolf Press 2002).

--- Fanny Howe, aus ihrem Essay: *Bewilderment*, erschienen in *The Wedding Dress: Meditations on Word and Life* (University of California Press 2003).

Istanbul

--- Bei der Anwältin handelt es sich um Susan Burke von der Kanzlei Burke O'Neil LLC. Die Firmen, die in der Klage genannt werden, sind Titan und Caci – außerdem stehen noch Prozesse gegen Jeppesen/Boeing (vgl. Trevor Paglen: *Torture Taxi* oder Stephen Grey: *Das Schattenreich der CIA. Amerikas schmutziger Krieg gegen den Terror*) und gegen Blackwater (vgl. Jeremy Scahill: *Blackwater. Der Aufstieg der mächtigsten Privatarmee der Welt*) an. Zu den Künstlern, die an der Zeugenbefragung mit Burkes Anwaltsteam teilgenommen haben, gehörten u. a. Daniel Heyman, Tara McKelvey, Chris Bartlett und Jennifer Schelter.

Istanbul (Traum, Wirklichkeit)

--- Daniel Heyman hat von seinen Porträts auch Kupferstiche angefertigt – dabei musste er alle Wörter rückwärts und alle Sätze von rechts nach links schreiben, eine wunderschöne Spiegelung der arabischen Schrift.

Wundersame Wandlung

--- *Backbeat* (Film), 1994.

Istanbul (Der Glücksbus)

--- »Amir« wurde von Dr. Allen Keller von den Ärzten für Menschenrechte untersucht – seine Geschichte ist dokumentiert in: *Broken Laws, Broken Lives – Medical Evidence of Torture by the U. S.*, 2008.

Zwei Hunde

--- Die Vorstellung, dass in unserem Inneren zwei Hunde leben, ist ein indianisches Gleichnis – oft heißt es, George Bernard Shaw habe es im Westen bekannt gemacht.

Ein paar Fakten über Wasser

--- Wie an anderer Stelle erwähnt, lauteten die letzten Worte im Abschiedsbrief meiner Mutter: *Warum benutzt du nicht die Pistole?* – das stimmt, doch diese Worte hatte anscheinend eine fremde Stimme in ihrem Kopf diktiert.

--- John Milton: *Das verlorene Paradies.* Erster Gesang (Marixverlag 2008).

Der schwierige Teil

--- Martin Moran: *The Tricky Part* (Beacon Press 2005).

Mistress Yin

--- Stephen Elliott: *My Girlfriend Comes to the City and Beats Me Up* (Cleis Press 2006).

Die unsichtbare Stadt

--- *Er hatte bereits das Wasser, er musste nur noch Gefäße finden* – Thich Nhat Hanh über Buddha.

Unbekannt, bekannt

--- *Here, Bullet* (Komm, Kugel) ist der Titel eines Gedichtbands von Brian Turner, einem Veteran aus dem 2. Irakkrieg (Operation Freedom).

--- Der einzige Gedichtband, den wir in meiner Kindheit besaßen, war *Ariel* – er war meiner Mutter heilig und lag auf ihrem Nachttisch.

--- Janet Malcolm schreibt in ihrem Buch *Die schweigende Frau. Die Biographien der Sylvia Plath* (Kellner 1994):
Das Leben bekommt natürlich nie die volle Aufmerksamkeit. Der Tod bleibt immer interessant, zieht uns an, stößt uns ab. Wie der Schlaf für unseren Körper notwendig ist, scheint die Depression für unseren psy-

chischen Haushalt notwendig zu sein. Auf geheimnisvolle Weise nährt Thanatos den Eros und bekämpft ihn gleichzeitig. Die beiden Prinzipien arbeiten im Verborgenen zusammen; obwohl Eros in den meisten Menschen dominiert, wird Thanatos niemals vollständig besiegt. Trotzdem – und das ist das Paradoxe am Selbstmord – sich selbst das Leben zu nehmen ist ein aktiveres, entschiedeneres, ›erotischeres‹ Verhalten, als wenn einem das Leben wegen unvermeidlicher Sterblichkeit genommen wird. Selbstmord berührt beide Seiten in uns, die, die den Tod haßt, und jene, die den Tod liebt: An irgendeinem Punkt werden wir möglicherweise Selbstmord in gleichem Maße beneiden, wie wir ihn bedauern (S. 63).

Schafficker

--- Naomi Klein: *Die Schock-Strategie. Der Aufstieg des Katastrophen-Kapitalismus* (Fischer 2007).

--- Meine Bemerkung gegenüber Harris, dass ich in seinem Buch *vieles bewundernswert finde*, ist eine fadenscheinige Übertreibung. In *Das Ende des Glaubens* wettert Harris gegen religiösen Fundamentalismus, was naheliegend ist, aber auch gegen gemäßigte Religiöse, was ich als intolerant empfinde.

--- Bereits 2004 hatten sich mehrere ehemalige Verhörspezialisten des US-Militärs, darunter Anthony Lagoranis, Eric Fair und Sam Provance, die alle im Irak gedient hatten, öffentlich gegen Folter ausgesprochen. 2007 brachte eine Gruppe von Veteranen des Zweiten Weltkriegs, die in Fort Hunt (New York) Nazis verhört hatten, ebenfalls ihre Empörung über die Anwendung von Folter zum Ausdruck, die sie als nutzlos und unmoralisch betrachteten (*Washington Post*, »Fort Hunt's Quiet Men Break Silence On WWII«, 6. Oktober 2007), gefolgt von dreißig Admirälen und Generälen im Ruhestand, die in einer gemeinsamen, in der *New York Times* veröffentlichten Stellungnahme dazu aufriefen, die Folterungen zu beenden (12. Dezember 2007). Und 2008 forderten »zweihundert führende Persönlichkeiten, von ehemaligen Außenministern und Terrorismusbekämpfern bis zu religiösen Führern und Rechtsexperten (…) den Präsidenten auf, eine Verordnung zum Verbot von Folter und grausamer Behandlung von Häftlingen zu erlassen« (*Nukes & Spooks*, 25. Juni 2008).

--- Fred Marchant schreibt in seiner Einleitung zu *Another World Instead – The Early Poems of William Stafford, 1937–1947* (Graywolf Press 2009): In »Ilias: Dichtung der Gewalt«, einem im ersten Jahr des Zweiten Weltkriegs verfassten Essay, preist [Simone] Weil den Nutzen des Zögerns, Innehaltens, Abschwenkens. Bei der Betrachtung mehrerer blutiger Szenen in dem Epos fällt ihr auf, dass alle, die erobern und töten – egal ob Griechen oder Trojaner –, erbarmungslos sind. Niemand hält in seinem Tun auch nur einen Augenblick inne. Niemand, schreibt sie, besteht auf »das kurze Zögern, in dem all unsere Rücksicht auf unsere Menschenbrüder enthalten ist«.

--- Es erscheint mir wichtig anzumerken, dass viele der griechischen Theaterdichter – Sophokles, Euripides usw. – beim Militär waren und ihre Stücke verfassten, um mit dem Trauma ihrer eigenen Erlebnisse in der Schlacht und den seelischen Wunden, die sie bei den zurückkehrenden Soldaten sahen (heute posttraumatisches Stresssyndrom genannt), fertig zu werden.

Das Ticken ist die Bombe

--- Die Geschichte von dem Mann, der jedes Mal *Allah* schreit, wenn er von seinen US-Wärtern geschlagen wird, stammt aus Alex Gibneys Dokumentarfilm *Taxi to the Dark Side*.

--- In einer Kritik der Fernsehserie *24* schreibt Slavoj Zizek: *Für Himmler lag hier ein weiteres Dilemma vor: Wie konnte sichergestellt werden, dass die SS-Henker, die diese schrecklichen Taten begingen, menschlich blieben und ihre Würde bewahrten? Seine Antwort fand er im Bhagavad-Gita, von dem er stets eine in Leder gebundene Ausgabe bei sich trug. Dort sagt Krishna gegenüber Arjuna, dass dieser seine Taten mit innerer Distanz vollziehen und sich niemals vollständig in sie hineinziehen lassen solle* (»Jack Bauer und die Ethik der Dringlichkeit«, *Sozialistische Zeitung*, März 2006).

Der eingestürzte Turm

--- Viele der Fresken in der oberen Basilika von Assisi stammen von Giotto, doch das mit dem eingestürzten Turm befindet sich in der unteren Basilika – deshalb bin ich mir nicht sicher, ob es sich wirklich um einen Giotto handelt.

--- Der Trend, Folter für Verkaufszwecke zu nutzen, begann direkt nach der Veröffentlichung der Abu-Ghraib-Fotos, sei es bei Diesel Jeans (Bilder von Geißelungen), Charles Schwab *(Halber Preis? Wie wär's mit gevierteilt!)* oder Altoids *(Wir wissen, wie wir dich zum Sprechen bringen).*

Das verlorene Paradies

--- Herman Melville schrieb über *Das verlorene Paradies: Miltons Satan ist seinem Gott weit überlegen, so wie derjenige, der trotz aller Not und Folter nicht aufgibt, demjenigen überlegen ist, der mit kaltem Verstand die schrecklichste Rache an seinen Feinden nimmt.*

Mexiko (Der Schmerz)

--- Einer von Duras' Biografen ist sich ziemlich sicher, dass ihre Selbstdarstellung als Folterer bloß Anmaßung ist, womit sie zu kompensieren versuche, dass sie im Krieg für die Nazi-Zensoren gearbeitet hat (*New York Review of Books*, Juni 2008).

--- Schon Jahrhunderte vor den Genfer Konventionen wurde von den meisten westlichen Ländern ein allgemeines Folterverbot erlassen. George Washington formulierte es folgendermaßen: »Sollte irgendein amerikanischer Soldat so niederträchtig und schändlich sein, einem [Gefangenen] etwas anzutun … so mahne ich euch eindringlich, ihn so schwer und abschreckend zu bestrafen, wie es die Abscheulichkeit seiner Tat erfordert. Sollte er zum Tode verurteilt werden, so steht das in diesem Falle in keinem Missverhältnis zu seiner Schuld … denn durch solches Verhalten bringt er Schmach, Schande und Verderben über sich und sein Land.«

Roulette

--- Freud war überzeugt, dass der Todestrieb (Thanatos) einen Drang darstellt, der allen Lebewesen innewohnt, den Drang, in einen ursprünglichen Ruhezustand zurückzukehren: mit anderen Worten, in den unbelebten Zustand des Todes. »Ein ursprünglicher Ruhezustand« klingt jedoch, als könnte es auch ein meditativer Zustand sein.

Allzu laute Einsamkeit

--- In Bohumil Hrabals Roman *Allzu laute Einsamkeit* ist die Hauptfigur unter anderem ein unersättlicher Sammler. Er hortet Bücher aus der Altpapierpresse, an der er arbeitet, und das wackelige Regal über seinem Bett, das sich unter der Last Hunderter von Bänden biegt, droht irgendwann einzustürzen und ihn im Schlaf unter sich zu begraben. Nachts liegt er lesend im Bett, blickt hin und wieder nach oben und stellt sich vor, das Regal würde herabstürzen. Ich glaube mich zu erinnern, dass er letztendlich von den geretteten Büchern zermalmt wird, doch ich könnte mich irren.

--- Im Gegensatz zu meinem Vater, der wahnsinnig sein müsste, nicht zu trinken, werde ich wahnsinnig, wenn ich es tue.

Lexington, Kentucky

--- Alfred McCoy: *A Question of Torture* (Metropolitan Books 2006).

Der Archipel Gulag

--- Alexander Solschenizyn: *Der Archipel Gulag* (Rowohlt 1978), S. 102, 168.

--- *Der Mann am Schalter*, das Buch meines Vaters, wird wahrscheinlich unveröffentlicht bleiben. Soweit ich weiß, starb Solschenizyn, ohne meinen Vater oder sein Werk zu kennen.

--- Die CIA hatte 1963 ein eigenes Folter-Handbuch mit dem Titel KUBARK verfasst. 2002 wurde das Trainingsprogramm zur Vorbereitung der Soldaten auf Gefangennahme und Folter, bekannt unter dem

Namen SERE (für Survival, Evasion, Resistance, Escape – Überleben, Ausweichen, Widerstand, Flucht), von zwei Psychologen des Amerikanischen Psychologenverbands (James Mitchell und Bruce Jessen) »umgedreht« und anschließend bei Häftlingen in Guantánamo, Abu Ghraib und in Geheimgefängnissen der CIA angewendet. Das SERE-Programm basierte auf Methoden der chinesischen Kommunisten, die im Koreakrieg angewendet wurden, um von amerikanischen Gefangenen Geständnisse zu erpressen, von denen viele falsch waren – man stelle sich eine Mischung aus *Botschafter der Angst* und *Die Banalität des Bösen* vor. Man denke auch an Scheich al-Libby, dessen falsches Geständnis zur Rechtfertigung des Einmarschs in den Irak diente (vgl. auch Mark Danner: »The Red Cross Torture Report: What It Means«, *New York Review of Books*, 30. April 2009).

Meine Augiasställe

--- Daniel Johnston: »Like a Monkey in a Zoo« von dem Album *Songs of Pain*, 1981.

--- Alexander Solschenizyn: *Der Archipel Gulag*, S. 262.

Luft

--- *Luft* enthält Zeilen aus folgenden Quellen: Paul Celan *(Todesfuge)*, Modest Mouse *(Float On)* und Robert Duncan *(Often I Am Permitted to Return to a Meadow)*.

Zwei starke Männer

--- Würden hippe Russen eine Bar besuchen, die »CIA« heißt?

Lissabon

--- Da Portugal zu jener Zeit kein stehendes Heer hatte, fragte ich mich, wer diese Soldaten bezahlte. Zwei Jahre später wurde Portugal bei den Iran-Contra-Hearings als »Land B«, Zwischenstation für Waffen in den Iran, identifiziert – der Soldat, an den ich geraten war, gehörte vermutlich zu einer paramilitärischen Einheit, die von den Vereinigten Staaten (mit anderen Worten: von mir) finanziert wurde. Näher war ich einer Sadomaso-Beziehung wohl noch nie gekommen, das heißt, dass ich dafür bezahlte, geschlagen zu werden. Aber vielleicht war es auch bloß wieder *Spiegelfechterei*, ein Kampf mit dem eigenen Schatten. Während des Contra-Krieges stieß ich in Costa Rica auf dieselbe Sorte Soldaten und wurde beinahe auch diesmal geschlagen, weil ich einen von ihnen fotografierte.

Der heroische Gebrauch von Beton

--- Webster's New Twentieth Century Dictionary of the English Language.

Der Navigator (Abschied)

--- Die von Keaton gespielte Filmfigur ist natürlich nicht allein auf dem Schiff – seine Angebetete befindet sich ebenfalls an Bord, doch es dauert eine Weile, bis sie sich begegnen.

Piero della Francesca

--- 2008 haben wir in den Vereinigten Staaten wieder mal unseren eigenen Rekord gebrochen: Noch nie saßen mehr Einwohner unseres Landes hinter Gittern – inzwischen befindet sich jeder hundertste Amerikaner im Gefängnis (bei Schwarzen ist es jeder neunte). In keinem anderen Land der Welt gibt es einen so hohen Prozentsatz von Häftlingen.

--- Die American Civil Liberties Union hat durch das Gesetz zur Informationsfreiheit Zugang zu Dokumenten erhalten, in denen steht, neunzig Prozent der Häftlinge in Abu Ghraib seien bekanntermaßen unschuldig.

--- Der Ausdruck *Sohn Gottes* hatte zur Zeit Jesu mehrere Bedeutungen, zum Beispiel »ein Sohn, der ohne Vater zur Welt kommt«, was auf Jesus offenbar zutrifft. Und der Ausdruck *Jungfrauengeburt* konnte einfach bedeuten, dass eine ledige Frau ein Kind gebar, was offenbar die Situation seiner Mutter schildert. Vgl. Geza Vermes: *The Authentic Gospel of Jesus* (Penguin 2005).

Die (fälschlich so genannte) Passion

--- In dieser (Fehl-)Deutung wird die Kreuzigung aus einer gewöhnlichen, staatlich befürworteten Hinrichtung zu Jesu (oder Gottes) freier Entscheidung, zu einem heiligen Opfer für die Liebe zum Menschen, und setzt damit Opfer und Kasteiung des Fleisches mit Liebe gleich, was ich schon immer als gefährliche Mischung empfunden habe.

Der Löwe von Babylon

--- »Former Iraqi Detainees Allege Torture«, *New York Times*, 14. November 2005.

--- Das Kolosseum war anfangs eine heilige Stätte, möglicherweise mit astronomischer Bedeutung (wie Stonehenge), wurde jedoch schließlich zum Schauplatz öffentlicher Spektakel, wozu auch Menschenopfer und Zwergenwerfen gehörten – man könnte sagen, dass Amerika unter Bush in seine Phase des Zwergenwerfens eingetreten ist.

--- Kurz nach den Angriffen vom 11. September 2001 berichtete die *New York Times*, das Pentagon habe eine Desinformationsabteilung eingerichtet, um die Medien im wenig später ausgerufenen *Krieg gegen den Terror* für seine Zwecke nutzen zu können (vgl. Jessica Lynch, Pat Tillman et al.).

Eine Geschichte, die wahr sein könnte

--- Das Foto von Ali Schalal Kaissi erschien am 11. März 2006 auf der Titelseite der *New York Times*.

--- Errol Morris: *Will the Real Hooded Man Please Stand Up*, *New York Times*(.com), 15. August 2007.

--- Der Taguba-Bericht dokumentiert die Ermittlungen des US-Militärs zu den Misshandlungen.

--- Den Tagebüchern aus Abu Ghraib zufolge verbrachte Harman insgesamt elf Tage in Zellenblock 1A. Morris untersuchte die Datierung der Fotos, deshalb wäre es interessant zu wissen, ob alle Fotos von Häftlingen, die auf einem Karton stehen, auf einen der elf Tage fallen, in denen Harman in Zellenblock 1A Dienst tat – doch selbst wenn das zuträfe, könnte man Mr Kaissi auch in einer anderen Nacht auf einen Karton gestellt haben, ohne ihn zu fotografieren, oder das Foto wurde vernichtet.

--- Der tote Iraker, über dessen Leiche Sabrina Harman mit in die Luft gestrecktem Daumen fotografiert wurde, hieß Manadel al-Jamadi. Ein Foto, auf dem al-Jamadis zehnjähriger Sohn das Foto von Harman und seinem toten Vater in der Hand hält, erschien 2006 in *Newsweek*. Harman nennt al-Jamadi bloß »Iceman«, weil seine Leiche in Eis verpackt wurde, damit sie nicht verweste. Mark Swanner, der Verhörspezialist der CIA, der für al-Jamadis Tod vermutlich die Verantwortung trägt, lebt heute irgendwo in Virginia.

Wasser

--- Die Zeile »Ich wusste nicht, was das Wasser wollte« stammt aus Claudia Rankines Gedicht *Backed Up in the Soul (collected from CNN)*.

--- Philippe Sands dokumentiert in seinem Buch *Torture Team* die Antwort eines CIA-Agenten auf die Frage eines Soldaten nach der richtigen Methode beim Waterboarding: *Wenn er stirbt, haben Sie es falsch gemacht.*

Die Früchte meiner Taten

--- Thich Nhat Hanh schlägt folgende Meditation vor:
In dem Wissen, dass meine Taten mein wahrer Besitz sind, atme ich ein

In dem Wissen, dass ich der Frucht meiner Taten nicht entrinnen kann, atme ich aus

--- Beth B: *Breathe In, Breathe Out* (Film), 2000.

--- Walt Whitman: *Grashalme.*

Istanbul (wiederaufgenommen)

--- Jane Mayer: *The Dark Side: The Inside Story of How the War on Terror Turned into a War on American Ideals* (Doubleday 2008).

--- Mark Danner: *Torture and Truth: America, Abu Ghraib, and the War on Terror* (*New York Review of Books* 2004).

--- Das Gesetz zur Einsetzung von Militärkommissionen aus dem Jahr 2006 setzte das Grundrecht auf Freiheit der Person zeitweise außer Kraft (speziell für die Häftlinge in Guantánamo – eine Bestimmung, die 2008 vom Obersten Gerichtshof aufgehoben wurde), ließ durch Folter erlangte Informationen als Beweismittel zu (falls sie vor Mai 2005 erlangt worden waren) und gestattete es dem Präsidenten, die CIA oder andere zur Folter zu ermächtigen, falls es für die nationale Sicherheit als notwendig erachtet wurde (um genau zu sein, ermächtigte das Gesetz den Präsidenten, »die Bedeutung und Anwendung der Genfer Konventionen frei auszulegen«, was in der Praxis bedeutete, dass er einseitig Verhörmethoden genehmigen konnte, die viele Menschen als Folter betrachten, und dass er dies auch tat).

Die Geschichte von Abu Ghraib

--- Philip Gourevitch und Errol Morris: *Die Geschichte von Abu Ghraib* (Hanser 2009), S. 147–159.

--- Ärzte für Menschenrechte: *Broken Laws, Broken Lives – Medical Evidence of Torture by the U.S.*, 2008.

--- Graner, ein ehemaliger Gefängniswärter aus Pennsylvania, wurde (vielleicht) extra für die Arbeit in Zellenblock 1A ausgewählt, weil er gern Häftlinge misshandelte, deshalb fällt es schwer zu glauben, dass er sich Gedanken über das Wohlergehen eines Irakers oder darüber machte, dass die Zelle für den nächsten Häftling nicht sauber genug war, doch ich könnte mich irren – die Menschen sind vielschichtig.

--- »Beruhigend« ist das (seltsame) Wort, das Gourevitch verwendet, um die Behandlung eines anderen Mannes zu beschreiben, dem die MPs den Spitznamen »Shitboy« gaben – Morris und Gourevitch verwenden diese Spitznamen im gesamten Film und im ganzen Buch, obwohl die richtigen Namen der Iraker bekannt sind. Sie hätten ihnen zumindest respektablere Decknamen geben können.

--- Der ehemalige Army Sergeant Sam Provance war zu der Zeit, als die Fotos gemacht wurden, in Abu Ghraib stationiert und wurde von Morris für seinen Film interviewt, doch seine Schilderung wurde herausgeschnitten. Provance hat als »einziger Uniformierter des militärischen Nachrichtendienstes in Abu Ghraib den Schweigekodex gebrochen, der die schändlichen Misshandlungen der Häftlinge umgibt. Er hat sich bei der internen Untersuchung der Armee, bei einem Hearing im Kongress und in Presseinterviews geäußert. Provance wurde bestraft und aus dem Militärdienst entlassen, damit das Pentagon die Schuld an der sadistischen Behandlung irakischer Häftlinge ungehindert auf eine Handvoll schlecht ausgebildete MPs schieben konnte.« Provance findet, dass Morris' Film »das ohnehin trübe Wasser in der Frage, wer wirklich für die Misshandlung der Häftlinge verantwortlich war, noch schmutziger macht« (*Alternative News*, 1. Mai 2008).

Das falsche Meer

--- Lulu schläft eigentlich gut – in unserer Unwissenheit als frischgebackene Eltern wussten wir nicht, dass Säuglinge regelmäßige Schlafzeiten brauchen.

Hüah

--- Als ich einmal bei meinem Großvater den Scherenschnitt von der Wand nahm, sah ich, dass auf der Rückseite der Name von jemand anderem stand – nicht mal dieser Schatten hat etwas mit mir zu tun.

Es folgt die Niederschrift einer der Visionen, die mein Großvater auf dem Sterbebett hatte:

Es gibt keinen Anfang, kein Ende. Da ist das Weltall, eine riesige Sphäre, genau wie hier. Was liegt auf der anderen Seite? Irgendwie glaube ich wohl an den Heiligen Geist. Wenn man die Tür schließt – was ist dahinter? Und was ist wiederum dahinter – es geht einfach immer weiter. Darüber denke ich seit etwa fünfzehn Jahren nach. Ich ziehe eine ziemlich gute Schlussfolgerung, und dann komme ich an einen Punkt, der alle Schlussfolgerungen zunichtemacht. Wie kann man das Weltall begrenzen? Das geht nicht. Hin und wieder träume ich von Menschen, die sich nicht gegenseitig mit Messern durch den Wald jagen – guten Menschen. Manche Fakten erschließen sich irgendwo, denn das Weltall kann nicht endlos weitergehen. Was liegt auf der anderen Seite – das ist unmöglich, das geht nicht. Eine Dimension, die eines Tages offenbar wird. Es gibt keine andere Seite davon, das geht nicht, du drehst dich um und siehst eine leere Wand, aber es kann keine leere Wand sein. Es gibt etwas auf der anderen Seite. Siehst du die Blumen da? Die lasse ich bis morgen da stehen.

Don't Be Cruel

--- Platon: *Der Staat* (dtv 1991), S. 304.

--- Dan Froomkin: »We Tortured and We'd Do It Again«, *Washington Post*, 6. Februar 2008.

--- Philippe Sands: *Torture Team* (Palgrave Macmillan 2008).

--- Im Fall Hamdan geht es im Wesentlichen darum, ob der Präsident einseitig, ohne Ermächtigung des Kongresses, ein Gerichtssystem aufbauen kann, um Häftlinge aus dem »Krieg gegen den Terror« strafrechtlich zu verfolgen. Die »Militärkommissionen«, die Bush geschaffen hat (in der übrigen Welt »Känguru-Gerichte« genannt), wurden u. a. deshalb eingerichtet, um die Verwendung von Beweisen zuzulassen, die buchstäblich aus den Angeklagten und anderen Häftlingen herausgeprügelt wurden. Der Oberste Gerichtshof stufte diese Militärkommissionen als verfassungswidrig ein, doch ein paar Mo-

nate später wurden sie vom Kongress mit dem Gesetz zur Einsetzung von Militärkommissionen nahezu unverändert wieder ins Leben gerufen.
--- Im Mai 2008 bringt der Vatikan die sieben Todsünden auf den neuesten Stand – aus irgendeinem Grund gehört Grausamkeit nicht dazu.

Solaris (Haus der fremden Väter)

--- Slavoj Zizek: *The Pervert's Guide to Cinema* (Film), 2006.
--- Larry C. James: *Fixing Hell. An Army Psychologist Confronts Abu Ghraib* (Grand Central Publishing 2008).
--- James gilt vielen Leuten als Folterapologet, weil er dafür eintritt, dass Psychologen der American Psychological Association bei den Verhören anwesend sind.

Here Comes the Sun

--- Während ich diese Passage schreibe, macht ein Pilot eine Notlandung auf dem Hudson River, und wie durch ein Wunder überleben alle 155 Passagiere und die gesamte Crew.

Der Teich

--- Die eingeklammerten Zeilen in den ersten beiden Sätzen stammen aus George Oppens Gedicht *Sara in Her Father's Arms*.

Der Elfenbeinspecht

--- Dante: *Die göttliche Komödie*. Inferno (eigene Übersetzung).
--- Die Behauptung der beiden Männer, sie hätten einen Elfenbeinspecht gesehen, ließ sich nicht erhärten.

[DANKESSCHULD]

Ein Körnchen kommt zum anderen Dieses Buch ist eine Synthese aus vielen Gesprächen mit Freunden und Fremden – Dichtern und Anwälten, Zimmerleuten und Historikern, militärischen Verhörspezialisten und ehemaligen irakischen Häftlingen, Menschenrechtlern und Enthüllungsjournalisten – alle unterstützten mich stets *eins nach dem anderen* durch Wort und Tat, obwohl der Weg in diese Schatten keineswegs frei war. Zu den vielen *ein Körnchen kommt zum anderen,* die genannt werden müssen, gehören: Bill Clegg, Jill Bialosky, Susan Burke, Daniel Heyman und Ben Wizner – dieses Buch würde ohne euer Verständnis, eure Empörung, eure Intelligenz, eure Verwirrung und euer Wohlwollen nicht existieren. Außerdem wurden frühere, unausgereifte Fassungen dieses Buches *eins nach dem anderen* in menschliche Form gebracht von: Tyler Cabot (Esquire), Joanna Yas und Thomas Beller (Open City), Ben George (The Book of Dads), Nikolaus Hansen und Tim Jung (Arche/Atrium), Thomas Gunkel (meinem Übersetzer), Lee Brackstone (Faber) und Adrienne Davich (zusammen mit all den hervorragenden Leuten bei Norton) – ohne euch wäre das Ganze unmöglich gewesen. Und zu guter Letzt war es Lily, die *und eines Tages, plötzlich* einen Weg aus diesem Wald aufschimmern ließ *ist es ein Haufen, ein kleiner Haufen, der unmögliche Haufen* bevor ich dazu imstande war.